소설의
유령

소설의 유령

초판 1쇄 인쇄 · 2023년 11월 10일
초판 1쇄 발행 · 2023년 11월 20일

지은이 · 이 진
펴낸이 · 한봉숙
펴낸곳 · 푸른사상사

주간 · 맹문재 | 편집 · 지순이 | 교정 · 김수란, 노현정 | 마케팅 · 한정규
등록 · 1999년 7월 8일 제2-2876호
주소 · 경기도 파주시 회동길 337-16 푸른사상사
대표전화 · 031) 955-9111(2) | 팩시밀리 · 031) 955-9114
이메일 · prun21c@hanmail.net
홈페이지 · http://www.prun21c.com

ISBN 979-11-308-2110-8   03810
값 17,900원

이 책은 광주문화재단의 문예진흥기금 일부를 지원받아 발간되었습니다.

53
푸른사상
소설선

이 진 소 설 집

소설의 유령

푸른사상
PRUNSASANG

작가의 말

또 한 권, 나무들의 생명을 앗은 대가로 내 이름자를 새긴 네 번째 소설집을 발간한다.

이미 출간한 두 권의 장편소설까지 포함하면 몇 그루의 나무가 목숨을 잃었는지 알 수 없다. 고맙고 감사하다는 인사부터 드려야 할지, 미안하고 죄송하다는 사죄부터 올려야 할지 문득 망연해진다.

내가 나무의 숨결을 빌려 붙들어놓은 많은 이야기들.

물처럼 흘려보낸들 어땠으리? 바람처럼 날려 보낸들 또 어땠으리? 아무도 아쉬워하지 않았을 것이다. 아무도 섭섭해하지 않았을 것이다. 아니 아니, 그런 물이나 그런 바람에 대해 알게 뭐람? 출발한 적이 없는데 다다를 곳이 있을 게 뭐람? 발신자가 없는데 수신자가 생겨날 까닭이 뭐람?

늘 이렇게 회의하면서도 난 멈추지 못해왔다.

전생의 업보인 게지, 혹은 타고난 운명인 게지, 하는 따위 검증 불가능한 변명으로 내 소설 쓰기를 정당화하면서.

그러고 보면 누가 뭐래도 그냥 좋은 게지. 이런저런 회의감으로 미안하니 부끄럽니 뇌까리면서도 소설 쓰는 일이 즐거운 게지. 그 도달 지점이 어디든 일단 띄워 보내는 것으로 신나는 게지.

문득 한 생각이 날 사로잡는다.

그렇다면, 그리 좋고 즐겁고 신나는 일이라면 그건 놀이가 아닐 것인가? 놀이에 동무가 없어서야 무슨 맛인가? 함께 하는 것만으로 좋아 죽고 즐거워 죽고 신나 죽을 그런 동무들이 있을까? 옛날옛날 아주 먼 옛날에 호랑이가 담배 피던 시절에……, 이렇게 훌쩍 현실 세계를 뛰어넘어 머나먼 시공간 어디로든 손잡고 갈 수 있는 그런 동무들이 있을까?

참으로 운 좋게도 이미 찾아낸 듯하다.

글로 엮인 이야기에 가슴이 뛰는 당신, 여전히 책 읽기를 멈출 수 없는 당신, 지금 이 구절을 읽으며 입가에 설핏 미소를 올려보는 당신……, 오래오래 함께 가는 그런 동무였으면 좋겠다.

2023년 가을
이 진

차례

코로나 시대의
싱글 라이프

코로나 시대의 싱글 라이프

퇴근 시간이 다가오니 머리가 지끈거렸다.

내가 뱉은 이산화탄소를 하루 종일 내게 다시 되먹이는 마스크 때문만은 아닐 것이다. 퇴근 이후 갈 수 있는 데가 오직 집뿐이라는 것, 집엔 과거 회귀에의 의지와 건강염려증이 유별난 아버지 외엔 아무도 없다는 것, 아버지와의 대면을 피해 방문을 닫아봐야 손전화를 만지작거리는 것 말고는 별다른 할 일이 없다는 것…….

코로나 비상시국을 맞아 언젠가부터 내 퇴근 시간 알람을 자처하고 나선 아버지의 문자들이 여느 날과 똑같이 날아들고 있다. 난 굳이 열어보지 않았다. 제대로 확인해보나 마나 맞춤법이며 띄어쓰기는 엉망일 거고, 종결어미나 문장부호 따윈 아예 없을 거고, 명령과 요구로 일관되는 무례한 문자들일 것이다.

그 점에선 재택근무를 할 때가 좋았다. 퇴근 시간에 딱 맞춰 성가시기 짝 없는 문자들을 받을 일은 없었으니까. 하기야 그때라고 좋았을까? 말이 재택근무지, 회사 컴퓨터로만 접속 가능한 시스템을 집에다 그대로 옮겨놓은 탓에 일하는 시간과 일의 양 등이 속속들이 체크되는, 그야말로 빅브라더의 매눈에서 절대로 벗어날 수 없는 상황에서 아버지는 아무 때나 벌컥벌컥 내 방문을 열어젖히곤 했다. 청소하자, 빨래 개라, 행주는 삶았냐 등등 한창 근무 중인 나를 노는 사람 취급하며 집안일로 불러내려고 말이다.

그야말로 2미터 거리 두기가 절대로 실행될 수 없는 재택근무의 구조적 아이러니 속에서 코로나 바이러스가 우릴 아는 척하진 않으리란 막연한 기대로 버틴 몇 주 동안, 얼마나 강렬하게 회사를 그리워했던가? 사회적 거리 두기가 1단계로 내려앉고 재택근무 종료가 선언되던 날, 아버지와의 길고 지루한 대면에서 벗어난다는 기쁨에 얏호, 환호성을 터뜨리기까지 했더랬는데……!

"정 대리! 퇴근 후 약속 있어? 특별한 일 없음 커피 한잔 어때?"
가방을 챙겨 들고 막 일어서려는데 칸막이 건너에서 피엘(part leader)이 눈을 찡긋했다. 예전처럼 무람없는 눈빛임에도 그리 반갑지 않다. 입사 동기에다 같은 나이여서 친구처럼 가깝게 지낸 편이었는데, 언젠가부터 생겨난 서먹함이 아직도 나와 그녀 사이에 흐르고 있는 모양이다. 그녀가 나보다 먼저 승진하여 내 직속 상사가 되어버린 탓일 수도 있고, 또 코로나19 확진자 수 증감에 따라 출근과 재택 등 근무 상황이 서로 엇갈려 대면 시간이 줄었기 때문일 수도 있겠다.

"어, 특별한 약속은 없지만……, 무슨 일 때문인지, 파트장님?"

문득 깨닫는다. 내 공손한 대꾸에 빈정거림이 묻어 있음을. 입사 초기 때 직위 명칭 없이 서로 누구누구 님이라고 부르던 시절엔 서로의 내면에 불꽃 튈 일이 없었다는 사실을. 그러니까 우리 사이에 급격한 거리감이 만들어진 건 그녀가 내게 유리 님 대신 정 대리라고 부르면서부터였다는 걸.

"그럼 모처럼만에 단둘이 데이트 어때? 길 건너 카페에 야외 공간이 생겨 나름 안전하다고들!"

내 꼬인 맘을 아는지 모르는지 그녀가 성큼 앞장을 섰다. 입사 초기엔 모닝커피도 점심 식후 커피도, 그리고 퇴근 후 수다 커피까지 하루 세 번 정도는 함께 커피를 홀짝이곤 했었는데…….

"무척 오랜만이네."

"그러게나."

존대어도 반말도 아닌 어정쩡한 말투가 어색스럽다. 바깥 공기는 제법 쌀쌀했다. 가로수들도 언젠지 모르게 갈빛이 들어 어스름 깔리는 초저녁 거리는 사뭇 몽환적이다.

오랜만에 찾아든 카페는 예전의 그 카페가 아니었다. 좁은 실내 공간에 다닥다닥 붙어 있던 테이블이 확 줄고, 대신 창가 쪽으로 빙 둘러 1인 좌석이 적절한 거리를 유지하며 놓여 있다. 초록 잔디가 시원스럽던 통유리 밖 풍경도 사뭇 달라졌다. 사진 찍기용 소품처럼 놓여 있던 하얀 테이블 이외에도 넓은 파라솔을 펼쳐 고적함을 드리운 원목 테이블 몇 개가 더해져 있다. 파스텔 톤의 가을꽃들이 초록 잔디

사이에서 살랑거리고, 테이블 위엔 불을 밝힌 색색의 향초들이 반짝거렸다.

우와, 나도 모르게 탄성이 흘러나왔다. 코로나 시대에 살아남기 위한 고군분투의 흔적일 테지만, 성공적인 변신임엔 틀림없다. 2020년, 갑작스레 탄생한 신생 인류 '호모 마스크엔스'들의 열린 공간 선호를 제대로 겨냥했다는 점에서.

"뭘로 할까?"

주문대 앞으로 직진하던 그녀를 누군가 막아섰다.

"손님, 체온부터 체크하시고 여기다가 QR코드도 찍어주셔야 하는데……."

자연스럽게 그녀의 뒤를 따르던 나 역시 일련의 의례를 위해 멈춰섰다. 그러고 보니 우리 앞으로 줄 선 이들이 한둘이 아니었다. 어이없는 조바심이 일었다. 순서를 기다리는 사이 야외 테이블이 꽉 차버리면 어떡하지?

발열 체크 카메라에게서 정상 체온이라는 진단을 받고, 방문 기록을 남기기 위한 QR코드를 막 찍으려는 찰나 전화벨이 울렸다. 아버지다. 하필 이런 때? '회의 중입니다. 잠시 후 전화드리겠습니다.' 수신거절 문자 중 하나를 골라 전송하는 동안 뒤통수가 몹시도 따가웠다. 주문대 앞에 선 그녀가 날 돌아보았다. 인식기에다 얼른 코드를 찍고, 손 소독제를 비벼 바르며 눈에 띄는 대로 메뉴를 골랐다.

"난 밀크 티로!"

"어머! 벌써 몸 생각할 나이는 아닌데……."

그녀가 샐쭉 웃었다. 오로지 에스프레소만 외치던 예전의 나를 떠올린 모양이다. 그가 좋아하는 건 뭐든 싫어하게 된 걸 그녀가 알 리 없지. 답례 삼아 설핏 웃어주며 난 서둘러 야외 공간으로 나갔다.

다행스럽게도 빈 테이블이 하나 남아 있다. 먼저 자리를 차지한 이들이 마지막 행운을 거머쥔 신참자를 어딘지 못마땅한 눈빛으로 훑어보았다. 어쩌면 자기도 모르는 사이 의심의 포로가 되어버린, 감염병 대유행 시대의 표준 눈빛일지도 모른다. 저 인간은 바이러스 매개체일 것인가, 아닐 것인가?

이럴 땐 도도한 낯빛과 당당한 발걸음이 최상이다. 난 너희와 같은 정상인이야, 바이러스 전파가 약화된다는 야외 공간을 확보했지. 그러니까 너희와 난, 지금 이 순간 동일한 기득권자, 함부로 째려보지 마!

무슨 시위라도 하는 사람처럼 휙휙 바람을 날리며 빈자리로 찾아들었다. 그리고 마침내는 마스크를 벗는 것으로 정점을 찍었다. 하루종일의 마스크 부착이 턱 주변에다 벌건 뾰루지로 점점이 새겨 그린 점묘화를 함부로 공개해도 될까 싶은 망설임이 일었지만, 과감하게! 먹고 마시는 행위만이 마스크로부터의 탈출을 가능케 하리라, 진리가 주는 자유를 만끽하고자!

그럼에도 켕기는 맘을 어쩔 수 없어 슬그머니 돌아보았다. 자리에 앉아 있는 다른 이들도 나와 크게 다르지 않았다. 치밀하거나 성글거나의 차이는 있지만 접촉성 피부염 때문에 턱 주변에 돋아난 벌건 점들도, 그걸 드러낸 채 마스크를 벗고서 슬금슬금 주변의 눈치를 살피는 것도……. 순간 훅 밀려드는 그들과의 동질감에 깊은 안도를 느꼈다. 휘유!

가방에 넣어둔 손전화를 꺼냈다. 아버지의 문자를 확인하거나 전화를 걸 생각은 물론 아니었다. 그저 손이 허전해서라고나 할까? 그 사이 아버지로부터 열댓 개의 문자가 날아와 있다. 참으로 끈질기기도 하지. 문득 느닷없고 쓸모없는 의구심이 솟구쳤다. 고통스럽고도 질기게 이어졌던 어머니의 투병 생활이 어쩌면 아버지의 이런 끈질김 때문은 아니었을까? 아버지 시대의 남자들에겐 기대되지 않던, 지극하기 이를 데 없던 간병을 어머니는 과연 감사하는 마음으로 받아들였을까?

"에휴, 사람 많은 거 좀 봐. 집합 금지다 거리 유지다 떠들어봤자, 두 발 달린 짐승을 어찌 말려?"

시골 할머니 같은 그녀의 말투는 여전했다. 훗, 살며시 비집고 나오려는 웃음을 애써 참았다. 고소하고 달차근한 향내가 테이블 위로 놓였다. 하얀 생크림을 잔뜩 뒤집어쓴 허니 브레드가 뇌 속으로 콕 들어와 박혔다. 바삭거리는 껍질과 야들야들한 속살이 꿀 세례를 받아 더욱 강렬한 달콤에 빠져든 황홀한 순간!

대뜸 포크부터 집어 들었다. 바로 그때, 맨날 그런 거나 먹어대니 살이 찌지, 불쑥 어디선가 그의 목소리가 튀쳐나왔다. 빌어먹을, 뭔 개소리야? 난 그의 목소리를 찍어 누르듯 허니 브레드의 도톰한 살집에다 삼지창을 박아 넣었다.

"배 고팠구나? 하긴, 원래도 우리 유리 님이 허니 브레드라면 죽고 못 살았지!"

그녀가 피식 웃었다. 머쓱함을 숨기려고 초록빛 키위 주스가 담긴 잔을 서둘러 그녀 앞에다 내려놔주었다. 평소의 그녀답지 않은 선택에 의아해하면서.

"어, 주스 따윈 안 좋아하는 줄 알았는데……? 하루 몇 잔이든 항상 커피 아니었어?"

"그랬지. 근데 오늘은 왠지 상큼한 키위가 땡겨."

서로의 취향을 여전히 기억하고 있다는 반가움이 자연스러운 수다로 우릴 이끌었다. 평소 별 관심 없던 회사 직원들 이야기도 수다의 소재로 채택되면 한 편의 드라마가 된다. 주식 투자로 떼돈을 벌었다는 누군가는 갑자기 최고의 결혼 상대로 등극하고, 연봉 높은 직장으로 갈아타려 여기저기 알아보고 있다는 누구는 지극한 염려와 걱정의 대상으로 전락하고……. 자릴 털고 일어서면 별로 기억에 남지도 않을 뜬소문들을 주고받는 사이 예전의 친밀감이 되살아나는 듯했다. 둘 사이로 흐르던 어색스러움도 상당 부분 가시는 듯싶었다.

"사실은 부탁할 게 하나 있어서."

그러면 그렇지, 코로나19 이전부터 지켜온 우리 둘 사이의 거리 두기가 아무 이유 없이 갑자기 해제될 리가 없지. 순간 내 표정이 굳어졌던 것일까? 조심스럽게 말을 꺼내던 그녀가 자신감 없는 표정으로 시선을 내리깔았다.

"자기 언니가 산부인과 의사라고 했던 거 같은데……?"

뜬금없는 질문이었다. 언니는커녕 동생 하나도 없는 내게, 최소한의 인적 사항 정도는 알고 지낸 지가 7, 8년은 되는 사이에, 단둘의 만남이 아무리 오랜만이라곤 해도 좀 너무한 질문이 아닌가 싶었다.

"어……?"

"그 사촌 언니인가 있다고 하지 않았어? 청춘을 누리지 못하는 그 언니가 너무 불쌍해 보여서 절대로 의대 진학은 하지 않으리라 결심했다고, 자기가 그랬었잖아."

"아아! 그 언니? 엄친딸!"

어머니랑 워낙 우정 깊던, 늘 이모라 부르며 진짜 이모보다 더 가까이 지냈던, 어머니가 돌아가신 후 조금씩 멀어져 언젠가부턴 연락도 하지 않게 된 양희 이모……. 그리움이 확 몰려왔다. 다정하고 수다스럽고 퍼주기 좋아하던 이모와 이모의 자랑거리였던 침울하고 말 없던 그 언니조차도.

"본 지가 하도 오래돼서……, 그리 친한 편은 아닌데 왜?"

"그게 말이지, 내 친구가 임신을 했다는데……."

그녀는 쥐고 있던 주스 잔을 빙빙 돌리면서 한동안 말을 잇지 않았다. 친구의 임신이 자신의 인생에 무에 그리 큰 사건이라고 저리도 음울한 표정으로……? 쿨하기 짝 없는 평소의 그녀와는 조금 다른 분위기가 내 궁금증을 부추겼다. 그럼에도 난 가만히 그녀의 말 없음을 견뎌주기로 했다. 입안에서 사르르 녹는 빵 조각의 부드러운 살집과 사방팔방으로 튀는 내 지레짐작을 음미하며.

"승진 심사 때 자기가 왜 나한테 밀렸는지 알아?"

그녀의 갑작스런 화제 전환이 내 분방한 상상력을 멈춰 세웠다. 아마 내 눈길이 그녀의 아랫배를 향해 미끄러져 내려가던, 바로 그런 찰나였다.

"승진 심사 앞두고 청첩장 돌리는 바보가 어딨어? 그래도 뭐, 결혼만이었으면 그런대로 양해가 되었겠지. 속도위반이 뭐니? 몇 개월 내로 출산휴가 받을 사람을 승진시킬 회사가 어디 있다고."

신혼여행 중에 유산되어 여행도 신혼도 꽝이 되어버린, 잊힌 줄 알았던 기억이 아프게 떠올랐다. 자연적으로 중지된 임신은 그 한 번만이 아니었다. 쉬운 임신과 반복되는 유산, 채 3년을 넘기지 않은 결혼 기간 동안 8~9개월 간격으로 되풀이된 일련의 사태에 의사는 '습관성 유산'이란 딱지를 붙여주었다. 그게 병의 이름인지 상태에 관한 설명인지 아리송했지만 내가 특이체질이라는 것만은 확실했다.

내게 휴직을 강압한 건 그의 부모였다. 내 인생에 대한 간섭이 그들의 당연스런 권리인 것처럼 당당하게. 임신과 출산이 내 삶의 최대 목표가 되어야 한다는 듯 거침없이. 그들과 나 사이에 분명한 경계선을 긋기로 계획하면서부터 그와 나 사이 또한 어긋나기 시작했다. 넌 **체질만 특이한 게 아니라 성격도 특이한 거 같아.** 거듭 중지된 임신, 끝장난 결혼, 물 건너간 승진 기회, 그런데 이제 와서 뭘 어쩌자고……?

"미안해, 그때 널 적극적으로 방어해주지 못해서."

무례하기 짝 없는 도발에 악, 소리라도 내지르려는 순간 그녀의 맥락 없는 사과가 이어졌다. 당황스러웠다. 글쎄, 그녀가 날 방어해줄 무엇이 있기는 했을까? 우리의 선배들 대부분이 거쳐 간 길. 시집가고 애 낳더니 프로 정신이 사라졌어, 손가락질 받으며 찌그러졌다 영

영 보이지 않게 된 이들이 지나쳐 간 길. 별다른 저항도 없이 흔적조차 남기지 않고 황황히 떠나간 길……, 누가 누구를 방어해준단 말인가?

이혼을 결심한 데는 그들과 같은 길을 가진 않으리란 독한 각오가 생겨난 때문이기도 했다. 나 자신에 대한 기대도 없이 어떻게 남편에 대한 기대를, 내 자궁에 진득하게 머물러줄 미래의 내 아기에 대한 기대를, 이어갈 수 있을까? 이제 난 돌아왔고 내 기대를 명확히 했다. 그러니 두고 봐라, 피엘 승진엔 너보다 늦었으나 팀장 승진에선 너를 앞지르리니!

무음으로 설정해둔 내 손전화가 화들짝 기지개를 켰다. 포기를 모르는 아버지의 전화, 난 반짝거리는 액정이 보이지 않게끔 전화기를 엎어버렸다.

"친구 얘기로 다시 돌아가서, 그니깐 뭘 도와달라는 건지?"

평소의 그녀와 다른 묘한 감상, 묘한 자책감이 부담스러웠다. 본론을 얼른 끝내고 일어서고 싶어졌다.

"아일 낳을 상황이 아니야. 아직 결혼한 것도 아니고……. 회사에서 나름 자기 입지를 굳혀가고 있는 마당인데 어떡하냐고 걱정이 태산이더라구."

"그니깐 아일 지우고 싶다는 건가?"

"아마도. 법령 개정을 한다 어쩐다 말들은 많아도 아직까진 불법이니까."

"불법을 불법 아니게끔 하는 방법을 찾아달라, 뭐 대충 그런 이야기?"

그녀가 주변의 눈치를 살피며 고갤 끄덕였다. 진지하고도 간절한 눈빛이었다.

"임신 몇 주 차야? 애 아빠 되는 이도 동의했대?"

하지 않아도 되는 질문을 난 굳이 하고야 말았다. 그녀의 낯빛이 어두워졌다. 어쩔 수 없이 드러나는 정직함, 그녈 미워하면서도 철저히 미워하지 못하는 까닭은 결코 흐려지지 않는 저 솔직한 눈빛 때문이리라.

"동의를 하고 말고 할 입장이 안 될걸? 여행사 직원이었다던데 아마 지금은 백수가 됐겠지. 월경이 한 번 빠졌다니까 주수는 얼마 안 될 거 같은데, 어쩌면 이번 결정에 따라 둘 사이의 다음 진로가 결정되지 않을까 싶어. 잘은 모르지만."

아버지의 호출이 계속되고 있었다. 모르쇠로 계속 미뤄두기엔 그 집요함이 평소와 달랐다. 뭔 일이라도 생겼나 싶은 불안감이 슬며시 치밀어 올랐다. 게다가 그녀의 부탁이 그녀 자신을 위한 것임을 뻔히 눈치채고서 모른 척 시침 떼고 앉아 있기가 민망스럽기도 했다.

"아버지야. 무슨 일 있나 봐. 먼저 일어설게. 낼 봐!"

갑작스레 일어서는 내게 그녀가 어정쩡한 표정으로 손을 흔들었다. 가물거리는 불빛을 따라 그녀의 그림자가 일렁거렸다. 소리 없이 뱉어내는 기나긴 한숨이라도 되는 양……. 그래선가? 댕그러니 남겨진 그녀가 무척이나 초췌해 보였다. 돌아서는 내 뒷덜미를 그녀의 눈빛이 잡아당기는 것도 같았다.

"연락 줄게."

그녀의 얇은 등에다 새삼 다짐을 얹어주며 카페를 나섰다. 수많은 차량이 줄지어 늘어선 거리는 휘황하고 찬연했다. 바람끝이 제법 쌀쌀했다. 충분히 물들지 않은 갈잎 하나가 팽그르르 내 발등 위로 떨어져 굴렀다.

"왜요? 회의 중이라고 했잖아요?"

전화기 너머의 아버지를 향한 내 목소리엔 약간의 짜증이 실렸다.

"아무리 회의 중이라도 문자에 답은 줘야제. 오늘이 뭔 날인지 참말로 잊어분겨?"

순간 머리를 때리고 지나가는 뜨거운 번개, 어머니의 기일이었다. 아버지는 올해를 마지막으로 더는 방 안 제사를 지내지 않겠다고 했다. 돌아가신 지 3년 차, 그러니깐 전통적인 의미에서의 탈상을 선언한 셈이었다. 일찍 퇴근하라고, 반차라도 낼 수 있음 내고 오라고 아침 출근길에 신신당부했건만 까맣게 잊고 말았다.

"잊어부릴 걸 잊어야제. 니 에미가 니한테 어뜨케 했는디……"

하아, 귀에 딱지가 앉을 만큼 수없이 들어온 아버지의 잔소리가 또다시 시작될 참이었다. 세상천지 니 에미 같은 에미가 어딨다드냐? 딸년 결혼 날짜 받아놓고 행여 몹쓸 짓 할까 봐 하루하루 얼마나 용을 쓰고 살아냈는디……, 휠체어 아니면 한 발짝도 못 뗄 처지에도 기어코 화촉을 밝혀준 그런 에미가 아니드냐?

그럴 때마다 마음 바닥에 괴어오르던 몇 마디를 난 여전히 아버지께 쏟아내지 못했다. 그럼요, 그럼요. 덕분에 결혼식은 눈물바다가 됐고, 결혼 생활 역시 영영 눈물로 끝났지요.

하지만 아버지의 반응은 예상 밖이었다. 추궁은 구구절절 이어지지 않았다.

"회사 일 땜에 그리됐다니 더는 말 않겠다마는, 여튼지 서둘러 와라."

평소와 다른 부드러운 말투, 차분한 음성, 너그러운 이해심까지, 따스함 같은 게 가슴 가득 차올랐다. 4년을 꼬박 채운 어머니의 기나긴 투병 생활 동안, 손발처럼 곁에 붙어 온갖 시중을 다 든 아버지가 아니던가? 제발 보내줘요. 어머니의 간절한 요구에 굵은 눈물방울로 대답을 대신하던 아버지가 아닌가? 몸을 놓아버린 어머닐 요양원에다 맡기려고도 하지 않던 아버지가 아닌가? 난 문득 가슴이 아리고 또 부끄러워졌다. 고분고분한 대답이 절로 흘러나왔다.

"죄송해요. 금방 갈게요!"

지나가는 택시를 향해 손을 흔들며 통화 종료 버튼을 눌렀다. 사실은 소개시켜 줄 냥반도……. 전화기 속에서 아버지의 목소리가 점멸했다. 집에 가면 또 한 소리 들을 게 뻔했다. 버르장머리 없이 어른이 전화를 끊기도 전에 어쩌고 저쩌고……. 하지만 아버지의 나무람에 대한 걱정보다는 마지막 말에 대한 궁금증이 날 사로잡았다.

내게 소개할 사람이라니?

나무랄 데 없이 갖춰진 제사상이었다.

높게 쌓아 올린 두툼한 떡이며, 오색 재료를 가지런히 맞춰 지진 전은 물론, 노랗고 하얀 달걀 지단을 가늘게 썰어 고명으로 얹은 불고 기며 찜 요리들에다 각색 나물, 그리고 반질반질 윤나는 과일에 이르 기까지, 정갈함을 넘어서는 기품이 넘쳤다. 아름다웠다. 아무리 뜯어 봐도 아버지 솜씨일 리는 없었다. 그렇다고 굳이 칭찬을 아낄 필요는 없을 것이다.

"오, 울 아버지! 대단해요. 집 안에서 지내는 마지막 제사라고 온갖 정성을 다 들이셨네!"

아버진 약간 경직된 입매를 허물다 말았다. 종일 무신경하게 대응 했던 나에 대해 화가 난 탓이리라 싶어 서둘러 변명을 늘어놓았다. 하 지만 거기에 대해서도 아버지는 별다른 반응을 보이지 않았다. 술을 올리라는 말도, 절을 드리란 말도 하지 않았다. 그러니까 제사 예식 자체를 시작할 생각이 없는 듯이 보였다.

뭔가에 사로잡힌 듯한 무신경, 누군가를 기다리는 듯한 초조함, 아 버진 그야말로 건성이었다. 이미 남이 되어버린 그를, 그러니까 한때 아버지의 사위였던 내 전 남편을 기다리는 건 설마 아니겠지 싶으면 서도, 나도 모르게 위축이 되었다.

그때 어디선가 전화벨이 울렸다. 아버지의 것이었다.

"어찌 되셨소? 딸내미가 인제사 왔소마는……. 아이구, 저런! 설마 그럴 리가……?"

아버진 맥락 없이 뚝뚝 끊어지는 얘길 주고받으며 슬그머니 방문 을 열고 나갔다. 상대와의 사이에 내가 들어선 안 될 얘기라도 있다는 건가? 평소답지 않은 아버지의 모습이 다소 의아스러웠다. 정중함, 다정함, 그리고 염려가 묻어나는 말투조차도. 누구와의 통화인지 도무지 감을 잡을 수 없었다.

어머니 간병을 이유로 명예퇴직을 하고 난 이후 아버지의 사회적 관계망은 급속히 축소되어, 전화 통화를 주고받을 정도의 사이는 내게도 대부분 알려진 이들이었다. 에구, 지레 걱정할 것까지야……. 상대를 안심시키는 건지 자신의 걱정을 억누르는 건지 모를 아버지의 말소리가 차츰 멀어졌다. 그러고는 더 이상 들리지 않았다.

영정 사진 속에서 웃고 있는 어머니와 눈이 마주쳤다.

너만 아니었음 니 아부지랑 진작에 갈라섰제. 탕탕 큰소리치더니만 셋집이고 패물이고 왼갖 것이 다 빚이더란 말이다. 세상에나, 그때 내가 까딱 맘 한번 잘못 먹었음 요로케나 이쁘고 귀한 내 새끼 지워불 번했제.

어머니는 입버릇처럼 말하곤 했다. 당신 인생에서 젤 후회되는 건 동생이 줄줄이 딸린 가난한 집 장남과의 결혼이었다고. 그리고 당신 인생에서 최고로 잘한 일은 낙태냐 결혼이냐의 갈림길에서 낙태를 선택하지 않은 것이라고. 어머니의 비논리가 도달하는 지점은 늘 나의 존재였다. 한 자녀 출산을 국가시책으로 삼았던 그 시절엔, 낙태가 권장되고 불임시술이 장려되던 그 시절엔, 여성들의 임신 중지는 불법도 뭣도 아니었다고, 그럼에도 날 없애는 데 필요한 딱 3분을 차마 결심하지 못해 돌아선 그 순간이 당신 인생의 최고 순간이었다고.

문득 뭔가가 가슴을 훑고 지나갔다. 그녀, 키위 주스를 홀짝이며 속이 불편한 듯 끄르륵대던 그녀. 임신한 친구가 걱정되어 알아봐주려 한다고 슬쩍 말을 돌리던, 혹시나 그 언니한테 도움을 청할 수 있지 않을까, 조심스럽게 물어보던 그녀. 날 방어해주지 못해 미안했다던 그녀, 그녀는 날 어디까지 믿은 것일까? 난 과연 그녀를 방어해줄 수 있을까?

"뭐 하냐? 술도 따르고 절도 올리고 해야제! 니 에미 배고파 졸도 하겠다."

기척도 없이 들어온 아버지가 별안간 재촉을 해댔다. 목소리엔 아까와는 다른 밝은 기운이 서려 있다. 분명 조금 전의 전화와 관계가 있을 거였다.

"나한테 소개시켜줄 양반이 있다셨던 거 같은데?"

"응, 있었제. 근디 오늘은 아닌갑다."

아버지가 먼저 술을 따라 제상에 올리고 절을 했다.

"인제는 진짜로 자네를 보내줄라네. 나 만나서 참말로 고생 많았네. 다 잊어불고 훨훨 날아가소. 그리 걱정해쌓던 우리 유리도 내 곁에다 딱 붙여났으니 아무 염려 말고."

아버지가 달라졌다. 한숨만 푹푹 내쉴 뿐, 한마디 말이 없던 작년과는 완전히 달랐다. 훗날 어머닐 뭔 낯으로 보겠냐며 한사코 내 이혼을 반대하던 아버지가 아니었다. 넋두리인지 고별사인지 알 수 없는 목소리에선 미세한 떨림이 묻어났다. 어머니의 영정 사진을 이윽히 바라보는 눈빛엔 자랑 같은 게 서린 듯도 했다.

"사실 오늘 자네랑 유리 앞에서 소개시킬 사람이 있었다네. 자네가 내 앞에다 모질게 던져놓고 간 세월, 그게 얼마가 되든 혼자서 감당할라고 굳게 맘 묵었는디 말여. 그 코로나 바이러슨가 코비든가 하는 게 온 세상을 발칵 뒤집어놓는 바람에, 그 사람도 나도 사는 게 뭐 별거 있겠나 싶어……. 어짜믄 자네가 젤로 반가워해줄란지 몰랐다, 뭐 그런 생각도 들었는디 말여."

"아버지, 잠깐만요!"

나도 모르게 아버지의 말을 막고 나섰다. 향후 아버지의 인생에서 중요한 계획이랄까, 결정이랄까 싶은 뭔가가 금방이라도 선언될 성싶었다. 난 아버지의 심사숙고를 그런 식의 간접화법으로 듣고 싶진 않았다.

"이렇게 어물쩍, 중얼거리듯 얘기하고 넘어갈 일이 아닌 거 같은데……?"

"뭐, 그렇게 됐다!"

"아니 그런 식으로 말고, 앞뒤를 제대로 갖춰서 얘기해달라 이 말씀이죠."

주름살 많은 아버지의 얼굴이 사뭇 발갛게 달아오르는 듯싶었다. 어머니의 유골함 앞에서 당신 인생에 재혼 같은 건 절대로 없다며, 끝내 외롭고 불쌍하게 살아 어머니 혼자 편히 눈감지 못하게끔 할 거라며, 울먹이던 그날의 아버지가 아니었다.

"그게 그러니깐, 내가 심심해서 그 노인대학인가 서예반에 들어간 건 너도 알자녀. 거긴 지도 선생님이 있긴 하지만도 앞서 배운 선배들이 새로 들어온 후배들을 갈차주는 그런 시스템으로 운영이 되는디 말여."

"그러니깐 선배님이랑 정분이 나셨다?"

"아부지한테 무슨 말버릇이냐, 그게? 아야, 저녁 먹음서 차분히 이야기하자."

막상 얘길 하자니 아버지로선 영 어색스런 모양이었다. 나도 모르게 웃음이 났다. 평생 여자라곤 어머니 한 분밖에 몰랐던 아버지가, 올 한 해 길고도 잦았던 집합금지 행정명령 기간 사이 사이를 비집고 같이 사는 딸 몰래 연애를 하다니! 그것도 60대 중반으로 들어서는 나이에……!

"웃지 마라. 이 나이 들고 보니 여기에도 사람이 살드라. 예전엔 환갑 진갑 넘어가면 사람 사는 세상이 아닌 줄 알았다."

"히힛, 신기해서 그렇죠. 울 아부진 절대로 어디다 한눈 따위 못 팔 줄 알았는데……."

"한눈판 거 아니다!"

"어머머! 그럼 두 눈 파신 거예요? 세상에, 어쩜 좋아! 그럼 난 새엄마한테 쫓겨나는 건가?"

아버지가 피식 웃었다.

"지금 그게 문제가 아녀. 행여 잘못되믄 나도 선별 진료소 가야 할라는지 몰라."

아직도 웃음기가 가시지 않은 얼굴로, 느닷없이 선별 진료소 운운하는 아버지를 빤히 쳐다보았다.

"왜요? 그분 코로나 걸리셨대요? 그래서 못 오신 거예요?"

"떼끼! 그런 불길한 말을 함부로 입 밖에 내는 거 아니다!"

아버지가 짐짓 화난 표정으로 나무랐다. 도무지 종잡을 수가 없었다. 사춘기 소년처럼 볼이 발개지던 게 방금 전이건만 선별 진료소는 뭐고, 코로나라는 말에 펄쩍 뛰는 건 또 뭐람?

"그 냥반이 다니는 휘트니스 센터 건물에서 확진자가 한 명 나왔댄다. 그 때문인지 갑작스레 연락이 왔다자녀. 당장 선별 진료소에서 검진받고 결과 나올 때까진 자가격리하라고. 우리 집 올려구 차려입고 나오다가 문자 받고 허둥지둥 진료소부터 갔다는 겨. 결과는 낼 저녁에나 나온다는디……?"

순간 내 얼굴에서 장난끼가 훅 사라졌다. 온갖 걱정이 밀물처럼 쏟아져 들어왔다. 아버진 어제도 그제도, 어쩌면 오늘 오전에도 그분을 만났을지 모른다. 그 확진자에게서 그분에게로, 그분에게서 아버지에게로, 다시 내게로 연쇄 감염이 이어진다면……?

머릿속이 하얘졌다. 마스크도 벗고 2미터 거리 유지 따위 하지 않은 채 한 접시에서 허니 브레드를 나눠 먹고, 머릴 맞댄 채 수다를 떨고 내 손으로 음료 잔을 건네준 그녀는? 그 시간 카페에 머물렀던, 내가 모르는 그 많은 사람들은? 복도에서, 화장실에서, 사무실에서 마주친 회사 동료들은? 최악의 경우 회사를 말아먹은, 그러니까 일종의 매국노가 되는, 돌이킬 수도 피할 수도 없는, 어이없는 운명에 부닥칠지도 모른다.

"너무 그러지 마라. 그 냥반 정갈하고 청초한 분이다."

푸핫! 온갖 걱정에도 불구하고 웃음소리가 터져 나오고 말았다.

"백신이 쉽게 못 나오는 이유를 알겠네. 정갈함과 청초함을 긁어모은다는 게 어디 쉬운 일이겠어? 게다가 바이러스가 겁먹을 정도의 표준 함량이 얼마나 되는지 알 게 뭐야? 흐흣!"

"욘석이 애빌 놀려?"

살풋 흘겨보는 아버지의 낯빛이 해맑기 그지없다. 그 해맑음에 화답하는 검진 결과가 나와줄까?

"사실상 요 며칠은 그 냥반을 안 만났으니께 행여 뭔 일이 나드라도 크게 걱정할 필욘 없지 싶다만. 니 에미 제사 앞두고 나도 맘 정리하느라고 나름 거리 두기를 했다 그 말이여. 그러고 나니께 확실해지드라. 그래서 오늘 초대도 하고 또 내 맘도 전하고 그럴 참이었는디."

하아! 그동안 아버지께 너무나 무심했다. 어찌 그리도 둔했을까? 별 의미 없는 후회가 가슴속을 휘돌았다.

제사상을 정리하기 시작했다. 제기가 하나씩 비워져갔다. 빈 반찬통들이 나물로, 전으로, 수육으로, 생선으로 채워져갔다. 아버지가 그중 일부를 덜어 다른 반찬 그릇에다 따로 담았다. 색색의 고명을 그 위에다 얹어 제법 모양을 내가면서. 그런 다음 그것들을 쇼핑백에다 채곡채곡 챙겨넣었다.

"댕겨오마. 그 냥반 저녁도 아직 못 먹었을 거인디."

"예에……?"

그러리라는 짐작이 없지 않으면서도 아버지의 출타 선언에 난 화들짝 놀랐다. 언제부터 그렇게까지 친밀한 사이가 되었던 걸까?

"별일은 없었지만도 혼자 얼매나 겁나고 걱정스럽겠냐? 요럴 때 같이 있어줘야들 않었어?"

"만약에 검진 결과가 양성으로 나오믄 어떡하실려구……?"

"입원시키고 돌봐주고 해야제, 뭘 어뜨케?"

아버지는 당연한 걸 왜 물어보냐는듯 천연스레 대꾸했다. 순간 내 무심과 둔함을 탓했던 마음이 서운함과 짜증으로 돌변했다.

"그러다 아버지도 확진되면? 너무하는 거 아녜요? 조금치라도 내 생각을 한다면 그럴 순 없죠. 이번 승진 심사에서도 누락되면 만년 대리라고요."

아버지가 뜨악한 표정으로 날 쳐다보았다.

"단지 검사를 받았을 뿐이여. 열이 나는 것도 아니고 어디 아픈 데도 없대."

"그래도 결과 나올 때까진 기다려야죠. 만약의 경우가 생기면 전 어떡해요? 낼 저녁까지만 기다리면 되는데 그걸 못 참아서 오늘 꼭 가봐야겠어요?"

"너한테는 절대로 피해 안 준다. 그럼 될 거 아녀?"

"지금 그게 말이 돼요?"

"안 될 건 또 뭐냐? 결과 나올 때까진 그 집에 있으마. 한 발짝도 안 떼고 딱 자빠져 있으믄 되제. 만일의 경우가 생기드라도 널 부르진 않을 테니껜 걱정 꽉 붙들어 매드라고!"

탕! 현관문이 닫혔다.

차가운 바람이 가슴팍을 후리고 지나갔다. 집 안이 순간 휑해졌다.

아버지가 떠나간 것인가? 어머니가 떠나고 내 아기들이 떠나고 그가 떠나고, 내 모든 이별들의 완충지대로 남아 있던 아버지마저 떠났는가? 난 홀로 남았는가?

뭔가에 홀린 것처럼 손전화의 자판을 누르기 시작했다. 그 의사 언니에겐 조금 있다 전활 해도 상관없을 것이다.

친구분이 어떤 결정을 내리더라도 난 그분의 결정을 지지할 것 같아.(내가 무슨 상관일까마는 ㅎㅎ) 직접 만나서 상의해보길 권함요. 내 소개로 왔다고 미리 말하면 최선의 방법을 찾아줄 듯. Dr. OOO/ 전번 : OOO-OOOO-OOOO

다시 읽어보지도 않고 보내기 버튼을 눌렀다. 반말도 존대말도 어색스러운 내 입사 동기이자 직속 상관인 그녀, 그녀는 이미 자신의 선택을 천명했다. 내가 거기에다 뭘 덜어내고 또 얹어줄 수 있겠는가?

영정 사진 속의 어머니는 여전히 웃고 있다. 그 웃음을 덮고 있는 유리막을 가만히 쓰다듬어보았다. 차가웠다. 이것조차도 내일이나 모레, 늦어도 주말쯤이면 집을 떠날 터이다. 아버진 영정 사진을 추모 공원에 있는 유골함 앞에다 세워놓자고 했다. 보관 상자의 뚜껑을 열었다. 엄마, 안녕! 작별 인사는 소리가 되어 나오지 못했다. 난 유리막에다 대고 입을 맞췄다. 여전히 차가웠다.

음식 접시가 모두 치워진 텅 빈 제사상을 닦아내고, 설거지를 시작했다. 쏴아쏴아 수돗물이 쏟아지는 소리, 달그락 덜그럭 그릇들이 부딪히는 소리, 뽀드득이는 수세미 소리. 집 안이 온통 소리들로 꽉 찼다.

도도와 쭈아

도도와 쭈아

만남

내가 그 애를 처음 만난 건 퇴근길의 골목 어귀에서였다.

7월 하순의 오후 5시는 환하고 뜨겁고 끈적였다. 유리문 밖에서 매서운 눈초리를 부라리던 폭염이 내 등짝을 사정없이 후려쳤다. 추적 중이던 범죄 용의자를 마침내 찾아내기라도 한 듯. 속도를 내어 도망쳐야 했지만 온몸에서 힘이 빠지고 줄줄 땀이 흘렀다.

후르륵! 희끗한 무엇인가가, 햇살을 등진 조그만 그림자 하나가 스을 지나갔다.

우와! 꼬맹이들 서넛이 탄성을 지르며 그 하얀 그림자를 쫓았다. 치맛자락이 출렁였다. 아주 잠깐, 시원했다.

"일루 와! 소시지 사 왔어."

꼬맹이 하나가 사근사근한 목소리로 누군가를 꼬여냈다. 재활용품과 쓰레기봉투 등이 어지럽게 널려 있는 건너편 공터에선 온 동네 파리들이 모여들어 여름 오후의 파티를 즐기고 있었다.

"정말 맛있는 거야."

가방에서 소시지를 꺼낸 아이가 비닐 껍질을 벗기고는 한쪽 끝을 손에 쥔 채 흔들었다. 하얀 햇살이 소시지 위에서 통통 튀었다.

"제발!"

꼬맹이의 애원이 간절하게 울려 퍼졌다. 눈앞에서 새하얀 게 아른거렸다. 안개 가루를 끌어모아 몽글몽글 반죽을 만들면 그런 빛을 띨까?

"히야아!"

아이들이 탄성을 내질렀다. 나는 허리를 반쯤 수그렸다. 그리고 발소릴 내지 않으며 살금살금 그것을 포위해 들어가는 아이들의 대열에 합류했다.

살포시 솟은 한 쌍의 쫑긋한 하양, 반짝이는 흑요석 두 개를 동그랗게 둘러싼 하양, 숨죽인 채 지켜보는 내게로 밀려드는 하양…….흰 고양이였다.

녀석은 꼬맹이를 향해, 보다 정확히는 소시지를 향해 한 발 한 발 다가왔다. 눈치 따위 보지 않는 것처럼 천천히 그리고 품위 있게. 음식에의 욕망 따윈 없으며 단지 호기심에 불과하다는 듯 서두르지도 코를 벌름거리지도 않으면서 도도하게.

고양이가 소시지를 덥석 물었다. 와아! 아이들이 녀석을 에워쌌다.

"우리 집에 데려가구 싶어."

"내가 키울래."

아이들 사이에서 때 아닌 소유권 분쟁이 벌어졌다. 젤 먼저 녀석을 찾아냈다며 최초 발견자로서의 점유권을 주장하는 아이, 녀석의 털을 쓰다듬어본 사람은 자기뿐이라며 신체 접촉자로서의 우선권을 주장하는 아이, 그리고 음식물 구입을 전적으로 담당했다며 자본의 논리를 앞세워 양육권을 주장하는 아이…….

그런데 고양이가 사라졌다. 아이들이 떠들어대는 사이, 소시지를 물고서 눈 깜짝할 사이에.

소시지를 사 온 꼬맹이가 으앙 울음을 터뜨렸다.

"또 놓쳤어. 니들 때문이야."

"우리가 뭘?"

"니들이 시끄럽게 하니깐 놀라 달아났잖아."

난 하는 수 없이 꼬맹일 달래야 했다.

"개나 고양이는 원래 그래. 남들이 쳐다보는 앞에서 뭘 먹지 않는 데. 맛있는 것일수록 아무도 모르는 곳으로 몰래 숨어 들어가서 먹는 데."

꼬맹이가 놀란 눈으로 날 쳐다보았다.

"누구세요?"

아이들의 눈망울이 일제히 내게로 향했다. 조금 민망했다.

"낼은 내가 소시질 사 올게."

지금 내가 무슨 소릴 한 거지? 갑작스레 맞닥뜨린 흰 고양이 한 마리가 뭐라고 생판 처음 보는 아이들과 느닷없는 약속인가? 아냐, 아냐! 난 서둘러 내 말을 번복하려 했다.

"진짜요?"

"이 언니가 소시질 사 온대!"

아이들의 들뜬 눈초리가 목구멍까지 올라온 말들을 내리눌렀다.

"낼 이 시간에 여기서 만나요."

아이들은 멋대로 시간 약속을 하더니만 휑 몰려들 가버렸다.

그래, 솔직해지자. 난 조금 전의 하얀 고양이에게 단단히 매료되고 말았다. 한 번 더 보고 싶다. 그깟 소시지 하나가 얼마나 한다고 어린 애들한테 꺼낸 말을 뒤로 물린담? 다행히도 이번 주는 오프닝 담당이라 4시면 일과가 끝난다.

다음 날도, 또 다음 날도 상황은 진전되지 않았다. 우리가 탄성을 지르는 사이 녀석은 소시지를 물고서 눈 깜짝할 새 사라지고 말았다. 한 아이가 제안했다.

"캔 어때? 그건 덥석 물고서 가져갈 수 없잖아?"

모두들 박수를 치며 좋아했다. 아이들의 시선이 일제히 내게로 쏠렸다. 영악한 꼬맹이들 같으니……!

"알았어. 언니가 준비할게."

닭가슴살이 든 깡통을 따서 그릇에 부어놓고 녀석을 기다렸다. 녀석은 우릴 기다리고 있었던 듯 금세 나타났다. 나흘째 같은 시각에 공물을 바치러 오는 무리들에게 은혜를 내리는 여왕님처럼 도도하고 우아한 자태로.

히야아!

　며칠째 반복되는 똑같은 감탄사에도 녀석은 이골이 난 듯 아주 무관심하고 여유만만했다. 하지만 그릇 앞에 도달하자 소시지 때와는 전혀 다른 반응을 보였다. 당황스러워하는 빛이 역력했다. 코를 킁킁거리고, 혀를 내밀어 끝부분만 살짝 핥아보고, 그릇 주위를 뱅글뱅글 맴도는 등…….

　'이걸 어떻게 통째로 물고 가지? 궁리하는 게 분명했다.

　"걱정 말구 그냥 먹어."

　"우린 절대로 빼앗아 먹지 않아."

　아이들이 한마디씩 충고를 던졌다. 하지만 녀석은 그릇을 빤히 들여다보기만 했다. 그때 한 아이가 고양일 덥석 들어올렸다.

　"잡았다! 오늘 작전 성공!"

　꼬맹이들이 너도나도 나서서 자기도 한 번 안아보자며 난리법석을 피웠다. 처음 녀석을 안은 아이가 자기가 키울 거라며 내놓지 않으려 했다.

　"그런 게 어딨어?"

　아이들은 입을 삐죽이며 또다시 입양 자격 논란으로 돌입하였다.

　"얘들아, 이러지 말고 일단 자기들 집에 가서 물어보구 정하기로 하자."

　아이들의 논쟁을 바라보는 동안 나 역시 녀석에 대한 욕심이 커졌다. 고양이에 대한 아이들의 욕망은 인형이나 장난감을 가지고 싶은 어린애들 특유의 변덕일 것이다. 저렇게 특별한 고양이를 꼬맹이들의 변덕에다 맡겨둘 순 없다.

"방문 순서는 가위 바위 보로 정하자. 너희들이 허락을 못 받으면 언니가 데려갈게."

내게 승산이 있지 않나 싶었다. 시간제 일자리를 얻어 근근이 살아가는 집이 대부분인 동네에서 고양이 키우는 일에 선뜻 동의할 부모는 없을 것이다. 제안을 하고 보니 흰 고양이가 더욱 탐이 났다.

친구들이 자기가 기르는 고양이나 강아지 사진을 보여줄 때마다 질투심인지 부러움인지 모를 묘한 감정이 솟구쳤다. 그런 날이면 이구아나나 도마뱀 같은 이색적인 동물을 키우는 사람들의 일상을 담은 텔레비전 프로그램까지 내 가슴을 뛰게 했다.

어머, 얘! 말도 마. 돈이 얼마나 많이 드는 줄 아니?

매월 지출 내역의 반이 강아지 밑으로 들어간다며 민이 한숨을 쉬어 보이지 않았더라면 진즉에 유기견이라도 입양을 하고야 말았을 것이다. 일 년 내내 세일 중인 화장품 매장의 계약직 직원이라는 자각은 욕망의 크기를 조절하는 지렛대가 되었다.

고양이는 강아지보다 훨씬 독립적이라니 비용 지출도 더 적겠지. 강아지한테 앙증맞은 옷을 입힌 사람은 봤어도 고양이한테 그런 치장을 시킨 사람은 못 본 것 같아. 애견 미용실은 봤어도 애묘 미용실은 못 보지 않았어?

요 며칠 사이 내 수입으로 과연 고양이 한 마리를 키울 수 있을지 수도 없이 계산기를 때려왔다. 사료 이외에 특별히 들어갈 비용이 없다는 결론이 났고 그런 만큼 우아하기 짝이 없는 이 녀석을 어떻게든 내 소유로 만들고 싶어졌다.

"언니 말이 맞아. 집에 가서 먼저 물어봐야 돼."

고양이는 나와 아이들이 벌이는 소란에 아무런 관심도 보이지 않았다. 여러 개의 시선 한복판에 있다는 사실도 잊은 듯했다. 약간 불안한 빛으로 잔뜩 몸을 옹송거리고 있을 뿐이었다.

니아옹~

녀석은 제가 누비고 다니던 쓰레기장을 돌아보며 작별 인사라도 하듯 작은 소리로 울었다.

기묘한 가정 방문이 시작되었다. 학원 가방을 멘 초등학교 3학년 아이들과 정장 차림의 직장인 아가씨와 흰 고양이가 한 패를 이루어 이 집 저 집 대문 앞을 서성이고 또 들락거리는.

"치아라, 재수 없구로. 괭이가 울어싸믄 되는 일이 없다 안 카나?"

첫 번째 아이의 집에선 고양이를 귀신이나 유령 대하듯 하였다. 아이가 고개를 푹 숙이고 뚝뚝 눈물방울을 떨어뜨리며 두 번째 아이에게 고양이를 건넸다.

그럼 그렇지. 경쟁자 1 탈락! 난 쾌재를 불렀다.

"고양이는 공짜로 키우는 줄 아나? 우리 묵을 것도 없다. 이 가시나야."

두 번째 아이의 할머니는 가정경제를 들먹이는 것으로 아이의 바람을 무산시켰다. 경쟁자 2 탈락!

"쪼꼬만 게 뭔 오지랖은? 그거 키울려면 손이 얼마나 가는 줄 아니? 니가 밥 먹이구 똥 치우구 청소하구 다 할래?"

세 번째 아이의 집에선 고양이가 아이에게 부과할 노동의 강도가 굉장히 셀 것이라는 협박으로 입양을 거절하였다.

경쟁자 3 탈락! 고지가 멀지 않다. 하마터면 휘파람을 불 뻔하였다.

이제 한 집만 남았다. 한 아이의 눈물 콧물에 젖은 흰 고양이가 다음 번 아이에게로 건네지는 기묘한 릴레이도 이제 곧 끝날 것이다. 난 최종적인 승리를 예상하며 입가에 번지는 미소를 애써 참았다.

네 번째 아이는 자기 집 문 앞에 도착하기도 전에 지레 겁을 먹고 포기해버렸다. 형아한테 맨날 얻어터질지도 몰라. 얻어터질 대상이 자신인지 고양인지 알 순 없으나 아이의 얼굴엔 짙은 그늘이 내렸다.

경쟁자 4 자진 탈락!

마침내 나는 이상한 릴레이의 최종 주자가 되었다.

니아옹~

녀석이 무심한 낯빛으로 긴 하품을 뱉었다.

"언니도 집에 가서 물어봐야 돼요?"

"어른들이 야단치면 어떡해요?"

여러 개의 촉촉한 눈망울들이 내게 물었다. 어쩌면 그러기를 바라는 눈치였다. 어차피 자기가 못 데려갈 처지이므로 지금까지처럼 모두의 공동 소유로, 이 골목의 길고양이로 남겨두자는 그런 제안을 담은 눈빛들이었다.

"언닌 어른이니깐 누구 허락을 받을 필요가 없어."

아~!

아이들은 고양이를 위해 정말 잘 되었다는 안도감에다 앞으론 그 녀석을 아무 때나 볼 수 없게 되리란 아쉬움을 섞어 길고도 긴 한숨들을 내쉬었다.

"한 번씩 데리고 나와야 돼요. 우리 고양이니까요."

고양이가 내 소유로 확정된 것에 전폭적인 지지를 보낼 수 없다는 듯 한 아이가 당당하게 요구하였다.

"그럼, 당연하지. 언니가 근무 빨리 끝나는 날엔 꼭 일로 데리고 나올게. 약속!"

난 네 명의 아이들과 손가락을 걸고 약속해주었다. 비로소 애들 얼굴에 웃음기가 돌아왔다.

"언니랑 잘 지내. 맛난 거 사다 줄게."

"참! 얘 이름은 도도예요."

아이들은 아쉬운 듯 뒤돌아보며 손을 흔들었다.

안녕, 도도!

마침내 내 소유가 된 우아하고 품위 있는 흰 고양이에게 정말로 잘 어울리는 이름이었다.

뭔가 이상해

큼지막한 상자 하날 가져다 높이 5센티미터 정도만 남겨놓고 윗부분을 잘라낸 다음 모래를 부어주었다. 위생적이고 또 미적이라는 반려묘용 화장실을 들여놓을 형편이 아니었기 때문이다.

그런데 참으로 이상한 일이었다. 모래를 갈아줄 일이 생기지 않았다. 내 눈에 띄지 않는 어딘가에다 도도가 따로 나름의 화장실을 마련해놓았는진 알 수 없으나 용변을 본 흔적이 전혀 없었다. 설마 내 화장실을 놈이 같이 쓰고 있는 건가? 스스로 물까지 내려가면서?

사료는 그악스럽게 먹어대는 게 분명했다. 하루 분량 이상의 사료를 아침마다 부어주고 나가는데 단 한 번도 남기는 법이 없었다. 아니그 정도를 넘어서서 사료 봉지 자체가 사라지기까지 했다. 처음 길거리에서 만났을 때 그랬던 것처럼 내가 보는 동안에는 절대로 사료에입을 대지도 않았다. 그랬던 녀석이 혼자 남겨지면 그걸 다 먹고도 부족하여 자기만이 아는 어떤 공간에다 사료 봉지를 통째로 물어다 놓고 아구아구 먹어대는 게 분명했다.

그런데 내 작은 원룸에 그럴 만한 공간이 있나? 베란다라고 해봐야 작은 세탁기 하나에다 빨래 건조대만으로도 꽉 찼다. 그나마 세탁기 위쪽 공간은 보일러실이었다. 어디 구석진 데를 찾아 숨겨놓는다한들 눈에 띄지 않을 수가 없다. 싱크대 안쪽이나 냉장고 뒤쪽 벽, 침대 아래와 세탁기 통까지 다 뒤져보았지만 그럴 만한 공간은 눈을 씻고 보아도 없었다. 빈 봉투의 흔적조차도 찾을 수 없었다. 설마 그것까지 씹어 삼키나? 어쨌든 사룟값이 예상보다 많이 들었으므로 사료봉지를 아예 싱크대 위 칸에다 보관하기로 맘먹었다.

물그릇의 물이 절대로 줄지 않는 것도 의문이었다. 그리 많은 양의사료를 먹어대면 분명 물도 엄청 마시게 될 텐데 퇴근해 들어와 보면 아침에 부어준 그대로 한 방울도 핥은 흔적이 없었다. 화장실 변기통 물을 마시나?

그런데 언젠가부터 뚜껑을 따놓은 생수병이 가끔 사라진다는 걸 알게 됐다. 반쯤 마시고 놔둔 생수병이 보이지 않는 경우가 한두 번이 아니게 되면서야 뭔가 이상하단 생각을 하게 되었다. 그럼 사료를 봉투째 훔쳐다 먹는 것처럼 물도 생수병째 어딘가로 가져가서 마신단 말인가?

도도하고 우아하고 품격 있던 도도가 사실은 상식적으로 이해하기 힘든 괴벽을 가진 특이한 고양이였나? 혼자 있을 땐 탐욕스럽고 더럽고 음험한 고양이였나?

어떻게 궁금증을 풀어야 할지 알 수 없었다. CCTV를 설치해볼까 하는 마음은 비용 문제에서 벽에 부딪혔다. 자가 설치가 좀 싸긴 했지만 상당한 기술력과 설치 도구 없인 불가능해 보였다. 쉬는 날 하루 종일 녀석의 행동을 감시해보려 했지만, 일어나면 정오가 다 되어 있기 마련이어서 맘처럼 되지 않았다.

게다가 더 큰 문제는 내가 기대했던 따뜻함, 다정함, 친근함, 이런 것들이 도도에게선 눈곱만큼도 느껴지지 않는다는 거였다.

"아무나 냥이 집사가 되는 게 아니란다. 좀 예민하고 또 사람들한테 상처받은 경험이 있는 녀석이라면 그럴 수 있지."

"아무리 그래두 넘 시크한 거 같아. 먹을 걸 줄 때만 와서 물고 갈 뿐 내 옆에 절대로 오지 않아. 일부러 보듬고 쓰다듬어주는데도 아무 감흥이 없어. 그냥 멀뚱멀뚱, 빨리 보내주면 좋겠다는 그런 눈치야."

"꽉 막힌 공간에서 종일 혼자 지내는 게 엄청난 스트레스일 수 있어. 제대로 된 관계 형성의 경험이 없을지도 모르고. 가끔 산책도 나가고 더 예뻐해줘. 장난감도 사주고 말야."

자칭 5년차 중견 집사라는 성희의 충고는 뻔한 것이었지만, 그 말대로 난 잠자리 낚싯대와 오뚜기 쥐, 캣닢 쿠션, 그리고 가슴 부분에다 끼우는 산책용 목줄까지 사들였다. 내 형편으론 엄청난 투자였다.

현관문 두드리는 소리가 났다. 쉬는 날의 늦잠을 방해하는 반갑잖은 방문객이었다.

"누구세요?"

부스스한 머리칼을 매만지며 짜증 섞인 목소리로 물었다.

"이 집에서 고양이 키우시죠? 흰 고양이?"

"네, 무슨 문제라도?"

마지못해 문을 열었다. 계단 입구에서 한두 번 마주친 적이 있는 바로 아랫집 1층 여자였다.

"우리 집 에어컨 바람이 도무지 차갑질 않아서 냉매 충전을 해야 하나 싶어 기사를 불렀단 말이죠. 근데 이유가 딴 데 있대요. 실외기 날개가 손상을 입어 잘 돌아가지 못해서 그랬다는 거예요."

"그게 저와 무슨 상관이죠?"

"아가씨가 아니고 아가씨가 기르는 그 고양이요. 그 녀석이 우리 집 실외기를 무슨 도움닫기 틀쯤으로 여기는 게 확실해요. 새벽녘이나 한밤중에 뭔가가 쿵쿵거려서 잠을 설치곤 했는데 그 범인이 바로 이 집 고양이였단 말이죠."

"도대체 무슨 말씀이신지……?"

"그러니깐 이 집 고양이가 저기 베란다 창문에서 우리 집 실외기 위로 떨어져 내린 다음 거기서 다시 땅으로 뛰어내린다 이 말이죠."

"왜요?"

"그건 내가 묻고 싶은 말이에요. 도대체 왜죠?"

도무지 말귀를 못 알아듣고서 눈만 껌벅이는 내게 여자가 길게 설명을 했다. 그러니까 도도가 아랫집 실외기를 땅바닥으로 내려갔다 다시 집으로 올라오는 도움닫기 틀로, 집과 바깥세상과의 통로로 이용한다는 말이었다.

"실외기 날개를 덮은 철망이 곧 떨어져 나갈 지경으로 덜렁거려요. 에어컨 기사님 말로는 누군가가 그 철망을 여러 번 힘주어 잡아당겼다는 거예요. 그 과정에서 날개까지 손상이 됐구요. 안 봐도 뻔하죠. 뛰어내리기만 했을까요? 뛰어오르기도 했겠죠. 뭐 아주 선수던데, 이단 높이뛰기 선수!"

아무리 그렇다고 여자의 말에 동의해줄 수는 없었다.

"상식적으로 납득이 된다고 생각하세요? 증거가 있나요?"

"어제 새벽에 찍었어요. 어이없기도 하고 웃기기도 해서 찍었는데 오늘 기사님 말씀을 듣고 보니 우리 집 실외기를 고장 낸 게 바로 이 녀석이지 뭐겠어요? 보세요."

여자의 휴대전화에 찍힌 하얀 고양이는 분명 도도였다. 제 몸통이나 크기 차이가 별로 없는 사료 봉지를 입에 물고서 원룸 앞 골목을 뛰어가는 뒷모습이 영락없었다. 그동안 없어진 사료 봉지에 대한 궁금증이 순간 풀리는 느낌이었다.

하지만 굳이 왜? 여자의 항의 내용보다 도도의 수상쩍은 행적에 더욱 깊은 의문이 생겨났다.

"이 애가 우리 도도라는 증거가 있나요? 설령 우리 도도라 하더라도 그 집 실외기를 도움닫기 틀로 사용했다는 증거가 어디 있나요?"

여자의 항의가 결코 지어낸 것이 아닐 거라는 확신만큼이나 내 방어도 끈질겨졌다. 밀리는 순간 2~3일 분 급여가 날아가고 말 것이다. 여자가 몹시 불쾌하단 표정을 지으면서도 한 발 뒤로 물러섰다.

"좋아요. 정히 못 믿겠다면 일단은 수리 비용을 내가 내기로 하죠. 하지만 확실하고 분명한 증거를 잡으면 그땐 정신적 손해 배상까지 두 배로 갚아주셔야 할 거예요."

"만약 우리 도도와 아무 상관이 없다는 게 확실해지면요?"

"그건 그쪽이 입증하셔야죠. 만약 그럴 경우엔 제가 두 배로 갚죠."

여자는 치밀했다. 계단을 내려가는가 싶었는데 5분도 되지 않아 에어콘 수리 기사까지 대동하고서 다시 찾아왔다.

"여기 서명하세요."

'실외기에 생긴 문제와 그 처리 비용에 관한 쌍방의 합의'라는 기나긴 제목 아래 이런저런 세부 내용을 쓴 다음 확실한 증거가 포착될 시 두 배의 비용을 청구할 수 있다는 말로 마무리를 지은 종이쪽지였다. 실외기 기사는 얼결에 여자에게 딸려온 듯 영 내키지 않는 표정으로 증인 자리에다 서명을 하였다.

실외기 기사를 증인으로까지 세운 데다 잘못 추정한 경우 자신도 두 배의 손해배상금을 물겠다는 데야 더 이상 거절할 명분이 없었다. 여자의 강경하고도 합리적인 태도에 떠밀려 마침내 서명을 하고야 말았다.

추적

추적 첫 날

새벽 5시, 평소보다 한 시간쯤 이른 시각에 눈을 떴다.

여자의 말이 거짓이란 걸 증명하기 위해선 도도가 혼자서 집 밖으로 나간 적이 없다는 확실하고도 분명한 증거를 내놓아야 했다. 지난날이야 어떻든 지금부턴 절대로 그런 일이 일어나서는 안 되는 것이다.

어젯밤, 난 베란다의 창문 잠금장치를 정확히 채웠다. 사람 손이 아니고선 1층 여자네 실외기가 아래로 내려다보이는 창문을 절대로 열 수 없게끔 말이다.

"도도야! 도도~!"

아무 기척이 없다. 심드렁한 표정이긴 해도 부르면 달려 나오던 녀석인데. 순간 가슴이 철렁 내려앉았다. 책상 밑 녀석의 집은 텅 비어 있다.

베란다 쪽 창문으로 달려 나갔다. 세상에나, 창문 틈이 벌어져 있다. 분명 닫고서 잠근 다음 수도 없이 확인을 하고 또 했는데…….

아무리 영리한 고양이라도 창문 잠금장치를 풀 수가 있나?

사료 봉지를 숨겨놓은 싱크대 위 칸도 열어보았다. 없다. 녀석의 사료 그릇에다 두세 번 부어주고 남은, 거의 새 봉지였다.

고양이가 추리를 할 줄도 아나? 게다가 싱크대 아래 칸의 상판에 올라 앞발을 내밀어 위 칸의 닫힌 문을 열 수도 있나?

실내복 차림인 것도 잊고 밖으로 달려 나갔다. 골목길은 어둑신하고 또 고요했다. 가로등 불빛은 짙푸른 여명에 밀려나지 않으려 더욱 흰 빛을 토해내고 있었다.

그런데 어디로 가지?

여자의 사진 속에서 녀석이 향하고 있던 방향은 쓰레기를 모아두는 공터 쪽이었다. 난 일단 그쪽을 향해 달렸다. 순간 뭔가가, 희끄무레한 뭔가가 내 곁을 재빠르게 스쳐 지나갔다. 거의 빛의 속도로…….

"도도?"

난 아주 작고 자신 없는 목소리로 불러보았다. 하지만 골목길은 휑했다. 아무것도 없었다. 단지 느낌일 뿐이었나?

멀리서 수레 끄는 소리가 들려왔다. 우유나 요구르트 배달원이 틀림없다. 난 몽유병 환자처럼 허청거리며 다시 집으로 들어갔다.

"도도!"

"니아옹~!"

녀석은 마치 아무 일도 없었다는 듯 새초롬한 표정으로 날 맞았다. 나도 모르게 녀석을 끌어안았다.

차갑다, 체온을 가진 동물답지 않게. 딱딱하다, 부드러운 털로 입혀진 몸뚱어리답지 않게.

왜 이리 새삼스럽지? 처음부터 그런 느낌이었던 것 같은데……?

녀석이 재빨리 몸을 빼내 달아났다. 그동안 머릿속을 배회하던 질문거리 하나가 선명해졌다.

도도, 넌 도대체 누구냐?

추적 둘째 날

새벽 3시 30분.

도도는 제 집에 잠들어 있다. 자는 건지 자는 척하는 건지는 모르지만. 살그머니 자리를 빠져나와 집 밖으로 나왔다. 공터 쓰레기장 뒤쪽으로 가서 몸을 숨겼다. 음식물 쓰레기 썩는 냄새가 코를 찔렀다. 우리 집 창이 반쯤 가려 보였다.

새벽 4시.

아랫집 실외기 위로 뭔가가 훌쩍 내려앉는 것 같다. 그리고 그것은 곧장 땅으로 뛰어내렸다. 몽글몽글한 하얀 고양이, 도도다. 숨을 죽이고 녀석을 기다렸다. 입엔 생수통이 하나 물려 있다.

녀석이 잽싸게 내 앞을 스쳐 지나갔다. 나도 발소릴 죽이고 녀석을 뒤쫓았다. 마을 뒤편의 재활용품 집하장을 지나 머리 위로 4차선 도로를 떠받치고 있는 굴다리를 지난다. 사람들이 거의 다니지 않는 보도 위엔 풀들이 무성하다.

녀석은 들뜨고 깨진 보도블록 사이로 잘도 뛰어갔다. 녀석과의 거리가 점점 벌어졌다. 몇 그루 크다 만 나무들 사이로 녹슨 회전그네가 가끔 삐익삑 소릴 내며 돌아가는, 오래전에 사람들에게 잊힌 조그만 동네 공원 앞에서 녀석을 놓쳤다.

새벽 4시 20분,

저 멀리 풀숲에서 뭔가 일렁였다. 푸륵 푸르륵, 뭔가가 움직이는 소리도 들려왔다. 몸을 최대한 낮추고 다가갔다. 큰 도로가 나기 전엔 동네의 표지석 역할을 했으리라 여겨지는 제법 큼지막한 선돌 근처 풀숲이다. 어미인 듯한 누런 바탕에 까만 줄무늬가 그어진 호피 고양이 한 마리와 귀여운 새끼 고양이들이다. 두 마리는 어미와 똑같은 털을 가졌고 나머지 한 마리는 귀와 꼬리에 까만 점을 가진 흰 고양이다.

헛!

그들 사이에 납작 엎드린 도도가 있다. 그런데 도도는 내가 아는 그 도도가 아니다. 양쪽 가슴을 마치 새의 날개처럼 펼쳐놓았는데 오목한 게 마치 무슨 그릇처럼도 보인다. 아니나 다를까 한쪽 날개엔 사료가, 그리고 한쪽 날개엔 물이 들어 있다. 오도독 오도독 사료 씹는 소리가 났다. 후릅후릅 혀로 물을 핥아먹는 소리도 났다.

세상에나!

벌어진 입을 다물 수 없었다. 그들 주변에 사료 봉지며 빈 깡통들이 나뒹굴고 있었다. 소시지나 가다랭이포 등을 쌌음에 분명한 비닐 껍질들에다 없는 돈을 아껴가며 사들인 고양이 장난감들까지…….

새벽 4시 30분,

충분히 배부르다는 듯 어미와 새끼 고양이들이 젖은 입술을 훔치며 도도에게서 떨어졌다. 도도가 벌떡 일어섰다. 그러고는 어미 고양이의 몸을 구석구석 핥아주기 시작했다. 볼을 턱을 등을 그리고 엉덩이를 정성스럽게도 핥는다. 어미 고양이의 얼굴에 행복감이 번졌다. 어미 고양이 역시 답례라도 하듯 도도에게 가벼운 머리 박치기를 하고 볼을 비벼댔다.

새벽 5시,

도도가 일어섰다. 시간 맞춰 다시 오겠다는 약속을 하는 것처럼 뭐라 소릴 냈다. 지금껏 들었던 어떤 소리와도 다르다. 쭈아옹~? 쭈앙~?

새벽 5시 20분,

도도가 아랫집 실외기 위로 뛰어올랐다. 그리고 거기서 다시 도움닫기를 하여 우리 집 열린 창틈으로 쏙 들어갔다.

"발뺌할 생각 말아요. 직접 봤죠?"

대뜸 눈앞에 나타난 건 아랫집 여자였다. 여자는 의기양양하게 자신의 휴대전화를 들어보였다.

"들고 나는 걸 다 찍었어요. 한 시간 넘게 잠복한 보람이 있군요."

난 여자의 전의에 대항하지 않기로 했다. 조금 전 눈앞에 펼쳐졌던 상황을 어떻게 해석해야 할지 얼떨떨하기만 했다.

"어쩌면 고양이가 저럴 수 있죠? 무섭네요. 소름이 끼쳐요. 계속 키워야 할지 쫓아내야 할지 모르겠어요."

여자는 도도의 지나친 장난기에 내가 좌절한 거라 생각하는 모양이었다. 여자가 날 위로해주었다.

"수리비만 주세요. 그땐 짜증이 나서 그랬던 거니깐."

녀석은 시침 뚝 떼고서 제 집에 들어앉아 있다. 사료 그릇은 텅 비어 있다. 나는 다짜고짜 녀석을 들어 옆구리를 훑었다. 어디에도 봉제선 같은 건 없다. 날개처럼 열어젖힐 접힌 가슴선 같은 건 도무지 없다. 다만 몸통이 좀 딱딱하다는 것 말고는. 그야 늘 그랬으니까……

도대체 내가 본 건 뭐지? 잠결에 환상을 보았나?

하루 종일 일이 손에 잡히지 않았다. 논리적으로 이해해보려 애쓴 끝에 난 도도를 풀어주기로 마음먹었다. 도도가 가족을 거느린 아비 고양이일 거라는 결론에 이르렀기 때문이다.

"미안해. 너한테 그런 사정이 있는 걸 몰랐어."

난 도도가 보인 그동안의 이상 행동에 관해 아무것도 의심하지 않기로 했다. 떠돌이 길고양인 줄 알고 선심 쓰듯 데려왔는데, 내 나름으론 성심껏 준비한 사료며 간식이며 장난감들을 별로 탐탁해하지도 않고 틈만 나면 어딘가로 빼돌리는 게 괘씸해서 가끔은 밉기도 했는데……

"창문으로 들락거리려고 애쓰지 마. 내가 가끔 여기로 밥을 가져다줄게. 도도 그동안 정말 고생 많았다."

녀석을 풀어주고 나니 한결 기분이 나았다. 거기다 두고 돌아서 오는데 나도 모르게 눈물이 났다.

도무지 처음

희한한 문자가 왔다. 비슷한 내용의 메일도 왔다.

"많은 어려움에도 불구하고 저희 실험에 기꺼이 동참해주신 데 대해 깊은 감사를 드립니다. 소정의 사례를 하고자 합니다." 운운.

모일 모시 모 장소에서 사례품을 지급할 테니 꼭 와달라는 내용이었다. 발신자는 도무지 처음 들어보는 DBM그룹의 CCR프로젝트 담당자였다.

보이스피싱은 들어봤어도 라이팅피싱은 처음이다.

미친놈들, 사람을 뭘로 보고 그런 얼토당토않은······?

난 바로 문자를 지워버렸다. 메일도. 아마 전화도 왔지 싶다. 하지만 난 수상한 발신자의 전화를 받지 않았다.

커다란 상자 하나가 택배로 와 있다. 수신인의 이름이 정확히 내 이름과 일치했다. 뭘 시킨 기억이 없는데?

일단 집으로 끌고 들어왔다. 발신자를 확인해보니 DBM그룹의 CCR프로젝트 담당자 누구누구라고 되어 있다.

참 끈질긴 사람들이군. 내게 돈을 청구한 것도 아니니 한 번 열어나 볼까?

견물생심은 호기심의 옷을 입고 날 부추겼다. 택배 박스 안에는 투명 비닐 상자가 하나 들어 있고 거기엔 흰 털을 가진 동물 인형이 담겨 있다. 유리 테이프를 뜯었다.

"어머낫!"

도도였다. 내가 그 풀숲에다 놓아준 도도, 그런데 아무런 움직임이 없다. 불러봐도 만져봐도 아무런 반응이 없다.

설마……, 죽어 있는 건가……?

손이 벌벌 떨렸다. 이런 끔찍한 짓을 도대체 누가? 도도를 놓아준 것에 누군가가 앙심이라도 품었단 말인가?

휴대전화를 들고서 무작정 112를 눌렀다. 지금 거신 번호는 없는 국번이오니, 어쩌구 저쩌구……. 너무 놀란 나머지 아무 번호나 누른 게 틀림없다. 합리적인 생각이 그 틈을 파고들었다.

설마 도도를 닮은 인형이겠지.

그러자 비닐 상자 옆에 부착된 편지 봉투 하나가 눈에 들어왔다. 떨리는 가슴을 진정시키고 그걸 열어보았다.

　　저희 연구 프로젝트에 동참해주신 데 대해 깊은 감사를 드립니다.

시작 문구는 며칠 전 지운 문자 내용과 흡사했다. 뭔가 해괴한 일에 말려든 게 아닌가 싶은 불안감이 몰려왔다.

　　사례품으로 보내드리는 것은 저희 DBM그룹의 연구팀이 개발한 최신형 고양이 돌보미 로봇 '쭈아'(No. CCR-01801)입니다. 야생 상태에서 자신이 케어할 고양이를 얼마나 헌신적으로 또

얼마나 주도면밀하게 돌보는지, 그 과정에서 의도치 않게 맞닥
뜨리는 상황에 어떻게 대처하는지를 실험하는 중이었습니다.

이게 무슨 개소리야?

　선생님께서 아무 의도 없이 자연스럽게 저희 쭈아 01801호
를 입양하시는 바람에 연구는 전혀 새로운 국면을 맞게 되었
고, 저희 CCR프로젝트팀이 처음 개발한 '쭈아' 모델의 딥러닝
가능성을 충분히 확인할 수 있었습니다. 향후 본격적으로 시판
될 '쭈아' 모델의 발전에 큰 힘이 되어주심에 감사드리면서 보
내드리는 상품으로 사례를 갈음하고자 합니다.

　우연찮게 만난 도도가, 날 그렇게나 매료시켰던 우아한 도도가 로
봇이었다고? 고양이 돌보미로 개발된 실험용 로봇이었다고?
　당당하고 품위 있는 고양이, 그 속내를 알 수 없던 괴이하고 음험
한 고양이, 암컷과 새끼들을 지극정성으로 돌보던 부성애 강한 고양
이, 우리의 도도가……?
　사용 설명서가 첨부되어 있었다. 움직이는 것만으로 자체 충전이
가능하다는, 돌볼 고양이에 관한 한 번의 정보 입력만으로 스스로 케
어 기능을 확장해간다는, 리셋이 되어도 고양이 돌봄에 관한 기본 노
하우만큼은 지워지지 않는다는, 쭈아 모델에 관한 자랑과 홍보로 가
득한 설명서였다.

편지의 끝 구절을 되풀이하여 읽었다. 부탁인지, 요구인지, 명령인지 알 수 없는 문장을.

　　예쁜 고양이를 입양하셔서 저희 회사의 '쭈아' 모델들이 얼마나 능력 있고 발전 가능성 있는 돌보미 로봇인지를 두루 홍보해주시길 바랍니다.

소설의 유령을 위한
습작

소설의 유령을 위한 습작

1

정산이 그 책을 발견한 건 우연이었다.

여자친구와 만나기로 한 곳이 북카페였고, 어쩌다 보니 약속 시간보다 훨씬 빨리 도착해버렸고, 탁 트인 창가 전망을 찾아 자릴 잡고 보니 조그만 서가가 바로 곁이었다.

그런 이유로 책을 꺼내 읽을 정산은 물론 아니었다. 독서를 즐기지 않는 그로선 책에 대한 관심이 애초에 없었고, 기다리는 시간이 아무리 길어도 검색창 몇 개만 열다 보면 금방 갈 것이었다. 그런데 가지런히 꽂혀 있는 책들을 받침대 삼아 깔고서 삐딱하게 가로누운 책 한 권이 그의 눈길을 끌었다. 표지 그림이 낯익었다.

어쩌면 이제 막 공연을 끝내고 왔는지도 모를, 벗어던진 발레복 위로 쓰러지듯 누워 관중들의 인색했던 박수 소리를 깊은 한숨으로 더

듣는 듯한, 그럼에도 여전히 도발적인 나신의 발레리나. 외젠 들라크루아의 〈긴 소파에 누운 나부의 습작〉이었다.

정산은 어린 시절 소꿉친구라도 만난 양 반가워 하마터면 손이라도 내밀 뻔했다. 원제를 모방한 듯 어설프기 짝 없는 책 제목만 아니라면 정말로 악수를 청했을지도 모른다. 『소설의 유령을 위한 습작』이라니? 그렇다고 정산의 호기심을 건드리지 않는 건 아니어서, 그는 서둘러 자리에 앉아 책을 펼쳤다.

여자는 나를 죽일 것이다. 이건 미래형이 아니다. 현재진행형이다. 여자는 나를 죽이고 있다. 난 곧 죽을 것이다. 그리고 영영 지워질 것이다.

똑같았다. 정산이 몇 개월 전에 보았던 그 첨부 파일과 시작이 똑같았다. 그렇다면 의뢰인은 고인의 뜻을 거슬러 자본의 유혹에 무릎을 꿇고 말았는가? 정산이 그토록이나 철저히 묻어준 그를 부활시키고야 말았는가? 그렇다면 그동안의 모든 수고는 그야말로 헛수고가 되었는가?

2

정산은 몇 개월 전, 소설가 범상 씨의 디지털 장례 의뢰를 받았다.

소설가라는 다소 특이한 직업인에 관한 의뢰는 처음이었다. 정산은 교과서에 실린 이외의 소설을 읽어본 적이 없고 또 문학이 관심사도 아니었으므로 소설가 범상 씨의 이름을 들어본 적이 없었다. 하지만 의뢰인에겐 그런 내색을 하지 않았다.

의뢰인은 자신이 그의 유일한 상속자라고 했다. 전화기 너머의 목소리에선 뭔지 모를 자랑이 감지되었다. 자신의 사회적 위상을 과시하려는 이들에게서 흔히 볼 수 있는 일종의 자의식 과잉, 정산은 언제나 그래왔듯 신경 쓰지 않기로 했다. 중요한 건 비용 협상에서 얼마나 우위에 설 수 있느냐였다. 일의 양과 난이도를 얼마나 부풀리는가에 따라 사례비 또한 높아질 거였다.

의뢰인은 범상 소설가가 자신에 관한 모든 걸 없애달라 했다며 출판사발 서평이나 일간지 기사까지도 하나 남김없이 완전하게 지워달라고 했다. 개인적인 사회관계망 서비스나 이메일, 동호인 모임 등 비교적 그 범위가 한정되는 일반인에 비해 손질 갈 일이 많은 사람일 게 분명했다. 더구나 글을 생업으로 한 사람이라면 넓고도 깊은 인터넷의 바다 어디에든 그 흔적을 남겨놓았을 것이다. 지우고 또 지워도 그 흔적은 어디서든 지뢰처럼 불쑥불쑥 터져 나올 가능성이 높았다. 정산은 이미 출간된 책이 독자들 손에서 돌아다니고 있는 한 100퍼센트를 장담할 순 없다며 약간의 엄살을 부렸다.

저희가 완벽하게 지울 수 있는 건 범 선생님이 작성하신, 그러니까 그 저작권이 명백히 범상 소설가님께 있는 것들로 한정된다고 보시면 되겠습니다.

비용을 최대치로 끌어올리려는 계산속이 없진 않았으나, 법적 다툼이 생길 수 있는 사안에 대한 방어를 미리 해두어 나쁠 건 없다는 게 정산의 생각이었다. 의뢰인은 시간이나 비용에 상관없이 '방법을 가리지 말고 무조건 깨끗하게'라며 정산의 걱정을 무마시켜주었다. 정산은 모처럼 기대감으로 들떴다. 드물게 만나는 굵직한 의뢰임에 틀림없었다.

하지만 본격적으로 검색을 하다 보니 상당히 실망스러웠다. 정산은 소설가 범상 씨의 인터넷 노출 빈도가 그리 높지 않다는 걸 알아냈다. 깊은 철학적 통찰로 동시대인의 사유를 한 단계 끌어올렸다느니, 자신의 문학적 방향성을 오롯이 지킨 몇 안 되는 순정한 작가라느니 하는 평가들이 보여주듯, 대중적인 관심을 끌어모은 유명 소설의 작가는 아닌가 보았다. 채 열 권도 되지 않는 저작 중 논문집이나 대학 교재를 제외한 소설책은 기껏 네 권에 불과했다. 그나마도 장편소설은 없고 모두가 단편 모음집으로 일반 독자들의 관심권엔 거의 들지 못한 게 분명했다. 견적이 기대 이하로 적지 않을까 싶어 정산은 다소 의기소침해졌다.

그래도 고무적인 것은 신문사발 기사에선 그의 이름이 꽤나 자주 오르락내리락한다는 점이었다. 대학의 문예창작과 교수 이력 덕분인지 소설가로 등단한 제자들이 당선 소감에서 범상 소설가를 언급한 경우가 상당수 발견되었다. 또 일간지 신춘문예나 문학상의 심사위원, 그리고 무슨무슨 도서 선정 심의위원 등으로의 위촉 경력이 풍부하여 그가 쓴 각종 심사평이 넘쳤다. 출간한 소설책이 몇 권 안 된다고 해서, 또 대중적으로 널리 알려진 작가가 아니라고 해서, 일이 적으리란 우려는 할 필요가 없었다. 정산은 시작도 하기 전에 김을 뺄 필요는 없다고 스스로를 다독였다.

의뢰인은 범상 소설가가 사용했던 컴퓨터를 활용하여 반드시 그의 집에서만 작업해야 한다는 계약 조건을 걸었다. 놀랍도록 당당한 아날로그적 요청이었다. 정산은 다소 짜증스러웠지만 이동 시간과 차량 사용에 따른 제반 비용은 의뢰인이 책임진다는 부가 사항이 명기된 걸 보고 이의를 제기하지 않았다. 약간의 귀찮음만 빼면 금전적인 이익으로 돌아오는 계약을 굳이 마다할 필요가 없었다.

"장의사 선생님이신가요?"

정산을 맞은 건 초로의 여인이었다. 전화 목소리로 짐작했던 연령대에 비해 상당히 나이 들어 보였다. 하기야 그건 의뢰인의 잘못은 아닐 것이다. 88세에 작고한 범상 소설가의 딸이라면 그 정도 연배인 게 당연했다.

"그냥 장의사가 아니라 디지털 장의사라고……."

"참 특이한 직업이네요. 일은 많이 들어와요? 돈벌이는 좀 되고?"

정산의 어눌한 대응을 의뢰인이 툭 잘라먹고 들었다. 소탈한 건지 무례한 건지 알 수 없는 질문이었다. 까만 머리칼 사이로 얼비치는 백발의 흔적과 눈가의 잔주름에 실린 무해한 웃음기가 정산의 불쾌감을 어느 정도 상쇄해주었다.

의뢰인은 정산을 거실 중앙에 덩그러니 놓여 있는 컴퓨터 앞으로 안내했다. 지이익, 부팅되는 소리가 꽤나 시끄러웠다. 중고시장 어디에서도 이젠 찾아보기 힘들 오래된 기종이었다. 절로 한숨이 나는 걸

참느라 정산의 이마에 땀방울이 맺힐 지경이었다. 의뢰인이 의자 하나를 끌고 오더니 정산의 바로 곁에다 놓고 앉았다.

"놀라실 필욘 없어요. 보고 싶어 그러는 거니깐. 그분의 흔적들이 마지막 사라져가는 과정을 지켜볼래요. 어쨌거나 또 한 번의 장례식인 거잖아요? 내가 전송해드리지 않는다면 무척 서글퍼하실 거예요."

"아니, 그게……."

20세기의 유물 같은 컴퓨터 때문에 파르라니 질렸던 정산의 입술 근육이 별안간 실룩거렸다. 명치 아래서 꾸룩꾸룩 뭔가가 끓어 올랐다. 애써 정색을 하려는데도 콧구멍이 자꾸만 벌름거렸다.

"저기, 사모님! 말이 디지털 장례지 그게 흔히들 알고 있는 그런 장례식이 아니랍니다. 예를 들면 사모님이 필요 없는 문자를 받으면 삭제 버튼을 눌러 지우시잖아요, 바로 그런 거예요. 그니깐 인터넷 공간에 떠 있는 범상 선생님에 관한 모든 기사나 정보들을 삭제하는 과정인 거지요."

"알아요, 사람을 뭘로 보고? 나, 이래 봬도 소설 썼던 사람이에요."

정산은 솟구치는 웃음기를 욱여넣으려 입술을 앙다물었다. 소설가 아버지를 둔 사람의 소설 창작 이력이 디지털 장례 절차에 대한 이해와 무슨 상관관계란 말인가? 하지만 나이 든 여인의 자존심을 긁어 이익될 건 없을 터였다.

"아, 네. 어쩐지 품위가 남다르다 싶었어요."

"사람 볼 줄 아시네. 내 소설이 신춘문예 최종심에 몇 번이나 올랐는지 알아요? 빌어먹을, 그 개자식이 매번 날 떨어트리지만 않았어도……! 두고 봐, 반드시 대가를 치르게 하고 말 테야!"

의뢰인의 낯빛에 맹렬한 분노가 피어올랐다. 꽉 쥔 주먹엔 힘줄이 불뚝거렸다. 정산은 자기도 모르게 몸을 뒤로 뺐다. 금방이라도 주먹 세례를 받거나 사나운 발길질에 뭉개질 것만 같았다.

"호호호! 벌써 20년도 더 전의 일인데 왜 그 얘기만 하면 흥분인지 몰라. 미안해요."

의뢰인은 서둘러 수습을 했다. 속옷을 벗다가 창문이 열린 걸 보고 흠칫 놀란 사람마냥. 정산으로선 극히 짧은 순간에 분노와 평온 사이를 오가는 의뢰인의 유연성이 감탄스러웠다.

그럼에도 뭔가 부자연스럽고 앞뒤가 맞지 않는다는 생각이 슬그머니 피어올랐다. 평단에서 인정받는 소설가이자 대학교수이자 숱한 문학상의 심사위원이었던 범상 선생의 딸이라면 그 배경만으로도 이미 당선 가능성을 내장하고 있지 않은가? 쓰기도 전부터 자부심으로 충만했을 이 여인의 소설에다 지울 수 없는 패배를 안겨준 '그 개자식'은 과연 누구였을까?

하지만 그 궁금증은 의뢰인과의 공감에서 오는 게 아니었다. 온정과 비리에 물들지 않은, 오로지 실력으로만 평가의 기준을 삼은, 정산의 등골을 시원스레 훑고 지나가는 통쾌감의 제공자를 향한 찬탄의 호기심이었다.

3

당시 의뢰인은 정산에게 무얼 의뢰했는지 정확히 모르는 게 분명했다.

작업이랄 걸 시작도 하기 전에 해 온 어이없는 요구만 봐도 그랬다. 범상 소설가의 이메일을 하나하나 확인할 수 있도록 해달라니, 그게 어디 디지털 장의사가 할 일이던가? 정산은 거절했다.

"저는 해커가 아닙니다만."

"돌아가실 때까지 몰두했던 마지막 작품을 꼭 확인해야 돼서 그래요. 장의사 분이니까 잘 아실 거예요. 죽은 이를 보낼 땐 염습이란 걸 하잖아요? 깨끗이 씻기고 정성껏 화장을 해주고 고운 옷으로 갈아입히고……. 소설을 떠나보낼 때도 그건 반드시 필요한 절차죠. 내가 교정을 보고 탈고를 한 이후에야 그 소설을 떠나보낼 수 있겠다는 말입니다."

아무래도 조금쯤 미친 사람이 아닌가 싶었다. 정산은 뱃속에서부터 올라오는 비웃음을 정색시키려 애를 썼다. 소설이 무슨 생명체도 아니겠고, 소설이 죽었다느니 또 죽은 소설을 염습해야 한다느니, 이게 지금 어느 세상 이야기인가? 게다가 디지털 장례라는 건 고인이 디지털 세상에다 끼쳐놓은 자취를 찾아 영원의 침묵 속에다 묻어주는 일이지, 유물의 존재 여부를 확인하는 작업이 아니다. 손에 잡히는 물질로 전화되지 않았다 해도 이미 구조화된 소설이라면 유물이 아닐 것인가?

"아시겠지만 예술가들에겐 자기만의 괴벽이란 게 있잖아요? 그분은 그날의 작업 내용을 자기 메일 이외의 곳에다 절대로 저장하지 않았죠. 바탕화면에도 문서함에도 흔적 하나 남겨두지 않았어요. 그 흔한 유에스비도 사용해본 적이 없구요. 장의사님의 도움이 꼭 필요한 이유죠."

정산은 맥이 풀렸다. 웬만한 전문가가 아니고선 쉽지 않은 디지털 장례를 고작 한글 파일 하나 찾는 일로 소비하겠다고? 고인의 모든 흔적을 지우려는 마당에 애시당초 공개된 적도 없는 그의 소설을 열어 흔적 하나를 추가하겠다고? 하지만 정산은 미친 의뢰인의 열망을 거절하지 않기로 했다. 전문성에 대한 자부심 때문에 통장 잔고를 늘릴 절호의 기회에 소극적일 필요는 없었다.

"범 선생님 핸드폰이 아직 살아 있나요? 그렇다면 해결이 아주 쉬울 텐데……."

의뢰인의 눈이 반짝 빛났다. 비밀번호 찾기, 휴대폰 인증하기, 비번 재설정, 몇 단계 거치지 않고도 범상 소설가의 이메일이 스르르 문을 열었다. 의뢰인이 정산에게 거듭 고맙다는 인사를 건네왔다. 정산은 수탈을 가능케 하는 의뢰인의 무지가 그저 감탄스러울 뿐이었다. 어쩌면 사례비를 더 올려달라 해도 의뢰인은 흔쾌할 것이다.

"이거야, 이거!"

범상 소설가의 이메일이 열리자 정산을 밀쳐내고선 여기저기 클릭을 해대던 의뢰인이 탄성을 질렀다. 마침내 자신이 원하는 파일을 찾아낸 모양이었다.

여자는 나를 죽일 것이다.

그렇게 선언적인 문장으로 시작되는 소설이었다. 사실 정산은 여인의 어깨 너머로 그 소설을 읽을 생각이 털끝만큼도 없었다. 계약 사항을 충실히 이행하고자 의뢰인이 다시 컴퓨터를 내주길 기다리고 있었을 뿐이다.

"안녕하세요? 여기가 B선생님 댁 맞나요?"

여자는 인력 사무소의 소개로 왔다며 명랑하게 인사를 건넸다. 살짝 처진 눈꼬리로 상글상글 웃는 낯갗이 꽤나 섹시해 보였다.

"청소만 요청하셨더군요. 요리는 잘 하시나 봐요?"

"노코멘트! 난 남의 호기심을 충족시켜줄 만큼 품 넓은 사람이 아니라서."

여자는 무안한 듯했다. 청소기를 찾아 집안 전체를 다 밀 때까지 한순간도 정지 버튼을 누르지 않았다.

"그렇게 몰아붙이면 기계에 무리가 가요."

"사람도 마찬가지죠."

여자의 대답엔 날이 서 있었다. 툭툭 틱틱, 걸레질에도 정제되지 않은 힘이 실렸다. 바닥은 물론이고 문틀과 유리창에 이르기까지 자기 성질껏 속도를 내더니만 예정 시간보다 훨씬 더 빨리 일을 끝내버렸다.

"다 끝났는데 퇴근해도 될까요?"

선선하게 그러라 할 수도 있었지만 난 그러지 않았다. 도전적이고 신경질적인 여자의 태도가 적잖이 자극적이었다.

"약정 시간보다 너무 이른 거 아닌가요?"

"약정 분량은 넘치게 채운 거 같은데요."

"임금은 시급으로 책정된 게 아니었던가요?"

여자가 후욱, 긴 숨을 내뱉었다. 여자의 따가운 시선이 내 이마에 꽂혔다. 난 계속 자판을 두들기며 여자의 눈길을 무시했다. 다음 대응이 궁금했다.

"좋아요. 그럼 시간을 채우고 가도록 하죠."

여자는 날 빤히 쳐다보며 뒷걸음질을 치더니 긴 소파 위로 벌러덩 누워버렸다. 두 팔을 접어 뒤통수를 받쳐 올리고 거만한 표정으로 날 쳐다보면서 다리를 꼬아 올렸다. 슬몃 들린 치맛자락 사이로 탱탱한 종아리가 제법 육감적이었다. 내 심안은 여자의 종아리를 더듬고 보드라운 허벅지살을 스쳐 탄탄한 둔부에 이른 다음 더 깊은 어딘가로 자꾸만 흘러내려 갔다.

뭔가 아슬아슬한 분위기로 고조되어 가는 찰나, 의뢰인이 문득 정산을 돌아보았다. 도둑질하다 들킨 사람처럼 정산은 움찔했다.

"수고하셨어요. 내일부턴 여기 오실 필요 없어요."

의뢰인은 다소 퉁명스런 어투로 작별 인사를 건네기까지 했다. 정산은 의뢰인의 돌변에 한 대 얻어맞은 사람처럼 멍해졌다. 찾을 걸 찾았으니 계약을 파기하고 싶단 뜻인가?

"낡아빠진 컴퓨터로 작업하는 게 아무래도 어렵겠다 싶어서 편의를 봐드리려는 거예요. 메일은 확인 후 알려드릴 테니 그때 가서 정리하시면 되구요. 다른 부분은 알아서, 시간은 충분히 드릴 테니 무조건 클린하게! 알았죠?"

그 파일에 집중하고자 정산을 쫓아내려는 의뢰인의 얄팍한 속셈이 읽혔다. 어쨌거나 정산으로선 처음부터 바라던 바였으므로 마다할 이유가 없었다. 그 소설을 의뢰인 몰래 읽어볼 수 있겠다는 기대가 별안간 피어올랐다. 의뢰인은 아마도 모를 것이다. 그 컴퓨터가 아니어도, 그 장소가 아니어도 정산이 얼마든지 그 작품을 열어 읽어볼 수 있다는 사실을. 묘한 흥분이 정산을 사로잡았다. 읽다 만 소설의 다음 장면에 대한 기대라니, 정산에게는 평생 처음 있는 일이었다.

내 뻔뻔한 더듬이가 행여 여자에게 눈치채일까 봐 한껏 퉁명스럽게 쏘아붙였다.

"뭐 하시는 겁니까?"

"휴식 시간이요. 일을 몰아서 하느라 쉬는 시간을 깜빡했지 뭐예요?"

여자는 허공에 대고 쭝얼거리며 날 비웃어주겠단 의도를 명확히 드러냈다. 피식, 내 입가엔 교활하고도 만족스런 미소가 번졌다. 뭔가 다른 소설을 쓰고 싶어 뒤척였던 수많은 밤들이 보상받은 느낌이었다.

여자는 필요한 순간에 딱 맞춤하게 나타났다. 난 이제 소설을 쓰기보단 그냥 소설을 살아갈 것이다. 소설의 제목이 섬광처럼 떠올랐다.

긴 소파에 누운 나부의 습작.

외젠 들라크루아가 저작권 침해로 소송을 걸어오진 않겠지. 설마 그 그림의 소유주인 루브르 박물관이?

정산은 그때 소설을 읽다 말고 검색창을 열어 '긴 소파에 누운 나부의 습작'이라 쳤다. 단어들을 다 치기도 전에 이미지가 올라왔다.

붉은 휘장을 드리운 소파 위에 알몸으로 누워 있는, 무릎까지 흘러내린 하얀 스타킹과 발끝이 뾰족한 토슈즈 이외엔 아무것도 걸치지 않은, 벗어놓은 치맛자락 위에다 육감적인 엉덩이를 걸치고선 다리를 꼬아 중요 부위를 슬쩍 가린, 미묘하게 도발적인 금발의 여자.

정산은 한동안 넋을 놓고 그림 속 여자를 쳐다보았다. 수심에 찬 눈빛으로 어딘가 머나먼 곳을 더듬고 있던 여자가 불현듯 구름을, 바람을, 장대비를 몰아왔다. 그러더니만 푹 젖은 몸으로 훅, 새까만 글씨들 속으로 미끄러져 들어왔다.

4

"혹시 「창」이라는 소설을 아세요?"

여자가 대뜸 물어왔다.

"D의 장편소설 말이오?"

등단작 이외에 내놓을 만한 작품이 없던 D가 환각과 낭만으로 외설을 버무려 '진솔한 몸의 언어로 소설의 새로운 지평을 열었다'는 평가를 받으며 어느 괴이쩍은 문학상을 수상한 작품이었다. 여자는 고개를 저었다. 소설가로서의 존재감을 입증하려던 D의 시도는 그리 성공적이지 못했던가 보다.

"Y의 단편집에 실린 소설을 말하는 거요?"

이번에도 여자는 고개를 저었다. 누구나 알 만한 중앙 일간지로 등단한 후 이런저런 문학상을 휩쓸어대는 무서운 신예인 만큼 적잖이 매스컴을 탔으련만 그 역시 찻잔 속의 태풍이었던가?

"그렇다면, 음~ 내가 기억하는 작품이 하나 따로 있긴 한데……!"

"아마도 그 소설일 거예요."

난 여자를 빤히 쳐다보았다. 오래전 일임에도 잊히지 않는, 몇 년째 신춘문예 심사 때마다 예심을 통과하여 내 손에까지 들어오곤 했던, 어느 소설가 지망생의 단편소설 「창」.

첫 시작은 강렬하고도 섬뜩했다. 분명 빨래는 아니고 인형이라기엔 너무 큰 뭔가가 건조대에 매달려 흔들거리는 풍경, 복도 창을 통해 며칠째 그렇게 흔들리는 물체를 바라보다 그게 목맨 여인의 시신인 것 같다는 추정에 이르는 건너 동 아파트의 남자. 인간의 절망에 관한 보다 깊은 통찰이 밑받침되었더라면, 당대에 가장 흔한 주제였던 인간 소외의 문제로만 재단하지 않았더라면, 어쩌면 첫 응모에서 당선작으로 뽑힐 수도 있었을 것이다.

"선생님은 누군가를 죽인 적이 있나요?"

여자는 별안간 질문을 바꾸었다.

"당신이었소? 그 작가가?"

생각해보면 그건 분명 악연이었다. 「창」의 작가는 최종심에 올랐던 그 작품을 자신의 인생작으로 여긴 듯 여러 해 계속 신문사를 바꿔가며 응모를 했다. 나로선 해마다 다른 신문사의 심사위원으로 위촉을 받았던 것인데, 이상하게도 매번 그 작품이 예심 통과작으로 올라왔다. 제목도 바꾸지 않고 내용이나 구성도 별로 손보지 않은 작품을 알아보지 못할 수는 절대로 없었다. 작가의 태만에 질린 나는 끝까지 읽어보지도 않고 휴지통에 쑤셔 박아버렸다.

"나도 누군가를 한번 죽여보려고요."

"복수하려고 날 찾아온 거요?"

"무려 여섯 번이었죠. 선생님은 내 평생의 꿈을 짓밟았어요."

"무려 여섯 번 동안 달라진 게 무어요? 당신은 다른 소설가들의 성취를 짓밟으려 했소."

여자는 입술을 깨물며 증오에 찬 눈빛으로 날 노려보았다.

소재의 강렬함에 미치지 못하는 평범한 주제와 예측 가능한 결말이 「창」을 당선작으로 뽑길 주저하게 만들었다. 날을 더 벼리어 훗날 좋은 성과로 거둬들이길 바란다.

그 작품에 관한 내 첫 심사평이었을 구절이 나지막이 흘러나왔다. 핏물이 배어든 듯 유난히도 시뻘건, 여자의 얄포름한 입술을 타고서.

정산은 처음 읽을 때 그랬던 것처럼 바로 그 지점에서 급속하게 흥미를 잃었다. 말로 화한 글씨들이 외젠 들라크루아의 벌거벗은 발레리나를 고립시킨 바람에, 몸의 중심부를 향해 쏴르르 몰려오던 피톨들이 순간 속도를 놓치고 말았다.

5

"어머, 웬일이야? 소설책을 다 보고?"

10분쯤 더 늦게 도착한 여자친구가 미안함을 눙치는 모습이 그리 얄밉지 않았다. 하얀 잇속을 드러내놓고 웃는 그녀에게서 로즈마리 향이 풍겨났다.

"요즘 아주 핫한 책이잖아? 문학엔 관심 없다더니?"

"출판사 직원을 여자친구로 둔 마당에 영 관심 없을 수만은 없지. 베스트셀러야?"

"베스트셀러? 그게 잘 팔리는 중이냐 묻는 거라면 맞아. 논란을 불러일으키는 마케팅 전략이 먹혀들었다고 봐야지."

정산은 그제서야 작가의 이름을 확인해 보았다. JR. Beum이다. 죽은 소설가가 자신의 필명을 새로이 지어 가질 수도 있는가? 하지만 '소설가 범상 유고작'이라는 부제는 어디에도 붙어 있지 않았다.

"주니어 범?"

정산의 의문 어린 표정에 여자친구가 키득거렸다.

"오해할 만한 작명이지? 주란 범! 무슨 까닭인진 모르나 영어로 꼭 그렇게 명기해달라 그랬대. 자기 이름에다 남편 성을 덧붙인 필명이라나? 그 작가가 얼마 전 작고한 범상 소설가의 가사도우미였다가 요양보호사였다가 그의 말년에 아내가 된 여자래. 그니깐 소설 속 여주인공과 동일 인물이라는 거지. 신데렐라가 따로 없다며 비웃는 자들이 많아. 여튼 남 잘되는 꼴은 못 본다니까."

정산은 여자친구의 말을 도무지 알아들을 수가 없었다. 범주란은 범상 소설가의 디지털 장례 계약서에 서명한 의뢰인의 이름이었고, 그 소설은 범상 소설가가 자신의 메일에다 저장해놓은 미발표작이었다.

"그런데 사람들이 쑤군거리는 진짜 이유는 딴 데 있어. 범상 소설가의 제자들이 많잖아? 그의 치매기가 심해졌다면서 10여 년 전부터 그 여자가 방문객을 다 차단했다는 거야. 사람들의 발길이 뜸한 사이 그 여자는 범상 소설가의 법적인 아내로 등극했고, 그가 사망하자마자 이 작품을 출간하면서 등단했단 말이지."

"딸이 아니고 아내라고?"

"무슨 소리야? 부인이랑 딸을 한꺼번에 교통사고로 잃은 게 언젠데? 수십 년간 내내 혼자 살았을걸, 아마도!"

여자친구는 정확한 내용을 확인해보겠다며 검색창을 열었다. 정산은 왜인지 뜨끔해졌다.

"어라? 검색 결과가 없습니다? 다른 데도 마찬가지네. 아무것도 안 떠. 왜지? 대중적 인지도는 잘 모르겠지만 우리 업계에선 제법 알아주는 분이었는데⋯⋯! 여기 와이파이가 잘 안 터지나?"

여자친구가 카운터에 문의하러 가도록까지 정산은 모른 척 두었다. 수도 없이 그의 이름을 찾아 헤맸고 만나는 족족 단 한 번의 망설임도 없이 지우고 또 지우느라 바빴던 몇 개월 전의 시간들이 환영처럼 떠올랐다. 그런데 정작으로 그에 관해 아는 게 별로 없다. 이만하면 된 것 같아요, 의뢰인이 계약 종료를 선언할 때까지 그를 향한 추적의 촉수가 예민하게 켜져 있었음에도.

그러고 보니 의뢰인이 범상 소설가에 대해 아버지라 지칭한 걸 들은 적이 없다. 범상 소설가의 유일한 상속인이라고 했을 뿐 자신을 두고 딸이라 칭한 적도 없다. 그렇다면 그 여인은 대체 누구란 말인가?

"와이파이 문젠 아닌 거 같은데 이상해. 다른 건 다 검색이 되는데 왜 범상 소설가만 안 되는 거지? 자기 핸드폰도 그러나?"

정산은 급한 일도 아닌데 뭘 그러냐며 나중에 다시 검색해보자고 얼버무렸다. 둘 사이의 화제에서 범상이든 책이든 얼른 몰아내고 싶었다. 하지만 여자친구는 모처럼만에 자신의 관심사가 대홧거리에 올라온 걸 놓칠 수 없다는 듯 다시 책을 펼쳐 들었다.

"여기 한 번 읽어볼 테야? 그런 여자가 갑작스레 이만큼 수준 높은 소설을 써낼 수 있느냐, 범상 소설가의 유고작을 자기 것인 양 도용한 거 아니냐, 쑥덕거리는 치들은 이 부분에 진실이 숨겨져 있다고들 해."

여자친구가 하라는 걸 빨리 해치우는 게 곤혹스러운 상황을 벗어나는 지름길이지 싶었다. 정산은 그녀가 펼쳐준 부분을 읽었다.

알고 있다. 여자의 획책을.

언젠가부터 혈압약이 내가 먹는 약의 목록에서 사라졌다. 혈압이 정상으로 돌아왔다는군요. 20년 넘게 내 몸 상태를 지배해온 고혈압이 어느 순간 그렇게 말끔히 사라질 수 있는가?

몇 달 전부턴 당뇨약도 내가 먹는 약의 목록에서 사라졌다. 당이 120 아래로 떨어졌어요. 꾸준히 제가 갖다 바친 자연 식이요법 식단 덕이겠죠. 원액으로 마시게 하는 효소라는 것들이 알고 보면 고순도의 설탕 시럽 아니던가?

내 이성적인 반문을 여자는 무시한다. 그러고는 말한다. 약이 간식인 줄 아시나 봐요. 도무지 눈을 뗄 수가 없어요. 잠깐 새 똑같은 약을 두세 봉지씩 삼켜버리신다니까요. 여자는 그렇게 날 중증 치매 환자로 몰아간다.

이 여자는 악마야. 날 죽이려고 나타났어. 분명 가사도우미로 고용을 했는데 말이지, 어느결에 요양보호사로 변신을 했더군. 그런 단어가 가능하다면 이건 소극적 살인이야. 당신들은 수사 의뢰를 해줘야 하는 거라구.

풋, 콧방귀를 뀌던 어린 의사 새끼들. 여자의 요양보호사 자격증에 혹하여 대학교수이자 소설가이자 비평가였던 내 이력은 철저히 무시한다.

어르신, 사모님이 시키는 대로 말 잘 듣고 약도 잘 먹고 그러셔야 돼요. 그런 말도 안 되는 상상은 하지 마시고요.

사모님이라고? 이 여자가 내 마누라라고? 허튼소리 작작해. 처음부터 복수할 목적으로 날 찾아온 여자야. 내가 괜히 떨어트렸겠어? 이 여자처럼이나 진전 없는 소설가 지망생을 본 적이 없어. 그 괜찮았던 한 편은 대체 어떻게 써냈지? 설마 다른 누군가의 작품을 도둑질한 것인가? 이봐요, 의사 선생, 이 여잔 분명 미쳤어. 미친 여자라고.

하지만 내 말을 귀여겨들어주는 의사는 없다.

빌어먹을. 한순간의 판단 실수가 내 남은 여생을 이렇게나 진창에다 꼬라박을 줄을 누가 알았겠는가?

처음엔 여자의 도발이 귀여웠다.

"그 소설, 왜 죽인 거예요?"

"칠삭둥이를 인큐베이터에다 넣어준 걸 살해라고? 인큐베이터가 정상적인 작동을 했다면 그 소설은 지금쯤 제몫의 삶을 살아가고 있겠지."

"선생님은 피해자를 교묘하게 가해자로 모는 능력이 있으시군요."

"말재주대로라면 칠삭둥이를 비범한 천재로 키워내고도 남았을 텐데. 하지만 알아두는 게 좋을 거야. 문학의 시대는 갔어."

"문학의 시대는 갔을지 몰라도 나의 시대는 아직 오지 않았죠."

여자는 적극적이었다. 날마다 내게서 두어 시간씩 문학 강의를 들었다. 과외

비는 한푼도 지급하지 않으면서 꼬박꼬박 월급을 챙겨가는 여자가 밉지 않았다. 밉다니! 더는 싫어요, 라고 여자가 말할까 봐 얼마나 전전긍긍했는데!

오래전 어디선가 마주친 두 개의 얼굴이 글 위로 겹쳐 올랐다. 반드시 대가를 치르게 하고 말 테야, 맹렬한 분노로 일그러지는 얼굴 하나. 벌써 20년도 더 전의 일인데, 웃음기로 뒤덮은 가식적인 평온의 얼굴 또 하나.

"어때? 소설이 만약 일어난 사실 그대로를 옮겨 쓴 거라면, 바보 멍청이가 아니고서야 자신에게 불리한 내용을 이리 세밀히 묘사했겠어? 계급의식으로 무장한 천박한 자들 같으니!"

여자친구는 작가를 전적으로 신뢰하는 게 분명했다. 정산은 작가 프로필을 살펴보려고 책날개를 펼쳤다. 사진은 보이지 않았다. 그 누구도 그렇게 쓸 것 같지 않은 독특한 두 줄이 전부였다.

> JR. Beum / 소설가 지망생에서 소설가가 되다. 이 책이 생애 첫 출간 소설이다.

"이 언니, 정말 멋져! 프로필도 얼마나 깔끔해?"

호들갑을 떠는 여자친구에게 정산은 자기도 모르게 대꾸할 뻔했다. 깔끔할 수밖에 없는 이유를 난 알지, 라고.

6

정산은 착불 택배 상자 하날 받았다.

정산이 얼마 전까지 살았던 에이빌의 주인이 굳이 갈무리해 보낸 철 지난 우편물들이었다. 전산으로 해결한 고지서들, 광고성 안내문들, 후원 단체의 소식지 따위, 곧장 쓰레기통으로 들어갈 우편물들 사이로 제법 묵직한 소포 하나가 껴들어 있다. 책이다.

포장 봉투를 뜯다 말고 정산은 소스라치게 놀랐다. 나신의 발레리나가 수심 가득한 눈빛으로 정산을 빗겨 바라보는 게 아닌가? 북카페에서 우연히 마주친 이후 두 번 다시 떠올리기 싫어진, 긴 소파에 누운 발가벗은 여자가 말이다. 여자의 토슈즈 아래론 금박을 입힌 글씨들이 얌전히 엎드려 있다. 소설의 유령을 위한 습작, JR. Beum 지음.

주홍빛 속지엔 작가의 서명이 선명하다. 덕분입니다. 고맙습니다. 주란 드림.

정산은 자기도 모르는 사이 어떤 치명적인 범죄의 공모자가 되었다는 사실을 문득 깨달았다. 전율이 온몸을 관통해 나갔다. 그는 휘리릭, 책장을 정신없이 넘겼다. 분명 다른 뭔가가 더 있어야 한다. 아무런 해명도 없이 덕분이라니? 최소한의 사과도 없이 고맙다니? 하지만 책장들 사이에선 아무것도 발견되지 않았다. 소설의 마지막 두어 문단만이 깜빡거리며 정산을 빤히 쳐다보았다.

나의 죽음은 여자의 승리. 하지만 그것으로 끝일까?

모든 사건이 그렇게 종결된다면 소설은 결코 쓰이지 않을 것이고 인간의 모든 이야기는 종언을 고할 것이며 삶의 모든 주름들은 접힌 채로 영원히 침묵 속에 갇힐 것이다.

여자여, 기다릴진저! 그대가 죽인 자의 부활이 임박하였도다. 너의 죄가 그를 일으켜 세우리니. 이것이 진정한 부활, 신도는 필요하지 않다. 그의 이야기를 사는 자, 바로 그 자신이리니.

문장들은 정산을 어딘가로 몰아가고 뭔가를 종용해댔다. 그는 떠밀리면서 동시에 주춤거렸다. 초인종이 울렸다. 새로운 의뢰인일 거였다. 정산은 책을 쓰레기통에다 쑤셔 박았다. 그러고는 문간으로 향했다.

우주적 사건 지평선 너머

우주적 사건 지평선 너머

김천일 작가 유작전을 알리는 모바일 초대장이 왔다. 잠시 의아했다. 천일의 1주기가 돌아오는 시점이었다. 도대체 누가? 그 애에겐 형제자매도 남편도 자식도 없었다. 유일한 피붙이라면 요양병원에 입원해 있는 노모 한 분뿐이었다.

설마 그 노인네가? 아무래도 그건 어불성설이었다. 천일이 유명을 달리한 뒤 가끔 들여다보는 것으로 우리 우정의 의무를 다하는 동안 노인의 치매가 갈수록 더 깊어지는 걸 확인해왔다. 불과 며칠 전만 해도 그랬다. 아무리 치매라지만 당신 딸의 죽음을 알아야 할 권리는 있지 않을까 싶어 조심스럽게 이야길 꺼냈다.

"아줌마, 천일이 보고 싶지 않아요? 왜 요즘 안 오는지 궁금하지 않으세요?"

노인의 말간 눈동자에 내 모습이 얼비쳤다. 이번만큼은 뭔가 쓸모 있는 답을 듣고 싶었다. 적어도 천일에게 변명이라도 해줄 수 있는 그런 대답을. 하지만 기대는 일거에 무너졌다.

"우리 아들, 보고자픈디……."

"그 아들 말고요. 아줌마 딸 천일이 말예요."

"학원에 갔어. 점심밥 묵어야니께 곧 올 거여."

천일의 누적된 좌절이 언젠가부터 나의 것이 되었다. 노인은 아득히 저 멀리, 빛의 속도로도 가 닿을 수 없는, 세월도 시간도 비껴간 까마득한 어딘가에 여전히 머물러 있었다. 천일이나 나에겐 영원의 시간 저편에 있는, 우리의 우주가 시작되지도 않았던 사십몇 년 전의 어느 5월 그곳에. 전혀 소통되지 않는다는 걸 알면서도 난 말하기를 멈추지 않았다.

"교통사고가 났어요. 터널 입구에다 차를 들이받았대요. 사고 감식반인가 하는 치들이 과속에 졸음운전이었다고 결론을 냈어요. 하지만 정말 그랬을까요?"

말갛기만 하던 노인의 눈동자에 갑자기 핏기가 돌았다.

"머시라고? 우리 승호가? 안 돼, 안 돼야. 이 징한 놈들아, 내 아들이 뭐시를 잘못했드냐? 가만가만 학원에만 댕기든 애를 뭘 철천지 원수가 졌다고 그리도 몰강시럽게 매질을 해갖고……."

뭘 어찌할 새도 없었다. 휠체어가 덜커덩 뒤로 넘어지는 소리와 함께 갈퀴 같은 열 개의 손가락이 내 목줄기에 휘감겼다.

"하이고, 천지일월성신님네! 삼천대천의 신령님네! 세상천지 금수만도 못한 것들한티 천둥 벼락은 왜 애끼신다요? 돌부처맹키로 쳐다만 보실람사 날 말리든 맙소사!"

혼자선 제대로 일어서지도 못하는 노인네가 어디서 그런 힘이 솟구쳤는지 모른다. 손아귀에서 벗어나려 할수록 악력은 더욱 강해지고 욕설의 수위는 높아졌다. 나도 모르게 비명을 질렀던가 보다. 요양병원 직원들이 면회실 문을 박차고 뛰어들었다. 몸집 좋은 간호사가 흥분한 노인네를 뒤에서 꼭 끌어안았다. 그러고는 속살거렸다.

"괜찮아요, 어무니! 아무 일 없어요. 승호 곧 올 거예요."

언제 그리도 길길이 날뛰었던가 싶게 노인의 표정이 이내 양순해졌다. 바람 빠진 공처럼 순간 쪼그라들어 좀전의 격렬한 반응 자체가 그저 내 환각은 아니었는지 의심스러울 지경이었다. 목줄기가 후틋했다. 일거에 상황을 정리한 몸집 좋은 간호사가 뜨거운 물 한 잔을 내밀었다.

"가끔 이러신답니다. 내 아들 살려내라며 아무한테나 덤벼들어 소리 지르기도 하고요. 따님도 참 고생 많으셨지요."

노인은 아무 일 없었다는 듯 쌕쌕거리며 졸음에 빠져들고 있었다. 딸의 삶도 성취도 끝내 알려 하지 않았던 고집스런 노인, 딸의 죽음조차도 외면하려는가?

난 초대장을 찬찬히 훑었다. 발신자는 갤러리 F였다. 대표의 이름은 따로 명기되어 있지 않으나 신성경일 게 분명했다. 뒤늦게 천일의 재능을 발견하고, 발현시키는 데 놀라운 능력을 발휘한 우리들의 친구⋯⋯. 초대문은 평범했다.

'천체물리학자이자 화가로서 주목을 받았던 신예작가 김천일의 1주기를 맞아 열리는 유작전 〈우주적 사건 지평선(Cosmic Event Horizon)〉에 당신을 초대합니다.'

첫 전시회 때의 제목과 비슷했다. 무슨 차이인지 알 순 없으나, 유작전에 찾아올 사람이라면 천일의 작품에 대한 최소한의 이해를 갖췄으리라는 기대를 담은 걸로 보였다. 아니 어쩌면 얄팍한 상술일지도 모른다. 어느 유명 가수가 비슷한 제목의 노래로 인기를 끌었던 게 불과 얼마 전이다. 물론 선후를 따져보면 천일이 먼저이긴 하다.

3년 전에 열린 첫 전시회의 제목이 〈블랙홀 사건 지평선(Blackhole Event Horizon)〉이었고, 그 노래가 발표되어 인기 가도를 달리기 시작한 건 화가 김천일의 사망 무렵부터니까. 당시엔 독학으로 늦깎이 화가가 된, 기초과학 연구원 출신 천체물리학자의 다소 특이한 이력을 관람객들에게 강조하려고 그랬을 것이다. 신예 작가라기엔 마흔 가까운 나이가 약점일 수도 있었던 만큼 새로운 스토리텔링이 필요했을지도 모른다.

전시회는 성공적이었다. 천일의 의도였든 성경의 의도였든 간에 독특한 소재를 다룬 그림은 지역 화단에 적잖은 파문을 일으켰다. '블랙홀 사건 지평선' 연작 말고도 '궁수자리 A*'라든가 '슈바르츠실트 반지름', '가스 구름 G2' 같은, 블랙홀을 설명할 때 쓰이는 우주과학적 전문용어를 차용한 제목들 역시 한몫했을 것이다. 사람들은 자기가 잘 모르는 것에 열광하는 경향이 있으니까.

그림에 문외한인 나로선 우주 도넛들의 캔버스 대거 진출 사건으로 밖엔 보이지 않았다. 검은 구멍을 가진 빨강, 파랑, 노랑의 도넛들. 반대로 빨강, 파랑, 노랑 구멍을 가진 까만 도넛들. 둥근 판 모양으로 아예 구멍이 없거나 목성처럼 장식띠를 두르고 있는 도넛들까지.

난 진지하게 또 열심히 그림들을 들여다보았다. 천일은 내 열광에 감동받은 듯했다. 사실은 내 카드의 결제 능력에 근접하는 적정 가격 수준의 그림을 고르느라 심사숙고 중인 줄도 모르고. 내 재정 상황과 주거 조건에 어울릴 만한 작품을 마침내 찾아냈다. '블랙홀 사건 지평선 M87* 연작 중 하나인 No.6였다. 울퉁불퉁한 붉은 곡면의 어느 부분이 네온사인 불빛처럼 반짝거리는 것도 조금은 매력적이었다.

─이 제목, 무슨 뜻이야?

─인류가 최초로 촬영한 블랙홀의 모습을 다채롭게 변주해본 거야. 여기 움푹 패어 들어간 부분 보이지? 빨강과 검정의 경계선 말야. 여기가 흔히들 얘기하는 사건의 지평선이란 거야. 보다 정확히는 블랙홀 사건 지평선. 그 너머로부터의 빛이나 정보는 외부 관측자에게 절대로 도달할 수 없어.

수학이건 물리건 간에 이과 과목이라면 치를 떨던 내게 그 대답은 눈곱만큼의 이해도를 높여주지 못했다.

─무슨 소린지 하나도 모르겠어.

─누구나 그래. 그냥 느낌 가는 대로 봐. 이건 그림이잖아. 이를테면 울 엄마 가슴속 너머의 빛이나 열을 내가 절대로 감지해낼 수 없는, 뭐 그런 상태의 표상으로 본다든가…….

이젠 그런 알쏭달쏭한 대답조차도 들을 수 없겠지. 어쨌거나 천일의 유작전이라는데 가보지 않을 순 없다. 일정표를 펼쳐놓고 전시 기간을 확인하던 중 난 깜짝 놀랐다. 1주일간의 전시는 시작된 지 이미 5일을 지나 있고, 남은 일정은 오늘과 내일 단 이틀뿐이었다. 잘못 봤나 싶어 다시 한번 날짜를 확인해보았다. 확실했다. 폐막일인 내일은 작품 정리와 철수 등으로 어수선할 것이다. 그러니까 기회는 딱 오늘 하루뿐인 거였다. 그 오늘조차도 이미 오후 5시를 넘기고 있었다. 오라는 건지 말라는 건지……?

전시회장을 찾아가는 길은 어렵지 않았다. 모바일 초대장 아래엔 친절하게도 약도가 그려져 있었다. 금남로 예술의 거리 초입에 있다는 걸 금방 알아볼 수 있었다.

왜인지 모르겠다. 발길이 저절로 꽃집으로 향했다. 그냥 그래야 할 것 같았다. 폐막일이 내일이라는 점은 그리 고려되지 않았다. 내가 가져간 꽃이 김천일 화가의 유작들에 경의를 표할 수 있다면 그게 잠시 동안이라 해도 나쁠 건 없지 싶었다. 물론 그림 한 점을 가리키며 저걸로 할게요, 라고 말하는 게 갤러리 F로선 훨씬 반가운 일일 것이다. 그리고 어쩌면 그게 화가 김천일에 대한 예의일지 모른다.

꽃다발로 할지 꽃바구니로 할지 얼른 작정이 서지 않았다. 가지마다 이파리마다 모양도 빛깔도 천차만별인 색채의 향연에 넋을 놓고 들여다보느라 망설임은 더욱 길게 이어졌다. 오랜만에 맡아보는 달콤한 꽃내음에선 묘한 원망감까지 피어올랐다. 우주 차원의 어렵고 복잡한 지평선 따위 말고 예쁜 꽃들이나 그릴 것이지. 그랬다면 그리

어이없이 죽진 않았을 텐데……. 천일의 갑작스런 죽음이 바로 그 그림들 때문이라도 된다는 듯, 그 애의 귓가에 가 닿지도 않을 충고를 홀로 주절거렸다.

"이거 예쁘게 포장해줄 수 있죠?"

어떤 사내의 목소리가 등 뒤에서 울려 퍼졌다. 날 점원으로 착각했나 싶어 돌아보았다. 정장을 빼입은 사내였다. 그는 활짝 핀 꽃송이들로 가득한 시클라멘 화분을 가리켰다. 짙은 초록 이파리들 사이에서 붉은 나비 떼가 다투어 날아올랐다. 숨 가쁘게 아름다웠다.

"리본도 하나 달아주세요. 유작전이라 축하가 맞는 건지 어떤지 잘은 모르겠는데……. 으음, 뭐 그래도 전시회니까. 한쪽에단 축 김천일 화가 유작전, 다른 쪽엔 친구 정영인, 이렇게요!"

"정영인?"

난 사내의 옆모습을 빤히 쳐다보았다. 내 친구 영인임에 틀림없었다. 눈가에 잔주름이 몇 개 잡히고 재킷 안쪽으로 뱃살이 슬쩍 도드라져 보인다 해서 못 알아볼 수는 없었다.

"어라, 이게 누구야? 욘희, 너 여기서 일해?"

그가 욘희라고 부르는 순간, 오랜 세월의 강이 휙휙 거꾸로 흐르기 시작했다.

＊

옥상 난간에 기대고 서면 건너 상가의 네온사인에 불빛이 들오는 걸 볼 수 있었다. 수많은 점들이 파닥파닥 깨나는 순간은 언제나 전율이었다. 글씨들은 마법사였다. 사각의 틀 바깥으로 투둑 떨어져 사라진 게 분명한데, 다시금 뛰어오른 걸 본 적이 없는데, 비어 있어야 할 그 자리에서 아무 일 없었던 듯 반짝거리곤 했다.

ㅡ재미없어. 맨날 똑같잖아.

천일이었다. 재수 없는 계집애! 엄마한테 들키지 않으려고 얼마나 살금거리며 계단을 타올랐는데, 도둑고양이마냥 따라붙다니. 난 못 들은 척 건너 상가의 명멸하는 빛들에 눈길을 박았다.

ㅡ눈을 쫌만 더 올려 봐. 저기 은하수 보여? 그 꼭대기에서 반짝거리는 별이 베가야. 우리 말로는 직녀별. 너 견우와 직녀 이야기 알아?

ㅡ누가 그걸 몰라?

잘난 척하는 천일이 얄밉기 그지없었다. 우리 집에 세 들어 사는 가난뱅이 주제에, 미친 엄마랑 사는 주제에……

천일네가 난리법석으로 우리 집을 들쑤셔놓은 게 조금 전이었다.

시끌벅적, 우당탕퉁탕! 2층에서 울리는 심상찮은 소리에 엄마 아빠가 놀라 2층으로 뛰어 올라갔다. 아무도 날 제지하지 않았으므로 덩달아 따라 올라갔다. 생전 처음 보는 놀라운 광경이 눈앞에 펼쳐졌다. 오그라진 냄비며 깨진 사기그릇이며 유리 조각들이 사방팔방 널려 있었다. 두 손으로 머릴 감싸고 엎드린 아저씨와 부엌칼을 들고서 식식거리며 소릴 지르고 있는 아줌마, 그들이 지나다닌 흔적 위로 핏자국이 낭자했다.

오매매, 세상에나! 엄마가 쇳소리를 내질렀다. 거의 비명처럼 들렸다. 아줌마가 휙 돌아보았다. 눈자위가 시뻘겠다. 번득이는 식칼을 우리에게 휘두르며 달려들 것만 같았다. 난 아빠의 등 뒤로 숨었다. 아줌마가 순간 흡, 놀란 숨을 들이키는 듯했다. 그러더니 스르륵 칼을 떨어뜨리고는 화장실로 튀어 들어갔다. 콕, 안에서 문을 잠그는 소리가 났다.

흐으으, 화장실 안쪽에서 기이한 소리가 흘러나왔다. 목구멍을 뚫고 터져 나오려는 뭔가를 기를 쓰고 틀어막는 듯한, 암만 들어봐도 울음소리나 웃음소리 같지는 않은, 뭐라 형용할 수 없는 괴상망측한 소리였다. 어쩌면 에일리언일지도 몰라. 그 순간 걷잡을 수 없는 공포가 밀려왔다. 우주 괴물이, 징그럽고 끈적거리는 외계 생명체가 아줌마의 목구멍을 찢고 튀어나오기라도 한다면?

으아앙, 내가 소릴 지르며 울었던가? 누군가가 내 귀에다 귀마개를 꽂아주었다. 천일이었다. 놀라지도 겁먹지도 않은 얼굴이었다.

─아빠가 오는 날은 맨날 이래. 그래서 전번 집에서도 쫓겨났어. 걱정 마. 니네 엄마 아빠도 곧 우릴 쫓아낼 거야.

─아빠가 오는 날이 따로 있다고?

천일이 고갤 주억거렸다. 바보처럼 울었다는 사실이 문득 창피했다. 난 얼른 귀마개를 빼서 천일에게 돌려주었다. 어스름이 내리고 있었다. 건너 상가에선 하나둘 네온사인이 켜지기 시작했다.

─죄송하구만요. 다시는 이런 일 없도록 할랍니다.

아저씨가 우리 엄마 아빠한테 사죄하는 듯한 소리가 들려왔다.

―저건 한동안 아빠가 집에 오지 않을 거란 뜻이야. 우리 엄마는 아빠만 보면 미치거든.

내가 제일 좋아하는 호경반점의 네온사인이 드디어 마술을 시작했다. 그건 좀 특별했다. 한꺼번에 확 켜졌다 일시에 훅 사라졌다 하는 단순한 방식이나, 한 글자씩 줄지어 나타났다 줄지어 사라지는 순서에 충실한 방식을 거부하는, 아주 개성적인 마술이었다. 그 네온사인은 숨을 삼켰다 내뱉는 것처럼 자음 하나 반짝, 그게 꺼지는 순간 모음 하나 반짝, 그랬다. ㅎ을 내뱉으며 ㅗ를 삼키고 다시 ㅗ를 내뱉으며 ㄱ을 삼켰다.

―마누라가 쪼까 아퍼요. 암만 나숴줄라 해도 치료받는 거를 기를 쓰고 마다해서. 어린것이 짠하지라. 내가 델꼬 있으마 해도 그건 또 죽어라고 싫다니께……. 예! 그럴 만한 일이 있었지라. 여그 사람들이야 다 아는 이야기지만도 그때 말여라. 그해 5월에……,

마지막 자음 ㅁ이 까무룩 삼켜졌다. 이젠 호부터 점까지 한 글자씩 반짝이는 2단계 버전으로 숨을 쉴 거였다. 그러고 나면 다시 두 글자씩 짝을 지어, 그러니까 3단계 레벨업 수준에 맞게 호경과 반점이 서로 숨을 주고받을 거였다. 난 그 집의 짜장면도 그렇게 쫄깃할까 늘 궁금했다. 엄마는 중국 음식은 시켜 먹는 게 제맛이라며 절대 데려가 주지 않았다.

―우리 오빠가 그때 죽었대. 엄만 맨날 그래. 죽일 놈들이 오빨 때려 죽였다고. 그러니까 죽일 놈들하고 죽은 놈은 달라. 죽일 놈들은 절대로 시체가 되지 않아. 너 상무관이 어딘지 알아?

—그게 뭔데?

—넌 시내에 한 번도 안 가봤구나. 그냥 네모반듯한 더럽고 못생긴 건물이야. 도청 앞에 있지. 울 오빠 시체를 엄마가 거기서 찾았대. 시체가 온통 푸르딩딩한 멍자국이더래. 난 말야, 한 번도 오빨 본 적이 없는데 어디서든 만나면 금방 알아볼 거 같아. 얼굴이 퉁퉁 부어 있고 터진 입술에 핏자국이 남아 있고 온몸에 잔뜩 멍 자국이라면 그건 우리 오빠야.

문득 징그러웠다. 천일이야말로 아줌마의 목구멍을 뚫고 나온 진짜 에일리언이 아닐까? 무서웠다. 도망치고 싶었다. 하지만 발길이 떨어지지 않았다. 등을 보이고 돌아서는 순간 소름 끼치는 손가락이 무당거미처럼 날 옭아맬 것만 같았다. 네온사인 따윈 이제 안중에 없었다.

엄마, 엄마! 꽥꽥 소릴 지르며 엄말 불렀다. 그런데 이상했다. 도무지 목소리가 나오질 않았다. 머리는 하얗게 비고 가슴은 둑근둑근 뛰었다. 행여 엄마가 날 돌아봐줄까 간절한 눈빛을 쏘아 보냈다. 하지만 엄만 2층 대청마루 앞에 심각한 표정으로 서서 아저씨의 얘길 듣느라 바빴다. 아빠조차도.

—그놈이 그림은 참말로 잘 그렸지라. 어디 붙기는 붙었는디, 기연시 서울로만 갈란다고 오기를 피드니만, 지 명 지가 재촉한 셈이 아닐랑가? 학동 삼거리 쪽에 집이 있었응게 전일 학원까진 자징게를 타고 다닐 만했지라. 도시락 싸 들고 댕기기 성가시다고, 점심 때 밥 묵으로 와서 쪼깐 쉬다 가믄 오후에 잠이 덜 온다고…… 그날도 맨

날 똑같은 그런 날인 중 알았겄제라, 대학생들 데모는 다반사였응게. 최루탄인가 지랄탄인가도 시내에서는 일상사였응게. 안직 대학에 들어가보도 못헌 놈이 대학생 취급을 그리도 혹독허니 당할 줄을 알았을랍디요?

구원은 전혀 예측할 수 없는 데서 왔다. 옆집 사는 말썽꾸러기 영인이었다. 녀석이 골목길에서 우릴 쳐다보며 외쳤다.

─욘희, 숙제 다 했지? 빌려주라!

다리에 잔뜩 들어가 있던 힘이 순간 풀렸다. 어쩌면 휘청, 내 몸이 까부라질 뻔한 바로 그 순간 누군가가 내 팔짱을 꼈다. 천일이었다. 난 그 애의 손을 획 쳐내고 말았다. 그사이 영인이 2층 계단을 타고 올라왔다. 녀석은 지금 천일네가 얼마나 엉망진창인 줄도 모르고 떠들어댔다.

─야, 아래서 보니 니들 둘이 꼭 쌍둥이 같드라. 못난이 삼 형제 알지?

─삼 형제가 될려면 너까지 껴야지. 바보!

풋, 웃음이 났다. 염치도 없이 날마다 내 숙제를 베끼러 오는 녀석을 곯려주는 천일이 제법이다 싶었다. 다행스럽게도 우주 괴물 같은 건 아닌가 보았다. 천일네 집 안쪽에선 여전히 아저씨의 넋두리랄까 변명이랄까가 이어지고 있었다.

─죽은 놈 찾아다 장사까지 치러주고도 밤이믄 밤마다 아들내미 찾아얀다고 맨발로 쏘다니들 않겄소? 낸들 어디 속이 좋아 견뎠겄소? 불쌍해서, 죽은 자석이나 그놈 못 잊어 애달코달하는 지 에미나

기냥 불쌍해서, 그래서 버텼지라. 첨엔 사방팔방 쑤시고도 댕겼지라. 내 아들 명줄 끊은 놈 쳐 쥑일라고, 내 마누라 혼 빼간 놈 밟아 없앨라고라. 열 번도 더 죽었다 깨났구만이라. 구치소에 처박혀 몽댕이 찜질 당하고 다리가 분질러지고 마빡이 터지고 그랬지라. 그래봤자 다 소용없드만이라. 내 억울이 그놈들 장난감입디다. 따져 들수록 거머리 취급이나 당하고…….

분위기가 영 아니다 싶었던지 영인이 날 향해 소리 없이 물었다. 뭐야? 붕어처럼 입술만 뻥긋거렸지만 난 알아들을 수 있었다. 내려가자. 나 역시 입술 뻥긋으로 대답했다.

─내가 빌려줄게.

그때 천일이 불쑥 내뱉었다. 그러고는 아무렇지도 않다는 듯 제 방 창문을 타 넘어 들어갔다. 그 와중에 숙제를 끝마쳐놓았다고? 우리 키보다 높은 창틀을 타올라 방으로 들어간다고? 놀라웠다. 하지만 존경심을 동반하는 그런 놀라움은 아니었다. 천일이 공책을 가져오고 영인이 그걸 감지덕지하며 받아들었을 때 문득 알았다. 내 놀라움의 정체는 내 권력의 상실에서 오는 거였음을. 그러니까 영인에 대한 내 지배력이 무화되는 순간을 열 살짜리 계집애의 놀라운 통찰력으로 깨달은 거였다.

─술 말고는 어디도 지낼 데가 없드만요. 당한 놈이 폭도고 뒈진 놈이 빨갱이란디, 억울하다 떠들수록 더 병신 취급인디, 환장하겠습디다. 기양 막 살아부렀지라. 집 팔아묵고 전세로, 전세금 털어묵고 월세로 그리 떠돌다 본께 반 거지가 돼 있드만이라. 근디 속에서 뭔

소리가 자꾸만 올라오들 않겠소? 요대로 죽어지믄 저승에서 우리 부모님을 무신 낯짝으로 뵈냐고, 죽은 자석 꼬치 쓰다듬니 새시로 자석이라도 봐야들 않겠냐고…… 뭔 귀신에 씌었든가 몰라라. 지 입술 깨물어감서 마다는 마누라를 막 자빨쳐부렀지라. 글고 난께 일할 맛도 나고 돈 벌 욕심도 생기고 집을 건사할 맘도 나고 그러등만요.

참 이상한 어른들이었다. 온통 난장판인 대청마루를 치울 생각도 없이 저러고들 싶을까? 화장실로 숨어든 천일의 엄마는 그때까지도 꼼짝하지 않았다. 화장실 환기통을 타고 우리 집으로 내려와 있는 건 아닐까? 걱정 하나가 별안간 날 사로잡았다.

—해서 저것이 나왔드라요. 지 오래비 죽고 딱 천 일 만에라. 암만 그래도 이름을 그라고 지을 생각은 없었는디, 지 에미가 호적에다 딱 올려부렀습디다. 천일이라고.

아무 소리도 귀에 들어오지 않았다. 그 무서운 아줌마가 머릴 풀어헤친 처녀 귀신마냥 칼을 입에 물고 나타나면 어떡하지? 영인의 손을 사정없이 낚아챘다. 녀석이 쥐고 있던 천일의 숙제 공책이 시멘트 바닥으로 떨어졌다. 왜 그래? 놀란 영인이 꽥 소릴 질렀다. 쉬잇! 나도 모르게 검지를 세워 녀석의 입술에 갖다 댔다. 다행히도 돌아보는 어른은 없었다.

—나 오줌 마려. 화장실까지 델다 줘.

영인이 별꼴 다 보겠다며 투덜거렸다. 천일이 제 공책을 주워 들었다.

—빌려 갈 거야, 말 거야?

─당근 빌려 가야지. 고마워.

내 손에 이끌려 계단을 타고 내려오면서 영인은 다른 손으로 천일의 공책을 받아들었다.

─금방 울 아빠 하는 말 들었지? 난 계산기야. 울 엄마 계산기. 내나이에다 365를 곱하고 거기다 천을 더하면 울 오빠 죽은 뒤로 지나간 정확한 날 수가 나와. 니들은 그렇게 큰 숫자 곱하기는 할 줄도 모르지?

천일이 계단 아래쪽의 우릴 향해 혀를 쏙 내밀었다. 영인이 히죽거리며 그 앨 추켜세웠다.

─우와, 인제 산수 숙제는 너한테 빌릴래. 니가 우리 반으로 전학와서 진짜로 좋아.

우리 집 화장실에 칼을 문 처녀 귀신은 숨어 있지 않았다.

한참 후 돌아온 엄마는 2층이든 옥상이든 함부로 올라갔다간 발모가지를 분질러놓을 거라며 으름장을 놓았다. 천일이랑도 절대 놀지 말라고 했다. 나의 저녁을 화려하게 밝히던 네온사인들이 그 순간 비밀의 화원에 갇히고 말았다.

참 이상한 일이었다. 금지 구역으로 선포되자 옥상이 걷잡을 수 없이 그리워졌다. 천일이 그랬던 것처럼 마당으로 난 내 방 창을 살그머니 열고 맨발로 뛰어내렸다. 생각보다 어렵지 않았다. 엄마 아빠는 좀전의 일을 까맣게 잊은 듯 연속극을 보느라 텔레비전에 푹빠져 있었다.

―견우와 직녀는 1년에 딱 한 번 만나. 반가워서 흘린 눈물이 비가 되어 내리지.

천일이 나보다 먼저 옥상에 올라와 있었다. 내가 올 걸 알고 있었다는 듯 돌아보지도 않고 중얼거렸다.

―오늘이잖아, 7월 7일! 근데 비는 안 왔어.

―오늘이 아니니까. 칠월칠석은 음력으로 세어야 해.

기분이 확 상했다. 내가 아는 걸 그 애가 이미 다 알고 있다는 사실도 그렇지만, 음력이니 양력이니 하는 어렵기 짝 없는 걸 천일이 나보다 더 잘 알고 있다는 게 불쾌했다.

―저기 직녀별에서 은하수를 따라 쭉 내려와봐. 유난히 밝은 별 하나가 보이지? 알타이르야. 독수리자리에서 젤로 빛나는 별이지. 하지만 저게 진짜 견우별은 아니야. 그 아래로 더 쭉쭉 내려와봐. 많이 반짝거리진 않지만 그래도 눈에 들어오는 별 하나가 보일 거야. 그게 진짜 견우별이래. 염소자리의 다비흐. 보여?

―응!

거짓말이었다. 그건 천일에게 지기 싫어서였다. 난 천일이 말하는 별들을 하나도 찾지 못했다.

―진짜? 넌 정말 눈이 좋은가 보다. 사실 난 그걸 못 찾았거든. 별자리 지도엔 염소도 독수리도 거문고도 다 그려져 있어서 금방 찾을 줄 알았어. 근데 암만 봐도 하늘엔 그런 그림이 없더라.

천일의 느닷없는 솔직함에 난 어안이 벙벙해졌다. 얄미운 마음이 조금쯤 가시는 듯도 했다.

─야, 이거 받아.

저 아래 골목길에서 영인이 소리쳤다. 그새 숙제를 다 베낀 모양이었다. 녀석은 천일의 공책을 세로로 접어 휘리릭, 던졌다. 천일이 두 손을 뻗어 허공 중으로 날아오른 그것을 낚아챘다.

─나이스 캐치!!

영인이 잘 하지도 못하는 영어로 종알거리며 엄지척을 해 보였다.

✻

"흐흣, 일은 무슨……? 김천일 화가의 유작전에 가는 길이었지. 꽃바구니랑 꽃다발 중 뭘로 할까 고민 중이었어."

"굳이 따로 할 필요 있겠어? 저기요, 그 리본에다 친구 이름 하나 더 추가해줘요, 황연희라고!"

내 동의를 구하기도 전에 영인은 점원에게 요청 사항을 하나 더 얹었다. 예쁘게 접은 리본에다 점원이 막 글씨를 쓰기 시작한 참이었다. 나로선 까다로운 문제 하나를 손쉽게 해결한 셈이 되었다. 영인이 날 찬찬히 훑어보았다.

"너 결혼했어?"

20여 년 만에 만나 던지는 첫 질문으로 하필 그런 걸 고르다니, 무례했다. 그렇다고 불쾌하진 않았다. 걸음마 하던 시절부터 알고 지낸 동네 친구였고 초중고를 내리 같이 다닌 세 겹의 동창생이었다.

"했지. 그리고 이혼도 했어."

"오우, 다이내믹했구나. 천일인?"

풋, 웃음이 났다. 큰 관심 없는 척, 지나가는 척 툭 던지는 한마디에 진짜 속내가 담겨 있음을 내가 모를 줄 알고?

"그 애 유작전엘 가는 거 아녔어? 이미 문 닫아버린 역사가 왜 궁금한데?"

"아이쿠야, 역시 우리 욘희! 콕콕 찌르는 버릇은 여전하네. 장례식 땐 어쩔 수 없었어. 코로나 바이러스한테 포박당해 비행기를 탈 처지가 아니었거든."

장난기가 실린 말과 달리 그의 표정은 어두웠다. 천일에겐 언제나 진심이었던 영인이다. 적어도 필리핀으로 떠나기 전까지 내가 알고 있던 그는.

꽃집 점원이 큼지막한 투명 비닐 백에 화분을 담아 내밀었다. 길게 늘어뜨려진 하얀 리본엔 그와 나의 이름이 점 하나를 사이에 두고 평온하였다. 11월의 금남로 거리는 꽤나 쌀쌀했다.

천일의 그림은 여전히 단순하고 난해했다. 달라진 거라면 첫 전시회에서 다투어 선을 보였던 도넛들 대신 캔버스의 사각 프레임을 나누는 선과 면들의 대거 약진이라는 점이었다. 빨강, 파랑, 노랑, 그리고 검정과 하양이 기조 색상인 점은 그때나 마찬가지였다.

천일의 '우주적 사건 지평선' 연작을 바라보고 있자니 고교 시절의 수학 시간으로 돌아간 듯했다. 2차 혹은 3차 함수의 그래프 같은 붉은 U자형 곡선들이 위아래로 혹은 양옆으로 입을 벌리고선 x축과 y

축이 만나는 어느 좌표에선가 반짝거렸다. 머금은 것인지 내뱉는 것인지 가늠할 수 없는 곡선 내부의 흑암(黑暗)은 두 축이 만나는 위치에 따라 형태와 비례가 다른 네 개의 면으로 분할되었다. 곡선의 외부는 어느 좌표든 상관없이 채도 높은 순수 노랑이었다. 몬드리안의 재해석인가, 아니면 블랙홀의 새로운 버전인가?

"이게 뭐야?"

순식간에 튀어나온 내 질문은 수신인을 상정할 수 없는, 아니 질문이라기보단 '세상에!'나 '어쩜 이런!'과 같은 감탄사 비슷한 거였다. 그 지긋지긋했던 함수 그래프가 이토록 단순하고 순정한 색깔들로 치환될 수 있었던가?

"우리 우주는 가속 팽창 중이야. 언젠간 천체들끼리 멀어지는 속도가 빛의 속도를 넘어서는 순간이 오겠지. 그렇게 되면 거기에서 출발한 빛은 아무리 기다려도 우리에게 와닿지 못해. 물론 반대도 마찬가지야. 일체의 상호작용이 불가능해지는 거지. 블랙홀 복사열처럼 추정 가능한 지표 같은 건 없어. 그야말로 무(無), 완벽한 모름! 여기 붉은 곡선 면이 바로 그 단절 지점이야. 물리학적 용어로는 우주적 사건 지평선이라지, 아마도?"

영인의 목소리는 아니었다. 천일의 것일 리도 없었다. 그렇다고 낯선 목소리는 아니었다. 언젠가 어디선가 그것도 아주 많이 또 자주 들어왔던 목소리였다. 휙 돌아보았다. 까만 드레스를 입은 늘씬한 여자가 씩 웃으며 서 있었다. 신성경이었다. 영인이 손을 내밀어 악수를 청했다.

"우와, 홀리! 이게 얼마 만이야?"

이름만으로도 언제나 거룩함의 극치였던 그녀를 우린 홀리라 부르곤 했다. 셋이었던 우리가 넷이 된 건 고교 시절이었다. 성경은 어쩌면 천일이 영인을 밀어내기 위해 끌어들인 새로운 우주였다.

"역시나 우린 광속의 지배 아래 있는 게 확실해. 너희 둘, 올 줄 알았어. 시간까지 맞춰 올 줄은 몰랐지만."

"그럼 그 초대장이 우리 둘만을 겨냥한 거였어?"

"결과적으론! 그 표정은 뭐야? 제발 문화 행사에 관심 좀 가져라. 연희 너만은 개막식 날에 올 줄 알았구만. 여튼 김천일 작가의 유작전이 우주적 사건 지평선을 넘어가기 전에 너희들을 꼭 부르고 싶었어. 정영인이 광주에 와 있다는 정보도 얻었겠다, 빛의 속도로 초대장을 보내버렸지."

풋, 영인이 어이없다는 듯 웃었다.

"내가 그리 유명인사였나?"

"아니, 유명인사는 우리의 김천일 작가지. 그러니까 그 중력에 우리가 이끌리는 거고. 어쨌든 이리 모였으니 좋아. 우리끼리만의 추도식을 갖자구. 천일을 사랑했던 세 사람, 아니면 천일이 사랑했던 세 사람! 문 닫을게."

그녀의 긴 드레스 자락이 출입문을 향해 스적스적 끌려갔다. 무대의 휘장이 거두어지는 것처럼 그녀의 까만 치맛자락 뒤로 미처 보지 못한 그림들이 모습을 드러냈다. 그중 하나가 내 눈길을 사로잡았다.

요원한 추상들 너머로 사물의 명칭이 연역되는, 그것은 계산기였다. 0부터 9까지의 숫자 버튼과 연산 기호들, 점과 괄호와 %와 지우기 버튼들까지……. 순도 높은 색깔로 채워진 함수 그래프들의 변주와는 확연히 달랐다. 하지만 내가 아는 일상적인 계산기는 아니었다. 살바도르 달리의 녹아내리는 시계보다 더 심하게 뒤틀려 있고, 사방팔방이 퉁퉁 불어 있으며, 제멋대로 튀어나온 버튼들은 불그죽죽하거나 푸르딩딩했다. 계산 값을 알리는 숫자 창엔 붉은 숫자들이 핏물처럼 흘러내렸다. 15,235.

얼굴이 퉁퉁 부어 있고 터진 입술에 핏자국이 남아 있고 온몸에 잔뜩 멍 자국이라면 그건 우리 오빠야.

뭔가에 얻어맞은 듯 얼얼했다. 미친 듯이 계산기를 두들겨보았다. $(15,235-1000) \div 365=?$ 천일이 가르쳐준 계산식을 거꾸로 수행하자 39가 떴다. 마흔 번째 생일을 맞지 못한 채 떠난 그 애는 자신의 마지막 생일을 이런 식으로 자축했던 것일까? 어디서 만나더라도 금방 알아볼 수 있을 거라던 그 얼굴과 함께?

'우주적 사건 지평선 너머—Fine or Fin'

제목은 그림 스스로가 에필로그임을 밝히고 있었다. 분명 나름의 심오한 의미가 있을 거였다.

"거기 왼쪽 끝부분, 조금 독특하지 않아?"

와인 병의 코르크 마갤 따며 성경이 말했다. 미처 관심을 두지 못했다. 화면을 12:1쯤으로 분할하는 까맣고 굵은 세로 선에 대해서는 말이다. 아니, 선이 아니었다. 그 자체로 4~5센티미터 정도의 폭을 가진 채 그림의 일부를 담당하고 있는 길쭉한 사각 면이었다.

"머리카락 콜라주야! 오로지 천일 자신의 머리카락만으로 작업을 했어. 여러 겹으로 덧입히느라 아마 1년 이상은 걸렸을 거야. 몇 번을 잘라내는 동안 긴 머리 소녀는 거의 비구니가 될 뻔했지."

듣고 보니 그랬다. 까만색 덧칠로 입체적 효과를 낸 게 아니었다. 한 올 한 올 머리카락의 질감이 손에 잡힐 듯 정교했다. 영인이 진지한 표정으로 말을 받았다.

"어둠의 그림자거나 어둠 그 너머의 어둠……, 아니면 상한 계산기와 완전한 단절을 꿈꾸는 작가 자신? 아이구야, 어렵다!"

"그냥 느낌 가는 대로 보는 건 어때? 이건 단지 그림일 뿐이니까. 이를테면 기억으로는 생성할 수 없는 무엇과의 조우, 애초에 존재 자체를 알지 못하는 무엇과의 결별 같은 거. 천일에게는 오빠가 바로 그런 우주 아니었을까?"

조우이자 결별이라고? 부딪히는 순간이 바로 망각의 순간이라고? 천일의 말투를 닮은 설명까지, 뭔지 모를 저항감이 슬그머니 치밀어 올랐다. 현상을 그리는 걸로 충분했다면 에필로그 따윈 필요하지 않았을 것이다. 하지만 내 추론은 더 깊은 데로 나아가지 못했다. 나의 수입과 주거 환경 수준에 어울리는, 적절한 크기와 가격대의 그림을 찾아내야 한다는 압박감이 날 몰아붙였다.

성경이 와인 잔을 건넸다. 핏빛으로 찰랑이는 레드와인이 그렇게도 고혹적일 수 없었다.

"이 그림 내가 소장할게. 이쪽으로 보내줘."

영인이 필리핀 사무실 주소가 있는 명함을 내밀었다. 녀석의 과감함이 부러웠다. 아니 솔직히 말한다면 과감할 수 있는 재력이랄까 안목이랄까, 그런 걸 가지고 있다는 게 부러웠다.

"흐훗, 미안! 소장자가 이미 정해졌거든."

"그렇다면 한 번 물어봐줘. 곱절로 돌려드릴 테니 양도하시라고."

영인은 유능한 바이어처럼 굴었다. 대학 입시에 실패하고 천일과의 관계도 진전이 없어 고민하던 어리숙한 청년이 더는 아니었다. 필리핀에서 사업하는 삼촌을 도우러 간다며 도망치듯 떠난 그때로부터 벌써 20년 세월이 흘렀다. 소문대로 제법 성공한 사업가가 된 모양이다.

"천일이 머리카락 때문이야? 그건 그 애의 일부가 아니라 전부야. 네가 그걸 감당할 수 있겠어?"

성경은 돌려 말하지 않았다. 자신이 끼어들지 않았다면 천일과 영인이 지금과는 다른 인연의 경로를 밟았을지도 모른다는 생각 따위해보지 않은 모양이다.

"그림은 그림일 뿐이라며? 아니 그보다는 바로 저 상한 계산기, 왜내가 거기에 감정이입이 되는지 모르겠어."

난 알 것 같았다. 언젠가부터 아줌마는 영인을 보기만 하면 울었다. 천일이 태어나기 천 일 전에 죽은 아들 김승호와 천일의 친구 정영인을 가끔 구분하지 못했다. 덥석 끌어안고 얼굴을 어루만지고 등을 토닥거리기도 했다. 미쳤어? 천일이 길길이 뛰었다. 못된 년, 오래비 하나 있는 거를 못 잡아묵어서 저리 지랄이여. 니년이 그 쥑일 군인 놈들하고 한통속이었든 것이제? 툴툴거리던 아줌마가 천일의 머리채를 휘어잡는 건 순간이었다. 그래, 한통속이믄 좋겠어. 엄마 가슴팍에서 푹 도려내다가 그놈들한테 던져주고 싶어. 대체 난 뭐야? 엄마한테 난 뭐냐고!

성경이 픽 웃었다.

"어쩌지? 노력은 해보겠지만 상대가 응할 거라곤 예상이 되질 않네. 그녀의 심미안은 특별한 제목에 꽂혀 있거든."

"Fine or Fin?"

내 발음이 마음에 든다는 듯 성경의 눈매가 초승달로 휘어졌다. 그렇게 예쁜 눈웃음을 처음 보았다. 그 웃음이 말하고 있었다. 내가 바로 그녀야. 영인이 가느다란 탄식을 흘렸다. 성경의 와인 잔이 영인과 나의 잔에 부딪쳐 왔다. 찰그랑!

"김천일 작가를 위하여!"

영인이 건배사를 했다. 위하여! 나 역시 흔쾌히 따라 외쳤다. 천일이 마치 우리 옆에 서 있기라도 한 것처럼. 성경이 속살거리듯 한마디를 덧붙였다. 좋거나 끝이거나!

초록 알람

초록 알람

뚝! 이상하게도 꼭 그렇게 들렸다.

밤의 신이 감미롭게 흘려주는 섬세하고 풍부한 선율을 가위로 싹 뚝 잘라버리는 듯한 그런 느낌, 문자 메시지가 왔다는 핸드폰의 알림 소리였다. 의뢰인에게서였다. 의례적인 날마다의 내 보고에 1주일 이상 아무런 응답이 없던 터라, 반가울 지경이 되어 서둘러 열어보았다.

우리의 계약을 유지할 수 없게 되었습니다. 합의한 매뉴얼대로 처리해주시기를… 계약 파기로 인한 위약금과 관련 비용은 계약서에 명기된 대로 정리하겠습니다.

이해가 되지 않아 읽고 또 읽었다. 이어지는 내용이 분명 있으리

라, 어떤 식의 부연 설명이든 덧붙었으리라 싶어 문자 목록을 뒤져
보았다. 혹시나 내가 지나쳐버린 게 있을지도 모른다 싶었다. 하지
만 그게 전부였다. 계약 파기에 관한 납득할 만한 해명은 없었다. 양
해를 구하는 최소한의 설명도, 일방적인 통보에 대한 사과도 없었다.
어찌 이럴 수가……?

쇼팽의 피아노는 새들이 재재거리는 나무숲을 지나 강아지들이 쫄
랑거리며 내달리는 작은 오솔길로 들어섰다. 그 순간 아랫배 안쪽 뱃
가죽을 스윽, 뭔가가 긁고 지나갔다. 나도 모르게 달력을 훑어보았
다. 오늘이 며칠이더라? 17주 차로 막 접어든 시점이었다. 혹시 태동
인가?

순식간에 스쳐 가버린 작고 미세한 움직임, 위장이 꿀렁였는지 진
짜 태동이었는지 확인할 길은 없다. 하지만 그동안의 경험에 비추어
볼 때 첫 태동일 가능성이 아주 높았다. 어쩌자고 이리도 빨리……?
계약 파기 문자를 받은 이 시점에 하필……? 후우, 나도 모르게 한숨
이 났다.

마흔 번째 생일을 지나면서 더는 하지 말아야겠다고 결심했던 일
을 채 3년도 지나지 않아 다시 맡기로 한 건, 달랑거리는 내 통장 잔
고와 의뢰인의 간절함이 그 순간 딱 맞아떨어졌기 때문이다. 그리고
어쩌면 마지막 기회일 거라는, 나이도 몸도 더 이상은 할 수 없는 상
태에 이를 거라는, 다소 비장하고 숙연스럽기까지 한 감상 탓이었을
지도 모른다.

여자와 처음 통화를 했던 날은 6월의 싱싱한 초록이 3층 창문 밖으로 넘실대고 있었다. 깔끔하고 부지런한 경비원 덕에 가지들이 댕경 댕경 잘려 한동안 나무 막대기로 서 있던 느티나무였다. 잘린 부위에다 새 가지를 수도 없이 뻗치고 다닥다닥 이파리를 피워낸 모습이 처연해 보이긴 했지만, 초록은 더없이 싱그러웠다.

　"……저기, 소개를 받아 전화드리는 건데……,"

　무척이나 조심스런 말투였다. 편도 저 아래쪽에 괴어 있던 공기가 말소리보다 먼저 튀어나오는 게 아닌가 싶을 지경이었다.

　"혹시 태명을 대박이라고 했던……, 기억하실지 모르겠지만……?"

　여자는 입에 올리지 말았어야 할 금기어라도 내뱉은 사람처럼 우물쭈물이었다. 방 안을 가득 채운 아이돌 그룹의 노래를 중단시켜야 할 것 같았다. 러브 유어셀 ―, 마지막 음절은 완성되지 못했다.

　대박이라, 기억하다뿐일까? 예정일에서 일주일이 지나도록 내 자궁을 비워주려 들지 않았던, 유도분만 시도를 외면하고 끝내 버티는 바람에 제왕절개로 끄집어내야 했던, 체중이 평균보다 400그램 이상 더 나갔던 아기. 그 뻔뻔함 덕에 위로금이랄까, 성과급이랄까 예상 외의 상여금을 받아 3년 가까이 자유를 누렸으니 은인이라고 해야 할지도 모르는 내 마지막 의뢰인의 아기였다.

　"네."

　머릿속에 떠오른 생각과는 달리 건조한 대답이 흘러나갔다. 망설임 없이 단호하고 군더더기 없이 명징한 한 음절이었다. 여자가 멈칫했다. 반가운 기색을 보이거나, 잘 자라고 있는지 궁금해하거나, 하다못해 무슨 일 때문인지 묻기라도 하거나……, 여튼 여자의 기대에 어긋났을 내 반응에 대해 꽤나 당황한 듯했다. 여자는 한동안 말을 더 듬었다.

"저기, 그러니깐, 그 대박이……, 아니 그 소개해주신 분이……, 선생님과는 직거래가 가능하다고 해서요."

"네?"

"죄송해요. 워낙 제 성격이 단도직입적이어서."

여자는 느닷없이 사과를 해왔다. 자신의 말에 대해선지, 성격에 대해선지, 그도 아니면 선생님이란 호칭이 주는 생경함 때문에 돌발적으로 내뱉은 나의 '네?'가 여자에게 추궁하는 느낌을 주었기 때문인지, 알 수 없었다. 여자의 당황과 멈칫과 사과가 지나가자 엄청난 수다가 쏟아져 나왔다.

"지난 몇 년간 온갖 방법으로 시도해보았는데 번번이 실패였어요. 병원은 돈 빨아들이는 흡입기고요, 정부는 이런저런 지원을 해준다며 번지르르한 말로 생색만 내는 허풍선이죠."

여자의 본격적인 수다가 시작되기 전까지는 그런대로 들어줄 만했다. 하지만 자신의 난소가 어떻고 자궁이 어떻고, 초기의 인공수정 과정이 어떠했고 등등, 정보랄 것도 없는 과정 보고가 시시콜콜 이어지자 지루해지기 시작했다. 네네, 그렇군요, 따위 의례적인 추임새를 성의 없이 내뱉어주는 일 외에 달리 할 게 없었다.

2층 내 방 창문에 닿을락 말락 팔을 뻗친 초록 잎새들에 눈길을 돌린 채, 뭉툭하게 잘린 줄기에서 두서없이 삐져나온 새 가지들이 갈퀴처럼 보이는 걸 의아해하며, 본론이 나올 때까지 얼마나 더 기다려야 하나 가늠해보는 동안, 자꾸만 하품이 났다. 나이 든다는 건 좋은 일일지도 몰랐다. 20대에는 물론이고 30대 후반에 이르러서도 그런 식의 기나긴 에두르기를 참아준 적이 별로 없었다.

난자를 원하시나요? 자궁만 임대하실 건가요? 아니면 두 가지 다?

튀어나오려는 질문을 꾹꾹 누르며 견뎌주고 있음을 아는지 모르는지, 여자는 난임 극복을 위한 자신의 분투 과정을 상세히 늘어놓았다. 그러면서 대한민국의 관련 법규와 의료적, 제도적 문제 등을 조목조목 파헤치는가 하면, 자기 부부의 내밀한 문제까지 슬쩍슬쩍 끼워 넣었다. 어쨌든 조금만 주의를 기울인다면 내 추임새에 하품이 잔뜩 실려 있음을 눈치채고도 남았을 텐데 말이다.

"뭐랄까, 자꾸만 실패하면서 우리 사이에도 위기감 같은 게 조성되고 있달까……, 아무튼 예전과 달라요. 그러니깐 그이가 안개 저 너머로 사라지는 듯한 느낌이랄까……, 저는 그이 없인 못 살아요."

슬슬 짜증이 올라오기 시작했다. 왜 다들 자신의 입장과 기분에 대해 장황하게 설명하고 싶어 하는지 모르겠다. 자신의 구구절절한 사연으로 동정심을 자극하면 비용 면에서 조금이라도 절약 효과가 생기리라는 기대 때문일까? 이래서 직거래는 위험하다고들 했나 보다. 서로의 기대가 표준화되지 못하면 수요-공급에 따라 유동적으로 움직이는 시장가격이 어지럽혀질 수 있으므로. 쓸데없이 감정적으로 엮일 가능성은 덤일 테고 말이다.

"아기가 필요하신 거죠? 저는 난자 제공은 하지 않습니다. 배아 이식이라면 3회까지는 가능하고요."

"아, 참! 죄송해요. 쓸데없는 말을 너무 많이 했죠?"

여자는 또 죄송하다고 했다. 아주 작은 삐걱임에도 무조건 죄송을 남발하는 사람은 신뢰하기 어렵다. 자기 잘못을 쉽사리 인정함으로써 혹시 모를 분쟁을 피하려는 마음 뒤엔 뿌리 깊은 열등감과 드높은 우월감이 맥락 없이 뒤섞여 무엇이 불쑥 튀어나올지 예측할 수 없어서다.

"신선 이식이냐 동결 이식이냐에 따라 비용 차이가 있고요. 가격은 회차별로 계산됩니다. 착상의 실패에 관한 책임은 지지 않습니다."

"아아⋯⋯!"

여자의 낮은 탄성에선 경외심 같은 게 묻어났다. 전문용어의 간결한 사용과 단정적인 말투에서 전문가적인 노련함이 느껴졌을지도 모른다.

"현재 동결 배아가 네 개 보관되어 있어요. 두 번의 체외수정으로 어렵사리 아홉 개를 얻었는데요, 성공률이 높은 편이라는 5일 배양이었음에도 신선 이식으로 하나를 허무하게 날렸고, 동결시킨 나머지로 두 개씩 두 번 시도해봤는데 실패였어요. 남은 네 개마저 실패하면 난자 채취부터 또다시 과정을 반복해야 할 텐데, 아우, 생각만 해도⋯⋯."

레몬즙 원액이라도 마신 사람처럼 두 눈을 찡그리며 스읍 침을 삼키는, 여자의 바르르 떨리는 입술이 눈에 보이는 듯했다. 적지 않은 수의 배아를 얻고서도 실패를 되풀이했다면, 여자의 자궁이 배아를

품을 만한 환경을 갖추지 못한 때문일 것이다.

"선생님, 혹시 가능하실까요? 비용은 충분히 지불할게요."

선생님이라는 호칭에는 도무지 적응되지 않았지만, 비용을 충분히 지불하겠단 말은 어색하지도 불편하지도 않았다. 하지만 성공을 장담할 순 없다. 네 번의 출산 경력이 또 다른 임신의 보증일 수는 없었다.

"그게 사람의 의지대로 되는 일은 아니라서. 제 나이는 아시죠? 그리 적절한 연령대는 아니라는 거."

"설마 거절은 아니겠지요? 매번 단 1회 시도로 착상에서 출산까지 매끄럽게 진행됐었다고 그러던데……."

그런 것도 경력이라면 경력인가 보았다. 그들끼리의 정보 교환 커뮤니티에 나 같은 사람 몇몇이 소개되어 있다는 뜻일 수도 있겠다. 사실 그 문제는 내 자궁의 능력에 앞서 동결 배아의 상태와 해동 시의 활성화율, 그리고 무엇보다 운이 따라주어야 했다.

그리고 이번에도 역시나 운이 좋았다. 적어도 이런 문자를 받기 전까지는.

단번에 성공이라는 경력에 금은 갔으나, 두 번째 이식 성공으로 여자의 기대치를 어느 정도는 만족시켜주었다. 눈물을 글썽이며 날 끌어안던 여자의 얇은 가슴과 내 등을 토닥이던 가느다란 손가락…….

그 손가락이 오늘은 계약 파기 선언을, 그러니까 배아 이식 성공을 그토록이나 간절히 빌던 뜨거운 손으로, 어렵사리 이룬 성공을 무로 되돌리자는 문자를 찍어 보낸 것이다. 배아기를 훌쩍 지나 온전한 팔다리로 꼬물거리기 시작한, 한 인간의 골격을 완벽하게 갖춘 태아를 죽이라는, 냉랭하기 그지없는 명령어를!

다시 한번 문자 목록을 훑어보았다. 암만 생각해봐도 내가 알고 있는 그 여자가 아닌 것 같았다. 수다스럽고 감정적이고 절제력 없는, 적어도 내겐 늘 그런 모습으로 비쳤던 여자가 이렇듯 깔끔하게 무감한 단어 몇 개로 낙태를 요구했을 리는 없다.

매일 저녁마다 그날의 상태에 관한 문자 보고를 요청했던 여자, 아주 작은 변화에도 더할 수 없는 호들갑으로 반색하던 여자, 정기검진에 꼬박 동행해서는 매번 떡 벌어진 밥상 앞으로 날 안내하던 여자, 내게 잘 어울릴 것 같은 임부복을 사놓았다며 생색을 내던 여자. 그랬던 여자가 절대로 그런 문자를 보냈을 리가 없다.

오늘 아침 우리 초록의 첫 태동이 있었습니다.

좀 빠른 듯합니다만 건강하다는 표시겠죠.

여자가 붙여준 초록이란 태명을 처음으로 써보았다. 그것도 당신의 초록이 아니고 우리 초록이라고. 그래선 안 된다는 걸 알면서도 보내기를 그냥 누르고 말았다. 여자의 문자를 전혀 읽어보지 않은 사람처럼, 날마다의 의례적인 보고 문자를 보내듯 심상하게 그렇게.

지난 일곱 달 가까이, 여자와 나의 팀워크는 거의 완벽했다. 내 자궁이 배아 이식에 적당한 조건을 갖추고 있는지 아닌지를 확인하기 위한 온갖 검사를 시작으로 내 배란기에 맞춰 한 번, 실패 확인 후 그 다음 배란기를 기다렸다 두 개의 배아로 재시도, 하여 마침내 그중 하나가 내 자궁내막에 안착한 걸 확인함으로써 임신 성공 판정을 받게 되기까지, 여자는 헌신적인 매니저 노릇을 자처했다.

물론 늘 그래왔듯 거절할 수도 있었다. 계약 체결 후엔 임신 확정까지의 모든 일정을 홀로 감당하는 게 그때까지의 내 원칙이었다. 의뢰인의 지나친 관심과 간섭에 의존하게 되면 나도 모르게 감정이입이 되어 진짜 내 일인 양 건건이 희비에 휘둘리게 될까 봐. 그러다 의뢰인의 아기를 내 아기로 착각하는 어리석은 패착에 이를까 봐.

그런데 참 묘한 일이었다. 이상하게도 여자에겐 거절이 되지 않았다. 마지막 임신일지 모른다는 미묘한 우울감이, 제왕절개 수술을 또한 번 하게 될지 모른다는 두려움이, 아니 그보다는 내 자궁이 진짜 내 아기는 한 번도 키워보지 못한 채로 성능 저하의 늪에 빠져버릴지 모른다는 냉철한 직시가 날 체념 상태로 몰아갔을지도 모른다. 여자와 내가 마흔셋이라는 젊지도 늙지도 않은 애매한 나이까지 같다는 걸 알게 된 순간, 감정선을 절대로 넘지 않는다는 내 철칙이 이미 흔들렸는지도 모른다.

분명 내 문자를 확인했음에 분명한데도 여자에게서는 아무런 답이 없었다. 절제된 선언과 길게 이어지는 침묵은 무엇을 의미하는가? 도대체 무엇이 여자의 입을 틀어막고 있을까?

며칠 사이 태동은 점점 잦아지고 제법 강렬해졌다. 나의 모르쇠를 굳건히 뒷받침하려고 작정이라도 한 듯이 말이다. 난 여자의 마지막 문자를 결코 수신한 적 없는 사람처럼 통상적인 일일 보고를 저녁마다 빠짐없이 문자로 보냈다. 첫 태동 이후 정기검진에서의 초음파 검사 기록 사진 역시 첨부 파일로 전송해주었다. 여자는 한 주일 내내 묵묵부답이었다.

　18주 차로 접어들기 직전의 늦은 밤.
　벌써 다섯 번째 임신임에도 입덧에는 도무지 적응이 되지 않아 구역질로 뒤집어진 속을 달래느라 소파 위에 널브러진 채 색색거리고 있었다.
　틱, 티딕, 틱!
　새로운 메시지가 연달아 들어오는 알림 소리에 화들짝 자세를 고쳐 앉았다. 굳이 그럴 거 없다고 스스로를 다독이면서도 왠지 조급한 마음이 되었다. 입금 내역을 확인해달라는 은행의 알림 문자 하나, 산부인과에서 'O월 O일 오후 3시로 검진 예약' 어쩌고 하는 문자 하나, 그리고 며칠 간의 침묵을 깨고 마침내 날아든 여자의 메시지 하나.

　약정에 따른 위약금을 송금했습니다. 일정을 잡아놓았으니 처리 부탁드립니다.
　수술 결과가 최종 확인되면 육체적, 정신적 손실에 따른 위자료를 즉시 입금토록 하겠습니다. 그동안 수고 많으셨습니다.

　절대로 오지 않길 바랐던, 그럼에도 날마다 확인에 확인을 거듭하며 조마조마 기다렸던, 내 의아함과 망설임과 의심을 일거에 흩뜨려 버리는……, 여자의 단호함이 서늘했다.

병원으로부터의 문자 역시 여자에게서 온 거나 다를 바 없었다. 통상적으로 보내는 정기검진 안내가 아니었다. 문면에 명시적으로 드러나진 않았으나 낙태 수술을 예고하는 그런 내용이었다. 날짜를 짚어보니 당장 내일이다. 주치의와 여자 간에 이미 충분한 합의가 이루어졌다는 뜻이리라.

은행에서 날아온 알림 문자 역시 여자를 위한 대행 서비스에 다름 아니었다. 고객님의 ○○은행 ××××× 계좌로 입금 내역이 있습니다. 계약 당시의 규정 액수를 훌쩍 뛰어넘는, 계약 위반을 따져 묻기엔 머쓱할 만큼의 돈이었다. 1년 이상은 충분히 버틸 수 있을 정도였다. 게다가 낙태 수술 이후엔 육체적 정신적 손실에 따른 위자료까지도 더 챙겨주겠다 한다. 며칠째 눈앞을 어지럽히던 '어찌 이럴 수가'와 '도저히 그럴 수는'이 슬금슬금 뒷걸음질 치기 시작했다.

배 속에선 조촐한 불꽃놀이라도 벌어진 양 사뭇 소란스러웠다. 쪼그만 불꽃 하나가 퐁! 잠시 숨을 골랐다가 또 다른 불꽃 하나가 피용! 축하인가, 애도인가? 12.4센티미터가량의 키와 112그램 정도의 몸무게로 양수 속을 유영하는, 작디작은 손가락과 얇디얇은 발바닥이 어쩌면 금방이라도 만져질 듯했다.

초록아!

가만히 불러보았다. 내 자궁이 키우고 있는 아기를 소리 내어 호명해본 건 처음이었다. 태명은 늘 그들의 것이었다. 37~38주 동안의 인큐베이터인 내게 태명을 부를 입이 없어야 하는 건 당연하지 않은가? 그런데 지금, 어이없게도 인큐베이터 따위가 감히 아기 이름을 소리 내 불렀다.

단지 느낌이었을까? 움칠, 혼자만의 놀이를 누군가에게 들켜 놀란 듯한……. 후르르, 마지막 터진 불꽃이 고요 속으로 사그라드는 듯한……. 하릴없이 눈물이 났다.

암만 그래도 아직은 아니지, 싶어졌다. '그동안 수고많으셨습니다.'라는 말을 들을 때가 아직은 아니지, 싶어졌다. 발신음이 꽤 오래 울리는 데도 여자는 전화를 받지 않았다. 하루가 막 문을 닫는 밤 12시, 혹은 한 날이 막 문을 여는 새벽 0시. 설마 잠이 들었을까? 일부러 회피하는 것인가?

"여보세요?"

막 통화 종료 버튼을 누르려던 참이었다. 여자는 대뜸 사과부터 해 왔다.

"죄송하게 됐네요. 뭐라 드릴 말씀이 없어서……."

막상 여자의 목소릴 들으니 내가 왜 전화를 했는지, 무슨 말을 하려고 했는지 아무것도 생각나지 않았다. 여자의 죄송은 잠시 머뭇거리는 듯하더니만 이내 다음 말로 이어졌다.

"그럼 내일, 아니 이젠 오늘이군요. 제 요청대로 처리해주시는 걸로 알고 이만 끊겠습니다."

"왜요?"

할 말이 엄청 많다고 생각했는데 기껏 터져 나온 말은 딱 그 한마디였다. 왜 그러는지 이유를 알아낸다고 뭐가 달라질까? 그 이유를 알면, 그래서 내가 납득이 되면, 그러면?

"정말 죄송해요. 이혼 소송 중이에요."

여자는 늘 내게 죄송하다. 문득 지긋지긋하다는 생각이 치받쳐 올랐다. 해서는 안 되고 할 필요도 없는 말이 불쑥 튀어나왔다.

"남편 없인 못 산다고, 처음에 그렇게 말씀을……."

"그이 없인 못 산다고, 허엇……! 그래요, 한때는 그랬죠. 그래서요?"

말문이 막히고 말았다. 의뢰인의 사생활을 언급하지 않는 건 내 철칙이었다. 그리고 지금까지는 그럴 필요가 없었다. 어쩌다 발을 들인 이후 비공식적인 직업이 되어버린 이 일에서 단 한 번도 낙태 요구를 받아본 적이 없었으므로.

낙태가 필요불가결하게 요청될 경우에는 쌍방 합의에 의한다는 부가 조항이 분명 있었다고, 그렇게 일방적으로 통보해버리는 건 계약 위반이라고 따지고 싶었다, 어쩌면. 낙태가 가능한 경우는 기형아 검사에서 염색체 이상이 발견되거나 신경관결손증 확률이 높게 나온다거나 하는 등의 부득이한 경우에 한정되어 있었다고 우리의 계약 사항을 다시 한번 상기시키고 싶었다, 어쩌면. 기형아 검사는 18주 차에 하기로 예정되어 있었다고, 그러니까 지금은 낙태를 요구할 어떠한 정당한 사유도 없으며 절차적 정당성도 없다고 항의하고 싶었다, 어쩌면.

여자는 내 질척거림의 이유를 자기 방식대로 해석해놓은 모양이었다.

"낙태죄를 걱정하시는 거라면 아무 문제 없어요. 현재는 관련 법규가 허공에 떠 있으니까요."

사실만을 또박또박 알리는 단정적인 말투가 너무도 익숙했다. 지난 몇 개월 동안 여자가 내 말투를 빼닮을 만큼 가까워졌던 것일까? 그러고 보니 평소의 나와는 전혀 다른, 질문이 많고 이유가 많은 나역시 여자를 닮아간 것인가?

"태동이 시작됐다고 보고드렸잖아요. 어느새 손가락, 발가락이 잡힐 지경이에요. 심장이 뛴 지는 오래됐고요."

평소와 같지 않은 나를 내가 제어할 수 없었다.

"알아요, 안다고요! 그만해요!"

여자가 내 말을 싹둑 끊었다. 마치 비명처럼 날카로웠다. 그야말로 뚝, 내 목구멍에서 튀어나오려 대기 중이던 말들이 단칼에 잘려나갔다. 여자의 거친 숨소리가 전화기 저 멀리서도 바로 가까이인 듯 고막 속을 파고들었다. 내가 여자에게 답해줄 말은 그리 길지 않을 것이다. 네, 그렇게 하겠습니다. 얼마나 간단한 한마디인가?

"사실을 알려드릴까요? 그 배아들도 다른 여자의 것을 사들인 거예요. 내 난자로 체외수정한 게 아니라고요. 그래요. 남편 없이 못 살거 같아서 남편을 잡아두려고 그랬어요. 그런데 이제 끝났어요. 끝났다고요!"

핸드폰을 쥔 손에서 힘이 빠져나갔다. 격앙된 여자의 목소리가 허공 중에서 왱왱 울렸다. 아무 쓸모 없는 한마디가 내 머릿속을 뱅글뱅글 맴돌았다. 넌 돈도 참 많구나. 돈도 참……. 돈도…….

첫눈이 내렸다.

사나운 바람에 휩쓸려 빈 하늘을 떠돌다 흔적도 없이 흩어져버리긴 했지만 어쨌든 올해의 첫눈이었다. 신기루처럼 사라진 첫눈에 대해 지상파 방송의 모든 정오 뉴스가 증언에 나섰다. 하루 1440분 중 6~7분이라면 결코 길다고 말할 수 없는 잠깐 사이, 어디에도 내려앉지 못하고서 이리저리 흩날리다 만 진눈깨비에 대한 호들갑은 그게 '첫'이라는 수식어를 거머쥔 때문일 것이다.

나의 '첫'은? 시험관을 떠돌다 흔적도 없이 버려진 난자들, 실험 데이터의 모집군 어딘가에 비율산정 지표로만 남은 sample 1, sample 2, sample 3······.

몇 개월 만에 커피를 내렸다. 금지된 향기가 방 안 가득 퍼져 흘렀다. 커피가 왜 그토록이나 극도의 경계 대상이 되어야 하는지에 대한 근거는 딱히 내세우지 못하면서도 의뢰인들은 늘 전전긍긍이었다. 전용면적 21제곱미터가 될까 말까 한 내 원룸에다 CCTV를 달아놓고 싶어 하는 이조차 있었다. 무엇으로도 대체 불가능한 커피만의 특별한 향을, 그 신비로운 그윽함과 오묘한 전율을 CCTV 따위가 중계할 수나 있을까마는.

커피, 술, 담배 이런 건 다 금지인 거 알고 계시죠?

여자도 예외는 아니었다. 두 번째 시도한 5일 배양 동결 배아의 착상이 확인되던 날, 흥분이 가라앉지 않은 표정으로, 그러나 엄숙함을 유지하려 애쓰며 여자는 우리의 계약서에 명기된 금지 사항을 다시금 내게 상기시켰다. 속설로 떠도는 적잖은 금기에 대해서도, 꼭 지켜야 할 필요는 없겠지만 그래도 조심해주면 좋겠다고 말했다. 태교의 중요성과 그 방법에 관한 사항은 두툼한 분량의 부록으로 따라왔다. 어쩌면 그날부터였다. 쇼팽의 〈녹턴〉이 공기처럼 물처럼 내 방에서 흐르게 된 건.

피아니스트로 키울 거예요.

여자의 낭만주의가 시대착오로 여겨졌지만 쇼팽은 그런대로 들어줄 만했다. 난 계약 수용자로서의 의무에 충실한 '을'이었다. 초록이 혹시나 편향된 음악적 소양만을 갖게 되지 않도록 피아노 사이사이로 어쿠스틱 기타와 젬베와 태평소 등을 가끔 들려주는 일탈을 제외하고는 말이다.

쪼로록! 하얀 머그잔에 짙은 암갈색의 물이 차오르는 소리가 경쾌했다. 온몸의 세포 하나하나가 맡아내는 해방의 향기, 자유의 향기……! 창유리를 때리던 첫눈 알갱이들이 어느 순간 거짓말처럼 사라졌든 말든, 칙칙한 잿빛 하늘이 방 안으로 슬그머니 기어들든 말든.

쇼팽의 〈녹턴〉도 이젠 아웃! 요 몇 달, 습관처럼 켜놓았던 오디오를 껐다. 숨죽이고 있던 골목이 별안간 기지개를 켰다. 아이들이 뛰고 자전거가 따릉거리고 차바퀴가 구르고 누군가 소릴 지르고…….

오후 3시, 시간 맞춰 내원하시길 바랍니다. 동행해드리지 못해 죄송하네요.
처리 결과가 확인되면 약속대로 입금해드리죠. 그럼 수고하세요.

여자는 몰아붙인 김에 아예 쐐기를 박아야겠다고 마음먹은 모양이었다. 나의 결단과 행동을 촉구하는 또 한 번의 죄송과 또 한 번의 약속 확인, 교묘하게 다른 동어반복이 서로 조화를 이루었다. 여자의 확인 문자가 아니더라도 내겐 더 이상 선택의 여지가 없는 게 분명했다. 금기사항을 깼고 태교 음악도 중지시켰다.

도대체 지난 다른 임신들과 뭐가 다르다고 망설이는 건지 모르겠다. 아기가 내 자궁에 머문 주 수가 얼마만큼인가의 차이일 뿐인데. 첫 울음소리를 들어볼 수 있는가 없는가의 차이에 불과한데. 어차피 얼굴 한 번 못 보는 건 똑같은데. 안아볼 일 없는 것도, 젖꼭지 물릴 일 없는 것도, 진짜 이름이 무엇인지 끝내 알 수 없으리라는 것도 똑같은데. 생각할 권리가 없는 '을'임을 망각한 나의 터무니없음에 대한 반성만이 필요할 것이다.

여자가 지정해준 시간에 맞춰 병원에 도착하려고 집을 나섰다. 아직 온기가 남은 커피잔을 내려놓기가 아쉬웠다. 한낮인데도 바람은 매섭고 차가웠다. 꽤 두툼하게 껴입었음에도 한기가 옷자락 안쪽까지 파고들었다. 보도블록 사이로 얄포름하게 깔린 눈가루가 반짝거렸다. 가뭇없이 그저 사라지지만은 않았다고, 첫눈의 흔적을 증거라도 하겠다는 듯 말이다. 푸르르, 아랫배가 꿀렁이다 말았다. 초록이 잠결에 한바탕 몸을 뒤채기라도 하는 건지⋯⋯?

버스를 탔다. 온갖 냄새들이 공격적으로 밀려들었다. 차가 뿜어내는 기름 냄새, 쇠 냄새, 덜 마른 걸레로 닦은 축축한 바닥 냄새에다 히터의 낡은 필터가 뿜어내는 탁한 바람 냄새까지. 그뿐만이 아니었다.

승객들에게서 흘러나오는 머리 냄새, 입 냄새, 겯땀 냄새 등. 벌써 다섯 번째 임신임에도 입덧에는 도무지 적응되지 않았다. 금방이라도 토할 것만 같았다. 몇 개 정류장을 지나치기도 전에 내리고 말았다.

사람들이 흘끔거리는 걸 알면서도 구토를 참을 수 없었다. 시커먼 액체가 주루룩 쏟아져 나왔다. 혀끝에 남는 커피 향이 비릿했다. 그윽하고 신비롭던 자유의 향기는 도로 위에 토사물로 쏟아져 더러운 얼룩으로 남았다. 짓이겨진 밥알이나 벌건 김치 조각이 아니어서 그나마 다행이다 싶긴 했지만 지나치는 이들의 따가운 시선을 피할 순 없었다. 입덧이 워낙 심해서요, 누가 물어보지도 않았는데 중얼거리며 바보처럼 히죽 웃었다.

다른 버스가 멈추고 사람들이 내리고 올라타고, 또 다른 버스가 지나가고 사람들이 또 오르내렸다. 정류장은 이내 나의 소행을 잊은 듯 무심해졌다. 예약 시간에 늦지 않으려면 다음 버스엔 반드시 올라타야 했다. 하지만 다시 버스에 오를 생각을 하자 어지간히 진정되었던 속이 다시금 메스꺼워졌다. 찬 바람을 맞으며 잠시라도 걷는 게 낫지 않을까 싶었다. 한두 정류장쯤 걷다가 택시를 잡아타면 그리 늦진 않을 거였다.

진눈깨비가 다시 흩뿌리기 시작했다. 바람에 아무렇게나 쫓겨 다니면서도 외투 자락 위로 내려앉으려 기를 쓰는 가늘고 축축한 입자들……, 너무도 짧았던 사람들의 환호성이 아쉬워선가? 땅 위에 제대로 쌓여 눈다운 대접을 받고야 말리라는 야망 때문인가?

어디선가 상큼 달콤한 향내가 바람결에 실려왔다. 순간 입안으로 침이 고여들었다. 어쩌면 코보다 혀가 먼저 탐을 내는 잘 익은 딸기 향이었다. 빨간 외피 속에 숨겨진 희고 부드러운 과육이 어른거렸다. 당장 한 입 깨물어 먹지 않고선 죽을 것만 같았다. 사위를 둘러보았다. 24시 편의점, 카페, 분식집, 통신사 대리점, 약국, 그 어디에도 딸기 향이 풍겨날 만한 가게는 보이지 않았다. 혹시 카페에서 딸기 주스를 만드나 싶어 슬그머니 들여다보았다. 아니었다. 메뉴판에 생과일 주스는 등재되어 있지 않았다.

딸기를 향한 욕망이 풍선처럼 부풀어 올랐다. 입덧이라는 특이한 현상이 만들어낸 참을 수 없는 욕구가 뇌 속에 새겨지자 몸과 맘이 온통 딸기로 도배되기 시작했다. 늘 그랬다. 어떤 때는 찐 옥수수가, 어떤 때는 바지락 칼국수가, 또 다른 때는 하얀 설기떡이, 내 욕망의 전부가 되어 그것들을 미친 듯이 쫓아다니고, 찾아 헤매고, 또 아귀처럼 씹어 삼키게 했다.

딸기 향의 진원지를 어떻게든 찾아내려는 간절함이 차디찬 바람을 뚫고 걷고 또 걷게 만들었다. 하지만 상가 지역을 다 벗어날 때까지 딸기의 향방은 찾을 수 없었다. 다음 블록이 시작되는 지점에서 택시를 잡아탔다. 더는 시간 낭비를 하고 싶지 않았다.

"여기서 제일 가까운 대형 마트로 가주세요."

거기라면 분명 있을 것이다. 병원 예약 시간이 20분 앞으로 바짝 다가와 있었지만, 당장 행선지를 바꿔 달린다 해도 늦을 게 분명했지만, 눈앞에 아른거리는 딸기가 훨씬 다급했다. 기본요금을 넘어서는 어느 지점쯤에서 택시가 멈추었다.

　지하 1층의 식품 코너로 내려가는 에스컬레이터에 황급히 올라탔다. 느리기 한량없는 그 속도를 참을 수 없어 카트를 붙잡고 있는 사람들 사이로 종종걸음을 치며 비집고 내려갔다. 보였다. 수많은 과일들 사이에서 압도적인 빨강을 내뿜는, 싱싱하기 짝 없는 딸기가.

　급히 한 상자를 보듬어 안고 계산대로 갔다. 씻어야 한다는 생각은 그저 생각일 뿐, 계산대를 벗어나면서 내 손은 이미 비닐 랩 한 귀퉁이를 잡아 뜯고 있었다. 파릇한 꼭지만 떼내고 탐스런 빨강 하나를 홀딱 집어삼켰다. 뭐라 설명할 수 없는 황홀이, 온몸을 짜르르 관통해나가는 희열이 내 손놀림을 더욱 부추겼다.

　몇 개인지 셀 수 없다. 사람들이 흘낏거리며 날 쳐다보았는지도 알 수 없다. 그렇게나 간절하던 딸기 향이 목젖까지 차오르고서야 내 손길이 멈춰졌다. 스티로폼 상자엔 한 줌의 꼭지뿐이었다.

　호주머니에 넣어둔 전화기가 울어댔다. 여자였다. 아차차, 3시가 지나 있다. 찐득거리는 손가락으로 통화 버튼을 눌러야 하나 말아야 하나 잠시 망설였다. 그러는 사이 신호음이 뚝 끊겼다. 화장실에서 손을 씻고 나오기까지 몇 분 지나지 않는 사이 전화기는 수도 없이 울렸다 꺼지기를 반복했다. 무음으로 바꿔놓으려 화면을 터치하는 순간, 그 짧은 찰나를 어떻게 비집고 들었는지 여자의 새된 목소리가 고막을 찢었다.

　"지금 뭐 하시는 거예요?"

　멱살이라도 잡아채는 듯한, 뒤통수라도 갈겨버릴 듯한, 추궁과 비난이 빗발처럼 쏟아졌다.

"지금 어쩌자는 겁니까? 그 정도면 위약금은 충분히 드린 거 아닌
가요? 게다가 위자료까지 얹어드리겠다 했잖아요. 이 정도 배려했으
면 됐지 뭘 더 바라는 거죠?"

"바라는 거 없습니다."

내 목소린 내가 듣기에도 지독히 낮게 가라앉은 무심, 그 자체였
다.

"그렇담 도대체 왜 이러냔 말예요!"

"이젠 제 문제니까요. 계약은 파기되었고 위약금도 정산되었죠. 그
럼 사모님과의 계약은 끝난 거 아닌가요?"

그런 식으로 말하려던 건 정말로 아니었다. 다만 딸기 때문이었다
고, 아니 그보다는 구토증이 일어 도저히 버스에 타고 있을 수 없었
다고, 갑작스레 벌어진 우스꽝스런 상황을 설명할 수 없었을 뿐이다.
여자의 지나친 추궁이 일으킨 반감을 달리 제어할 방법이 떠오르지
않았을 뿐이다,

"도대체 무슨 꿍꿍이속이죠? 나한테 협박이라도 할 참인가요? 아
님 끝까지 버텨서 양육비 청구 소송이라도 벌이겠단 심산인가요?"

여자는 문득 그동안의 친절, 그동안의 우의, 그리고 그동안의 품위
를 순식간에 내던져버렸다. 씨근덕거리는 여자의 숨소리가 고스란히
내 귓전에 와 닿았다.

"그런 걱정 염려는 내려놓으시죠. 사모님은 할 만큼 하셨습니다.
만약의 경우에 대한 불안감 때문이라면 녹음을 하셔도 좋습니다. 우

리 사이의 계약은 파기되었고 위약금은 정산되었습니다. 이제부터 사모님과 저 사이에는 어떠한 채무 관계도 없고 정산해야 할 그 나머지도 없습니다. 이상입니다. 됐지요?"

내가 왜 이런 말을 하고 있는지 나로서도 이해할 수 없었다. 상식적이고 책임감 강한 여자의 완벽한 마무리에 내가 나서서 재를 뿌리려는 이유에 대해서도 알 수 없었다. 앞으로 어떻게 할 것인지, 남은 22주를 끝까지 버텨낼 건지 아님 여기서 끝낼 건지 그 무엇도 결심하지 못했으면서 대체 무슨 자신감으로 여자를 몰아붙이고 있는 건지도 알 수 없었다.

툭, 투둑, 제법 강한 태동이 느껴졌다. 콩알만큼도 되지 않을 조그마한 주먹으로 잽이라도 날리는지 뱃가죽이 제법 얼얼했다. 다들 이렇게 자기 존재를 과시하곤 했었다. 내 배 속에 깃들었던 그 앞의, 그 앞의, 또 그 그 그 앞의 아기들도.

그 모든 아기들이 사무치게 보고 싶어졌다. 으애애, 강렬하게 터뜨리던 첫인사를 들으면서도 일별조차 못 해본 내 아기들이.

은행나무 협주곡

은행나무 협주곡

1

지나치게 빠른 도착이 심 여사로선 영 마뜩찮았다. 아들한테 전화라도 걸어 한판 야무지게 혼쭐을 내줄까, 아직도 맘이 설렁거리는데 두고 내리는 물건은 없는지 잘 살피신 다음 내리란다.

결혼한 지 10년이 넘도록 손주 새끼 하나 안겨줄 생각이 없는 아들 내외한테 서운한 마음이야 워낙에 해묵은 터라 그러려니 했다. 토끼도 아닌 것이 깡충한 꼬릴 하고서 지랄 맞게 깡깡대쌓는, 뭔 코기라냐 하는 서양 개 종자를 키우는 것도 세태가 바뀌어가는 판국이니 또 그러려니 했다. 볼품없는 몽땅한 다리로 종종거리는 난쟁이 개 주제에 장거리 여행을 하면 멀미를 한다나 어쩐다나, 그걸 핑계 삼아 설이고 추석이고 얼렁뚱땅 넘어가는 꼬락서니 또한 그러려니 했다. 홀몸인 심 여사가 역귀성으로 나서는 게 훨 가뿐했고, 명절 손님 치를 일 없어 외려 편하기도 했다. 그런데 이번엔 그동안의 모든 '그러려니'가 물구나무를 서고 말았다.

"우리 보니가 중병에 걸렸대요. 얼마 못 산대요. 불쌍해서 어떡해요?"

눈물 콧물 찔찔거리며 첫인사를 가름하는 며느리의 낯짝이 참으로 어처구니없었다. 반년 만에 보는 시어미 안부는 어디로 물 건너갔는지 코빼기도 비치지 않았다. 그렇다고 심 여사가 어깃장을 놓을 생각은 아니었다.

"나도 사방팔방 아퍼 죽겠다야. 사람이고 개고 늙으믄 다 아프는 거여. 그깐 개새끼 죽으믄 새로 또 한 마리 얻어다 키우믄 될 거인디, 뭔 초상집도 아니겄고 울고불고 야단이다냐? 걱정 말어, 길 가상에 널린 것이 개드라."

심 여사 나름으론 대안이고 위로였다. 며느리한테서 찬바람이 씽씽 불어댈 거라곤 전혀 생각지 못했다. 언제 그리 살갑게 정을 나눈 것도 아니지만, 이번 추석 때만큼 심 여사가 좌불안석인 적은 없다. 심 여사를 볼 때마다 기를 쓰고 짖어대던 못난이 개가 아무 데나 힘없이 늘어져 헥헥대는 꼬락서니도 도시 성가시기만 했다. 아들이고 며느리고 온통 그 개 종자한테 마음이 쏠려 조상님께 올릴 차례상에는 음식 준비부터 상차림이며 철상에 이르기까지 건성이기만 했다. 심 여사는 한가위 차례상을 물리고선 못마땅한 기색을 드러내지 않으려 애쓰면서 조근조근 타일렀다. 첫 대응에서의 실수를 만회해야겠단 나름의 계산도 있었다.

"느이들 맘이 성가실 줄은 안다만, 아무리 그렇드래도 조상님께 대한 예우가 그리 헐해서야 쓰겄냐? 지성이믄 감천이란 말도 있는디, 저것한테 그리도 맘이 씌이믄 더 정성을 드려야제. 개만치도 대접을 못 받음사 어뜬 조상이 응감해줄라고 하겄냐?"

아들놈이 꽥, 소릴 지른 건 그때였다.

"우리 보니를 그런 식으로 대하지 마시라니깐요!"

심 여사는 가슴이 쿵쾅거리고 중치가 막혀 하마터면 그 자리에서 나동그라질 뻔하였다. 제 자식이라도 부모 앞에선 그리 못할 것이언만. 생기다 만 개새끼 한 마리를 오구감탕으로 물고 빠는 아들네를 그동안 참아준 건, 언젠간 제정신을 찾게 될 아들에 대한 믿음 때문이었다.

"보니는 우리 가족이라고 몇 번을 말씀드려요? 우리 보니는 어머니가 생각하는 그런 개가 아니라고요. 그러잖아도 속상해 죽겠는데 어머니까지 왜 이래요?"

심 여사는 그 길로 짐을 쌌다. 그렇게 가시면 어떡해요? 뒤도 돌아보지 않고 나서는 심 여사를 며느리가 붙들었다. 하지만 그릇은 이미 깨졌고 물은 진즉에 쏟아졌다. 가는 차편이 다음 날로 예매되어 있으니 하룻밤 더 주무시고 가얀다니, 갑작스레 나서봐야 차표를 당장 구할 수도 없을 거라니, 며느리가 나름 달래느라고 애를 썼지만 심 여사는 내친걸음을 돌이킬 수 없었다. 순전히 아들놈 때문이었다.

"당신이 모셔다드려. 다음 차편 좌석이 다행스럽게도 하나 남아 있네. 내일 거는 취소할게."

죄송하다든가, 조심히 가시라든가 인사는커녕 눈길 한 번 주지 않고서 대놓고 등을 떠미는 거였다. 부르르 일어선 마당에 다시 주질러 앉을 수도 없어 심 여사는 고갤 빳빳이 쳐들고 아들네 집을 나섰다. 생전 반가운 기색을 해보인 적 없는 못난이 개 종자가 아들의 어깨 너머로 심 여사를 말끄러미 쳐다보았다.

불과 세 시간여 전이었다. 기차를 탄 시간만으로 치면 한 시간 반을 넘었을까 말까였다. 심 여사는 왠지 억울했다. 비싼 돈값을 할라치면 더 오래 태워줘야 마땅하지 않은가? 한숨 눈붙이고 졸기라도 했다면 반분이나마 화가 풀렸을지 모른다. 다독이면 다독일수록 더 뻗쳐오르는 심통을 가라앉힐 새도 없이, 이건 숫제 타자마자 내쫓길 않는가 말이다. 어찌 이럴 수가 있는가?

심 여사는 괜한 기차에다 대고 퉤, 침을 뱉었다. 어머, 저 할머니 왜 저래? 젊디나젊은 것이 인상을 찌푸리며 지나갔다. 아기 업는 보닥지 같은 걸 가슴팍에다 척 차고 있어 애어멈인가 했더니만, 쥐방울만 한 강아지 한 마리가 껌딱지로 붙어 있다. 하이고, 쓸데없이 참견허들 말고 느이 어매한테나 잘혀. 그깐 개새끼 봉양에 넋 뺀다고 밥이 나와, 죽이 나와? 젊은것이 휙 돌아보았다. 째려보는 눈썰미가 사람 하나 잡을 기세다. 거기에 주눅들 심 여사가 아니었다. 그러잖아도 마음에 켜켜이 쌓아가지고 온 심화를 어디에다든 막 쏟아붓고 싶어 미칠 지경이던 참이었다.

심 여사는 너 잘 만났다 싶은 생각에 온갖 억하심정을 발에다 실어 돌진했다. 그 순간 뭔가가 턱, 심 여사의 발목을 걸었다. 계단 턱이었다. 어, 뒤로 나자빠지려는 순간 계단을 오르려던 이들이 심 여사의 양팔을 다급히 붙들었다. 괜찮으세요? 조심하시죠! 짜증과 창피로 화끈 달아오른 심 여사를 사람들이 걱정스런 눈빛으로 바라보았다. 그사이 젊은것은 계단을 다 타고 올라 가물가물 사라져버리고 말았다.

심 여사는 기차역에서 열두어 정거장쯤 가야 하는 집까지 시내버스를 타는 대신 걷기로 했다. 초가을 한낮의 햇볕이 암만 땡땡해도 뱃속에서부터 치밀어 오르는 부아를 당해내진 못할 거였다. 그 돼먹잖은 젊은것만 만나지 않았어도, 엉덩이 걸친 지 얼마나 됐다고 쫓아내기 바쁜 고속열차를 타지만 않았어도, 아들놈한테 어이없는 행패를 당하지만 않았어도, 보닌가 코긴가 하는 개 종자가 죽을병에 걸렸다며 며느리가 눈물 콧물 찔찔거리지만 않았어도……!

걸어도 걸어도 후회와 불평은 쉽게 눅어 들질 않았다. 짊어진 가방이 윗도리와 딱 달라붙어 등허리가 뜨거운 데다, 흘러내린 땀으로 끈적거리기조차 했다. 심 여사는 차들이 쌩 지나갈 때마다 그것들이 일으키는 먼지바람이나마 쏘이려고 잠시 멈춰 서곤 했다. 차체가 클수록 끼쳐오는 바람도 더 컸다. 후끈하게 데워진 매연이 뒷맛으로 남겨주는 불쾌감 정도야 참아줄 만했다.

2

119 구급차가 숨 가쁘게 울어대며 심 여사네 아파트 단지 정문으

로 돌진해 들어갔다. 땀에 푹 젖은 심 여사가 길 건너에서 신호등이 바뀌길 기다리는 중이었다. 덜컥, 심장이 내려앉는 것 같았다. 이번엔 또 누구인가? 평생을 함께해온 남편도, 가족처럼 지내온 40년 지기 이웃사촌도, 자매끼리 말년의 과부 생활을 즐겨보자며 바로 옆 동으로 이사 왔던 여동생도, 119 구급차에 실려간 후론 영영 돌아오지 못했다.

심 여사는 문득 초조하고 불안해졌다. 여덟 동이나 되는 적잖은 규모의 아파트 단지에는 분양 초기에 입주하여 아파트와 함께 늙어온 노인들이 상당수 남아 있었다. 한두 사람만 건너면 그 집의 숟가락이 몇 개인지까지 다 알 수 있는 이들이었다. 보행자 신호등이 초록색으로 바뀌기까지가 한 10년은 되나 싶게 길기만 했다.

바쁜 발걸음에 비해 거리는 쑥쑥 줄어들질 않았다. 아파트 정문까지 뻗은 길은 가파른 오르막이었다. 심 여사가 겨우 입구에 도달하자 조금 전의 그 구급차가 다시 소릴 내지르며 언덕길을 위태롭게 내려오더니 정문을 빠져나갔다. 멀어지는 구급차를 눈길로 뒤쫓으며 심 여사는 후우, 한숨을 내쉬었다. 초가을 오후의 햇살이 정수리에 뜨겁게 꽂혀왔다.

그 순간 심 여사의 종아리를 스치며 희끄무레한 뭔가가 후드득 길 아래로 뛰쳐 내려갔다. 개였다. 길게 늘어진 목줄이 땅바닥을 쓸며 흙먼지를 일으켰다. 당당한 풍채로 보아 진돗개 종자쯤은 될 성싶었다. 개라면 모름지기 저 정도는 되어야지, 심 여사는 생뚱맞게 튀어나온 혼잣말에 실소했다.

관리사무소 근처에 몇몇 사람들이 모여 시끌벅적이었다. 그들은 심 여사를 보자마자 서울서 내려오는 길이냐니, 대기업 과장님 아들한테 효도는 톡톡히 받고 왔냐니, 간 김에 푹 쉬어오지 왜 이리 빨리 왔냐니, 안부 인사가 걸쭉하였다.

"119 구급차가 왔다 가드만 뭔 일이다요?"

심 여사는 시끄러운 속내를 감추고 물었다. 너도나도 서로 대답을 해주려 나섰다.

"그 갱아지 할배 안 있소? 갑작시리 뒤로 떨어져부러서는. 우리가 마침 여그 서 있다가 딱 봤은게 망정이제 아조 큰일 날 뻔했당게요."

"그 냥반이 원래 혈압이라 안 했소? 몸 관리 하니라고 하루 세 번은 꼬박 개를 델꼬 나와 산책하고 그러등마는. 암만 그래도 나이 앞에는 장사 없다니께. 내 친구 한나는……."

모여선 이들은 자기 지인들이 갑작스레 당한 건강상의 사건 사고에 관한 수많은 사례들을 서로 앞다퉈 제시하느라 침을 튀겼다. 길 한복판에서, 계단에서, 화장실에서 아무 예고 없이 닥쳐든 재난을 피하지 못해 세상을 떠난 경우나 운 좋게 발견되어 살아났더라도 그 후유증으로 사는 게 결코 사는 게 아니라는 식의 걱정과 근심과 염려들. 심 여사에게도 그 불안증은 전염되었다. 우리 보니가 중병에 걸렸대요, 즈이 어매 건강 문제는 안중에도 없으면서 늙은 개 안녕에는 그리도 전전긍긍이던 아들 내외가 새삼 괘씸스러웠다.

"아이구야, 그라고 보니 그놈이 안 보이네? 바늘 가는디 실 가드라고 생전 떨어져 다니들 안 했는디?"

사람들이 여기저기 둘러보기 시작했다. 심 여사는 길게 늘어진 목줄로 땅바닥을 쓸며 큰길 쪽으로 달려가던 개가 바로 그 개가 아니었을까 싶어졌다. 같은 동, 같은 통로를 쓰는 강아지 할배와는 친분이 없어 사실상 그들에 대해 심 여사가 아는 건 별로 없었다. 개라면 모름지기 집 지키는 일이 우선적으로 할 일이고, 버리기 아까운 음식물 처리가 그다음 할 일이라고 생각하는 심 여사였다. 하여 경비 직원에 CCTV에 집 지켜줄 채비가 온전한 아파트에서, 비싼 사료 먹여가며 개 따위를 키우는 늙은네들의 별난 취미엔 거부감마저 느끼는 터수였다. 그런 심 여사의 아들내미가 짜잔스런 개 한 마리를 온갖 지극정성으로 제 자식 키우듯 하는 마당이니 누구한테 훈계질을 할 수도 없어, 마땅찮은 대로 스쳐 지나가며 흘낏거린 게 전부였다. 여튼 심 여사로선 자신과 친분이 별로 없는 이의 불행에 다소나마 위안을 얻었다. 다행스럽다고까진 할 수 없어도 크게 걱정할 필요가 없다 싶으니 마음이 놓인 것이다.

3

심 여사는 은행나무 그늘을 디디며 집으로 향했다. 맨 앞 동에서부터 끝 동까지 아파트 안길을 따라 주욱 늘어선 은행나무 길은 언제 걸어도 기분이 좋았다. 심 여사가 이 아파트에서 떠나지 못하는 제일 큰 이유도 어쩌면 은행잎이 노랗게 물드는 가을 풍경 때문이었다. 심 여사의 3층 베란다에선 손을 뻗으면 닿을 만큼으로 은행나무 길이 가까워 늦가을이면 떨어져 쌓인 이파리들로 베란다가 온통 샛노랗게 물들곤 했다. 다른 이들은 쓸어내기 귀찮다고 성화였지만 심 여사는 시들어가는 은행잎에서 풍기는 마른 내가 그리도 좋았다. 어디 가을뿐이랴? 연둣빛이 소리 없이 화르르 펼쳐지는 봄의 새순도, 장한 초록으로 땡볕을 가리는 여름 그늘도, 하얀 눈꽃을 이고서 반짝거리는 겨울 가지도 심 여사에게는 늘 설레는 풍경이었다.

처음 이사 들어올 때는 두 손 모아 그러쥐면 그 안에 쏙 들어오던 둥치가 이젠 두 팔을 벌려 안아야 할 만큼으로 무성하게 자라 해마다 그 풍취는 더욱 고급스러워져 갔다. 가을로 접어드는 은행나무 길의 고즈넉한 풍경에 취해 걷다 보니 아들네 집에서의 불화도, 기차역에서 마주친 젊은것의 밉상도, 119 구급차 소리가 주던 불안감도 먼 나라 일처럼 아득해졌다.

문득 둥치 한가운데다 불그죽죽한 노끈으로 띠를 맨 나무 한 그루가 눈에 들어왔다. 앞뒤로 주욱 살펴보니 한 그루만이 아니었다. 심여사는 저만치서 작업 중인 경비원을 발견했다.

"쪼까 실례를 해도 될란가요? 왜 노끈으로 나무둥치를 매고 있다요?"

"냄새 고약하다고, 잘라내야 한다고 야단들 아닙니까? 해서 지금 열매 달린 암나무에다만 표식을 하는 중이랍니다. 찬바람 나고 이파리 다 떨어지고 나믄 표시된 것만 골라서 잘라 없앤다만요."

"뭔 소리다요? 은행나무에 은행 여는 거는 당연지사, 많이 열었다고 칭찬은 못할망정 잘라 없앤다고라?"

"주민 자치회에서 결의를 했다는디 우리가 뭔 힘이 있간디요?"

왜 하루 종일 심사 꼬이는 일들만 벌어지는지 도시 모를 일이었다. 심 여사는 눈 시리게 파란 하늘을 이고 선 우람한 은행나무들을 쳐다보았다. 며칠 전까지도 땡땡했던 초록이 설핏 노르스름해져 있다. 이젠 마흔을 훌쩍 넘긴 아들놈이 초등학생 시절일 때만 해도 가을이면 아파트 주민들이 앞다퉈 은행알을 줍느라 난리법석이었다. 남들보다 한 줌이라도 더 주워 담으려고 나무를 발로 차고 흔들어대다 혼나는 아이들도 한둘이 아니었다. 손에서 풍기는 고약한 냄새를 친구들 옷자락에다 묻히려고 뛰어다니던 아이들의 까르륵 웃음소리가 아직도 귓전에서 쟁쟁하건만.

"난 반대요. 나도 주민이니께 의견 낼 자격이 되지라? 나는 절대로 반대요."

"그런 의견은 직접 관리사무소에다 밝혀주셔야제요. 우리 같은 경비원들이사 시키믄 시킨 대로 하는 것이제 뭔 결정권이 있다요?"

딴은 맞는 말이었다. 심 여사는 관리사무소 쪽으로 발길을 돌렸다. 이미 작업이 시작된 만큼 예산안도 통과되었을 게 뻔하지만, 관리소장은 주민 자치회에다 책임을 떠넘길 것이고 자치회는 주민 과반수의 의견에 따랐을 뿐이라고 변명을 늘어놓겠지만, 그래도 한마디쯤은 해야 직성이 풀릴 듯싶었다. 심 여사는 할 말을 골라 연습 삼아 중얼거려보았다.

그늘 줘, 열매 줘, 이쁘게 물들어 눈호강 시켜줘, 잘못한 거이 뭣이라고 그리도 몰강스럽게 잘라낸단 말이오? 주민 전체 투표 한 번 안

했음서 자치회 결의사항이라고 우기믄 끝이다요? 은행나무 털끝 한 나만 건드려보씨요, 내가 아조 딱 그 자리에 누워불라니께.

하지만도 혼자 설쳐봤자 별반 효과가 있을 것 같진 않았다. 심 여사는 서넛이 몰려가 의견을 내는 게 더 낫지 않을까 싶어 동행할 만한 이가 없을까 곰곰 생각해보았다. 자치회장인가 뭔가 하는 이가 은근슬쩍 주민들 호주머니를 터는 능구렁이라고, 열 톤 트럭에다 실어도 다 못 실을 뒷소리를 해대는 입바른 축들이 더러 있긴 했다. 심 여사는 한참을 되작여 생각해보다 고개를 저었다. 그래봐야 정작 그 앞에 선 회장님, 회장님 해싸며 눈웃음을 쳐대는 작자들이었다.

그깐 똥 냄새 풍기는 은행나무 몇 그루 잘라낸다고 데모를 하자고라? 하이고, 그거 길 가상에 떨어져 발에 밟히기라도 해보씨요. 생각만 해도 재수탱이구마는. 무성한 사이사이로 간벌해주는 거라 나무들한테도 좋고 공기도 쾌적해지고, 아파트 값이 오르면 올랐제 떨어질 일도 없을 거인디, 뭔 명분으로 따지러 간다요?

그런 논리로 심 여사를 타박하지나 않으면 다행일 거였다. 관리사무소를 10여 미터 앞에 두고서 심 여사는 발길을 멈추었다. 훨씬 현실적이고 확실한 다른 방법이 반짝 떠올랐기 때문이다. 심 여사의 명치 위로 종일 쌓였던 심화가 언제였냐는 듯 녹아내렸다.

4

1층 출입구로 들어서던 심 여사는 평소와 다른 낌새에 놀라 주춤거렸다. 103호 현관문 앞에 덩치 큰 개 한 마리가 웅크리고 앉아 헥헥거리는 거였다. 좀 전에 구급차에 실려 갔다는 강아지 할배의 개인 듯했다. 길게 늘어진 목줄에 다닥다닥 흙먼지가 낀 걸 보니 달려가는 구급차를 따라 정신없이 내달리다 끝내 놓치고선 되돌아온 모양이었다.

"에구야, 니가 날벼락을 맞았구나. 집에 들어가도 못하고 어째야 쓸거나?"

심 여사는 버리기 아까워 모아둔 일회용 플라스틱 그릇에다 물을 떠다 주었다. 하지만 녀석은 심 여사가 내민 물그릇에 선뜻 혀를 들이밀지 않았다. 쳐다보는 게 부담스러워 그러나 싶어 심 여사는 물그릇을 녀석의 코앞에다 두고 일어섰다.

"체면 채릴 거 없어. 그깐 물 한 사발이 뭔 대수라고!"

심 여사는 계단을 올라가면서도 난간 사이로 녀석이 하는 양을 살펴보았다. 물그릇에 코를 대고 흠흠 맡아보다 말고 휙 고갤 돌리고서 자빠져 앉는 꼬락서니가 우습기도 하고 짠하기도 하였다. 제 할배가 주는 게 아니면 아예 입을 대지 않겠다는 의리 때문인지, 다른 사람 냄새에 대한 본능적인 경계심인지, 여튼 영리한 종자임엔 분명했다. 마당도 없는 열댓 평짜리 좁은 아파트에서 키우기엔 당당한 풍채가 아까웠다. 아들네 쪼그마한 개 종자도 서른몇 평대 아파트에서 호사를 누리며 살건마는.

심 여사가 막 집 안으로 들어서는데 전화벨이 울렸다. 아들이었다. 호랑이도 제 말하면 온다는 속담은 이럴 때를 두고 하는 말이리라. 아들은 죄송하다니, 잘 내려가셨냐니, 보니가 위암 수술을 앞두고 있어 예민해져 그랬다니, 전에 없이 살갑게 굴었다. 개 종자한테 수술이라니 뭔 그런 호강이 다 있다냐, 사람 수술비보다 개 수술비가 엄청시리 비싸다는데 돈 쓸 데가 그리도 없냐, 심 여사는 금방이라도 튀어나오려는 불평들을 꼭꼭 접어둔 채 그려그려, 선선하게 대답해주고 말았다. 뭔가 자신이 해야 할 중요한 일에 마음이 쏠려 한껏 건성거려진 심 여사였다.

밤이 이슥해지자 심 여사는 장보기 가방 안에다 가위 하날 챙겨 넣고서 집을 나섰다. 쏟아지는 초저녁잠을 이기지 못해 한숨 늘어지게 자고 났더니 아주 맞춤한 시간이 되었다. 오고 가는 사람들의 두런거림도 들고 나는 차 소리도 거의 나지 않았다. 계단을 오르내리는 사람도 없었다. 심 여사가 계단참에 발을 들여놓자 화들짝 놀란 센서등이 까물까물 빛을 밝혔다. 제 집 문간에 딱 붙어 엎드려 있던 누렁이가 심 여사의 발소리에 고갤 쳐들었다. 물그릇이 반나마 비어 있는 걸로 보아 할짝거리긴 한 모양이었다.

"느그 할배, 안즉 못 오셨구나. 배고파서 어쩐대? 쪼까 지달려 봐라."

호드득 다시 계단을 오르는 심 여사 뒤로 녀석이 따라붙었다.

"내 뒤를 따라오란 말이 아녀. 밥 갖다줄 테니께 지달려 보란 것이제."

심 여사는 재활용으로 분류해놓은 스티로폼 접시에다 식은 밥 한 덩이를 올리고 먹다 남은 된장국 몇 숟갈을 부어 비볐다. 거기다 국물용 멸치까지 몇 마리 얹었다. 어린 시절, 시골집에서 기르던 개들이라면 환장하고도 남을 성찬이었다. 심 여사의 집 앞까지 따라온 녀석은 코를 킁킁거리다 말고 계단을 뛰어 내려갔다.

"늬 할배도 요즘 것들맹키로 세상 맛탱가리 없는 사료나 먹여 키웠나비? 요 차시에 입맛 한번 바꽈봐."

하지만 녀석한텐 따로 다른 생각이 있는 모양이었다. 심 여사가 내미는 밥그릇엔 아무 관심도 보이지 않고, 제 집 문 앞으로 달려가더니 앞발을 들어 문을 긁어댔다. 심 여사를 돌아보며 끼깅 끼잉, 신음 소리 같은 걸 내기도 했다. 멍하니 바라만 보는 심 여사가 답답하다는 듯 왔다 갔다 하며 똑같은 짓을 반복했다. 그러더니 한순간 깡충 뛰어 올라 현관 문고릴 잡아채려고까지 들었다. 집으로 들어가게 해달라는 부탁인 게 분명했다.

심 여사는 녀석의 하는 양이 안쓰러워 자기도 모르게 초인종을 누르고 말았다. 제 주인이 돌아왔다면 진작에 데리고 들어갔을 테니 그래봐야 소용없으리란 걸 알면서도. 문 안쪽에서 아무런 소리도 움직임도 느껴지지 않자 녀석은 또다시 끼깅거리며 문을 긁고, 문고릴 잡아채려는 듯 껑충 뛰어오르고, 간절한 눈빛으로 심 여사를 돌아보았다.

"느이 할배는 암만해도 못 오시는개벼. 오늘은 그작저작 참아봐라. 날 새믄 오시겠제. 나는 은행나무 살리러 갈란다."

녀석의 귀가 쫑긋해지는가 싶었다. 뭔 소린지나 알고 그러는 건지, 원! 심 여사는 혼잣말로 웅얼거리며 아파트 마당으로 나섰다. 8월 보름 한가위치고는 달빛도 별빛도 깜깜이었다. 구름이 잔뜩 끼어 흐리 겠으며 곳에 따라선 비가 오겠습니다, 라던 일기예보가 딱 들어맞은 모양이었다. 심 여사로선 하늘의 도우심이라고밖엔 생각되지 않았 다.

심 여사는 은행나무 허리에 둘려진 띠를 찾아내 가위로 자를 작정 이었다. 만약 그들이 알아채고 또다시 묶어놓는다면 한 번 더 가위질 을 해주면 될 거였다. 다만 모든 띠를 다 잘라내줄 순 없으리란 게 걱 정이었다. 그들이 바보가 아닌 바에야 표시 노끈을 몽땅 다 잘라버리 면 절대 자르거나 지울 수 없는 새로운 표식으로 바꿔버릴 수도 있다. 그러면 전부 다 살리려다 하나도 살리지 못하는 최악의 결과를 초래 할지도 모른다. 심 여사는 한동안 골똘하였다. 하지만 집 베란다 가까 이로 가지를 뻗친, 매년 가을마다 노란 행복을 안겨주던 은행나무에 띠가 둘려져 있는 걸 발견하자 심 여사의 골똘은 순간 폭파되고 말았 다.

누가 감히 내 은행나무를? 심 여사는 중얼거리며 주위를 살폈다. 아무도 없었다. 심 여사는 가위를 벌리고 팔을 뻗쳤다. 그런데 암만 까치발을 디뎌봐도 가 닿지 않았다. 생각보다 노끈의 위치가 높았다. 받침대가 있어야 할 것 같았다. 상추나 실파, 고추 같은 것들을 심어 놓은 1층 노인네들의 스치로폼 박스가 유용해 보이긴 했지만 가득 담 긴 흙 무게를 감당할 수 없었다. 목욕용 앉은뱅이 의자를 집에서 가져 오는 게 낫지 않을까 싶었다.

심 여사는 다시 1층 출입구로 들어섰다. 축 처져 있던 누렁이가 꼬리를 살랑거리며 벌떡 일어났다. 자연스런 수순이라도 된다는 양 3층까지 졸졸 심 여사의 뒤를 따랐다. 앉은뱅이 의자를 찾아 들고서 심 여사가 문을 열고 나오자 녀석은 심 여사를 앞질러 제 집 문 앞으로 내리닫더니 좀전과 똑같이 낑낑거렸다. 그러고는 문을 긁고 문고리를 향해 튀어 오르고, 조금 전과 다름없는 행동을 반복했다.

"기냥 맘 푹 내려놓고 지달려. 아까도 봤제? 초인종 눌러봐야 늬 할배는 안 나온당게! 나는 간다. 내 은행 살리러."

녀석의 귀가 또 쫑긋해지는가 싶었다. 심 여사를 바라보는 눈초리도 어딘가 더 탐색적인 듯하였다.

"심심하믄 따라오든가. 젤로 먼저 손볼 것이 저거여, 내 은행나무!"

녀석이 제 집 앞에서 잠시 망설이는가 싶더니 이내 심 여사 뒤로 따라붙었다. 그놈 참 낯갗도 좋네. 혼잣말을 하다 말고 심 여사는 녀석을 돌아보았다. 꿈뻑거리는 커다란 눈이, 조금쯤 서글퍼 뵈는 촉촉한 눈동자가 어찌나 맑은지 속이 다 시릴 지경이었다. 아들네 보니도 이런 눈동자를 가졌던가? 딱히 생각나지 않았다.

심 여사는 의자가 조금만 더 높았으면 좋으련만 싶었다. 앉은뱅이 의자 위에서 다시 까치발을 들고서야 가위가 맞춤한 자리에 가 닿았다. 어쨌거나 1차 목적은 달성되었다. 싹뚝! 산뜻하고도 경쾌한 소리에 감격하여 심 여사는 눈물을 찔끔거릴 뻔하였다. 그렇다고 성공에 취해 증거를 남겨둘 만큼 생각 짧은 심 여사는 아니었다. 장보기 가방에다 가위를 우선 챙겨 넣고 바닥에 떨어진 노끈을 주워 담으려고 허릴 굽혔다. 그 순간 앉은뱅이 의자가 기우뚱하면서 심 여사는 나동그라지고 말았다.

아득히 먼 어디에선가 컹컹 개가 짖어대고, 쥐방울만 한 강아지를 보듬어 안은 젊은것이 저 할머니 왜 저래? 툴툴거리며 지나가고, 아들의 단단한 어깨 위에 올라앉은 보니가 심 여사를 무심한 눈빛으로 빤히 쳐다보았다.

"할머니, 할머니!"

누군가가 심 여사의 어깨를 흔들었다. 랜턴 불빛이 눈을 찔러왔다. 낮에 만난 바로 그 경비원이었다. 심 여사는 경비원의 부축을 받아 욱신거리는 몸을 일으키면서도 혹시나 들켰나 싶어 주변부터 살폈다. 뒤집어진 앉은뱅이 의자 말고는 특별히 눈길을 끄는 건 없었다. 감청색 장보기 가방은 가위를 숨겨 안은 채 잔디밭 위에 얌전히 누워 있었다. 노끈 조각은 보이지 않았다. 된통 나자빠지면서 정신이 잠시 혼미해졌던 건 틀림없으나, 잘린 조각들을 주워 담은 기억이 없거늘 그것들은 대체 어디로 간 것일까?

"괜찮으세요? 대자로 뉘 계신 걸 보고 뭔 일 난 줄 알고 가슴이 철렁했다니깐요. 119 구급차라도 불러드려요?"

"걱정 말고 보든 일 보러 가시씨요. 늙은네가 때 없이 걱정을 끼쳐서 죄송시럽구만요."

"무슨 말씀을! 괜찮으시다니 참말 다행입니다. 저놈이 어찌나 시끄럽게 짖어대는지 모를래야 모를 수가 있어야죠. 개 짖는 소리 땜에 사방팔방에서 민원 들어온 건 또 어떻구요? 새벽 두 시가 다 돼가는데 주무시지도 않고 대체 뭔 일이래요?"

심 여사는 경비원을 빨리 따돌리고 싶었다. 자신의 은밀한 계획을 절대로 들켜서는 안 될 일이었다. 겨우 한 그루 성공했을 뿐인데 허무하게 좌절당할 수는 없다. 하루이틀 뒤에라도 다시 시도하려면 어떤 의심도 받아서는 안 되었다.

"혹시나 보름달님이 뵈일랑가 하고 내리왔지라. 엉댕이가 차우믄 안 되겄다 싶어설랑 의자를 깔고 앉았는디, 어째 기양 삐딱해 갖고는 뒤집혀부렀든가비."

경비원은 심 여사를 1층 입구까지 바래다주며 얼른 들어가 쉬라고, 혹시 어디가 이상하거든 119에다 꼭 전화하라고, 신신당부를 했다. 심 여사는 하려던 일을 담날로 미루는 수밖에 없다고 생각했다. 첫 시작에 바로 철수라니 못내 아쉽긴 했지만, 내일은 보다 차분하게 실수 없이 해낼 수 있을 것 같았다.

"아 참, 어르신! 저리 큰 개를 데리고 나올 때는 반드시 입마개를 해야 됩니다. 아무리 순하고 얌전해도 언제 돌변할지 모르니깐요. 걸리면 과태료 처분을 받을 수도 있고요."

돌아서던 경비원이 다시 심 여사를 부르더니 훈계조로 덧붙였다. 심 여사는 어이가 없어 큰소리로 대거릴 해주었다.

"우리 개가 아니여. 낮참에 구급차에 실려 갔다든 갱아지 할배네 누렁이랑게. 즈이 집 들어가게 해도라고 난리가 아녀. 어째 방법이 없을랑가?"

"아이고야, 그 집 비번도 모르제만은 함부로 문 열었다 주거침입죄로 걸려들믄 큰일이지요. 저 목줄이라도 즈이 집 문고리에다가 걸어

놔야 쓸란가요?"

질질 끌고 다니느라 흙먼지로 범벅이 된 손잡이용 목줄을 경비원이 잡으려고 다가갔다. 그르릉! 누렁이가 순식간에 경계 태세로 돌입하며 이빨을 드러냈다. 경비원이 화들짝 놀라 뒤로 물러섰다. 심 여사가 얼른 나섰다.

"워따메, 순둥인 줄만 알았드니! 그래봤자 니 편 들어줄 사람 하나 없어야. 느이 할배도 없는디 성깔 부려 뭐 한다냐? 가자, 가자!"

그 말을 알아듣기라도 한 양 누렁이가 슬금슬금 심 여사의 뒤로 따라붙었다. 심 여사는 경비원을 안심시켜 돌려보내고는 그의 제안대로 목줄을 103호 현관 문고리에다 걸어주었다. 녀석은 앞발을 들어 제 집 문을 또다시 긁어댔다. 끼잉, 낑! 그런데 바로 거기, 녀석이 딛고 선 그 자리에 노끈 조각이 떨어져 있는 게 아닌가? 심 여사는 깜짝 놀랐다.

"오매매, 니가 여그다 살째기 물어다 놨드냐? 시상에나, 요런 영물이 어디 있을꼬? 고맙다, 고마워! 니가 내 은행을 살렸구나. 늬 할배 오실 때까정 밥 걱정 물 걱정은 말드라고."

심 여사는 자신이 갖다 놔준 그대로 밥알 하나 축나지 않은 밥그릇을 녀석에게 한 번 더 권하면서, 날 새면 사료부터 사다 주마 약속해 주었다.

5

사흘이 지나도록 강아지 할배는 돌아오지 않았다. 1층 계단참에 붙박이로 웅크려 엎드린 녀석 때문에 108동 3, 4호 라인 주민들은 여간 불편한 게 아니었다. 혹시 물리거나 해코지라도 당할까 싶어 극도로 예민해진 이들은 몽둥이나 벽돌 조각을 호신용 무기로 삼아 몸에 지니고 다닐 지경이 되었다. 어린아이의 부모들은 등하굣길마다 조바심을 쳤고, 겁에 질려 으아아 울음을 터뜨리는 꼬맹이들도 적지 않았다. 며칠 새 108동 최고의 골칫거리로 부상한 걸 아는지 모르는지 녀석은 거기서 한발짝도 비킬 생각이 없다는 듯 종일 그 자리를 고수했다.

물론 종일은 아니었다. 심 여사가 작업을 개시하는 한밤중이면 졸랑거리며 뒤따라와, 심 여사가 사다 준 사료 덕에 더부룩한 장도 비워내고, 잘린 노끈을 물어 가기도 하느라 자릴 비웠으니까. 심 여사로선 녀석의 협조가 그리 필요한 건 아니었다. 한 번 당해본 뒤끝이라 앉은뱅이 의자에 오르내릴 때마다 최대한 주의를 기울였고, 잘린 노끈을 치울 때도 허리를 구부리는 대신 아예 쭈그리고 앉아 넘어질 가능성을 최소화했기 때문이다. 다만 적의에 찬 사람들의 눈초리를 종일 받아내느라 애쓴 녀석이 안쓰러웠을 뿐이다. 녀석 역시 그 시간만 되면 심 여사의 발소리를 기다리는 눈치였다. 심 여사가 제 목줄을 문고리에서 풀기 시작하면 기대 가득한 눈빛이 되어 꼬리를 살랑거리기까지 했다. 가자, 우리 은행나무 살리러! 심 여사가 낮은 소리로 중얼거리면 녀석은 줄이 팽팽히 늘어지도록 앞장서 뛰쳐나갔다. 잘린 노끈을 심 여사보다 먼저 찾아 제 집 문간에다 물어다 놓으려 바지런을 떨어댔다.

하지만 아파트 관리사무소에선 녀석의 처리 문제로 골머리를 앓는 중이었다. 하루에도 몇 통씩 걸려오는 민원 전화에다, 씩씩거리며 쫓아와 언성을 높이는 주민들을 응대하느라 직원들의 피로감은 갈수록 심화되었다. 강아지 할배를 싣고 간 119 구급대 요원을 수배하여 병원을 찾아내고, 연고자의 연락처를 알아내 연결을 시도하기까지 적잖은 시간이 흘렀음에도 개를 처리할 뾰족한 방법은 찾아지지 않았다.

그런 사정이야 어떻든 심 여사는 하루 세 번 꼬박 녀석의 밥그릇 물그릇을 채워주고, 한밤중이면 녀석과 함께 은밀한 산책에 나서는 걸 계속했다. 혹여 눈치채일까 봐 하루의 작업량을 스스로 제한해둔 데다, 사람들을 만나기라도 할라치면 그저 산책 나온 척 시치미를 떼야 했으므로 하룻밤의 평균 작업량은 한 동 정도 거리의 은행나무 가로수 길을 넘지 못했다.

누렁이와의 협업 닷새째 되던 날, 그 하룻밤이면 심 여사의 작업도 어지간히 끝날 참이었다. 언제나처럼 장보기 가방 안에다 가위를 숨겨 넣고서 계단을 내려오던 심 여사는 1층 출입구가 텅 비어 있는 걸 발견했다. 그 누렁이가 보이지 않았다. 자신이 챙겨다 주곤 했던 물그릇도 사료 그릇도 깨끗이 치워져 어디에도 보이지 않았다. 가슴이 덜컥 내려앉았다. 관리사무소에서 누렁일 치워버렸나? 유기견 보호소 같은 데로 쫓아버렸나? 심 여사는 누렁이가 박박 긁어대곤 했던 103호 현관문 앞으로 바짝 다가섰다.

끼잉 낑, 바로 그 순간 기대하지 않았던 소리가 안쪽에서 들려왔다. 환청인가 싶어 심 여사는 문틈에다 귀를 붙여보았다. 심 여사를 볼 때마다 간절한 눈빛으로 문을 긁어대던, 문고리를 잡아채기라도 할 듯 폴짝 뛰어대던, 바로 그 녀석의 낑낑거림 소리였다. 바로 그때 벌컥 문이 열렸다.

"하이고, 뉘신가 했드니만! 요놈이 발소릴 알아듣고 반가워 어쩔 중을 몰르누만요. 돌봐주셨단 말씀은 들었습니다만 너머 늦어서 낼 아침에나 인사드릴라 했는디, 기왕지사 오셨는게 조깨 들오시제라. 차라도 한잔 드심서나……."

강아지 할배였다. 심 여사는 안심이 되면서도 어째선지 모르게 서운했다.

"건강하니 돌아오셨으니 다행이구만요. 요 앞이 텅 비었길래 혹시나 싶어 을매나 놀랐든지. 누렁아, 느이 할배 오셔서 겁나 좋겄다. 낭중에 길에서라도 만나믄 아는 체나 하드라고. 그라믄 들어가 쉬세요. 늦은 시각에 실례가 많았구만요."

심 여사는 강아지 할배와 누렁이한테 동시에 인사를 건네며 발을 뒤로 뺐다. 그리 친하게 지내지도 않았던 영감과 늦은 밤에 차라니, 가당찮은 일이었다.

"누렁이 아니고 은행이라요."

강아지 할배가 가뭇한 잇속을 드러내며 웃었다. 세상에나, 녀석의 이름이 은행이었다고? 개한텐 맞춤하지도 어울리지도 않는 이름이었으나, 그동안 녀석이 심 여사의 뒤를 촐랑촐랑 따라다닌 이유를 알 것만 같았다.

"저거를 바로 요 앞 은행나무 길에서 첨 만났당게요. 어린것이 얼마나 배가 고팠는가, 냄새 나는 은행알 껍딱을 핥고 있드란 말이오. 어뜬 못된 사람 종자가 저걸 갖다 내부렀는지 몰라도 기냥 짠합디다. 저나 내나 비스무레한 처지로구나 싶으니께 안 거둘 수가 있어야제라? 노리끼리한 털빛도 그렇고 은행알 맨치로 따글따글 야무진 것도 그렇고, 시심사심 불르다 본게 아조 이름이 되야붑디다."

강아지 할배는 심 여사가 물어보기도 전에 녀석의 이름이 지어진 내력을 장황하게 늘어놓았다. 그사이 녀석은 문간에다 발을 걸치고 선 눈치를 살폈다. 지난 며칠 그래왔듯 심 여사의 야간 작업에 따라나설 양인가 보았다. 하지만 녀석은 제 주인이 부르자 쪼르르 달려 들어가 버렸다. 살펴 가입시다, 강아지 할배의 목소리와 함께 103호 현관문이 심 여사의 등 뒤로 닫혔다. 어째선지 뒤통수가 허전하였다.

6

심 여사는 불현듯 아들에게 전화를 걸고 싶어졌다.

"느그 개 있자녀, 보니! 수술은 잘됐디야? 퇴원했다고? 잉, 경과가 좋다니께 쓰겄다. 내가 그놈 사룻값 한번 보내마. 젤로 영양가 많은 걸루다 사 멕여. 뭔 일은? 나도 모처럼 할매 노릇 한번 해볼라고 그라제."

심 여사는 마지막 남은 은행나무 가로수길로 스며들었다. 싹뚝! 노끈 잘리는 소리가 산뜻하고 경쾌했다. 누렁아, 우리가 은행나무 하날 또 살렸다! 아차, 누렁이 아니고 은행이랬지? 심 여사는 중얼대다 말고 사위를 둘러보았다. 떨어진 노끈 조각을 물어 가려고 쪼르르 달려들던 녀석이 보이지 않았다. 가로수길 아래로 길게 늘어진 자신의 그림자가 왠지 헛헛해 보였다. 심 여사는 쭈그리고 앉아 잘린 노끈 조각을 장보기 가방 안에다 주워 담았다.

도미노 게임

도미노 게임

조각 1

바람이 몹시 차갑다. 옷깃을 여며보지만 냉기는 더욱 그악스럽게 살갗을 파고들었다. 하긴 여름옷이라는 게 찬바람을 막아내는 용도로 지어진 건 아니다. 들어갈 땐 분명 8월의 후덥지근한 여름이었는데 어느새 11월 말, 겨울이 되어버렸다. 팔짱을 끼고 입술을 앙다물어보지만 떨리는 어깨를 진정시키기엔 역부족이다.

아무리 그래도 1년은 살게 될 줄 알았다. 겨울 추위 한복판에다 날 내팽개칠 거면서 자비를 베푼 듯 의기양양하던, 계절 감각이라곤 털끝만치도 없는 무지한 판사 놈 같으니…….

피고인이 처한 열악한 경제적 상황과 나이를 참작하여 3개월 징역형에 처한다!

20세기 유물이 되어버린 소매치기라는 직업으로 더 이상은 생계 유지가 불가능하다는 걸 뻔히 알면서, 이제 나이가 들어 그나마 있던 기술조차 쓸모가 별로 없다는 걸 알면서, 기껏 3개월 형이라니? 집도 절도 없는 전과 13범의 노인네에게 겨울 추위라도 나라고 최소한 6개월 형쯤은 안겨주었어야 되지 않나?

휘익! 어깨를 스치는 오묘한 바람결에 절로 고개가 돌아갔다. 어디서 풍겨오는 향내인가? 까만 패딩 코트의 여자 말고는 달리 눈에 띄는 사람이 없다. 자줏빛 운동화 위로 뻗어 올라간 날씬한 종아리가 추워 보였다. 길고 두터운 패딩이긴 하지만 종아리를 덮어줄 만큼은 아니었으니. 의도하지도 않았는데 내 발길이 저절로 그 여자에게로 딸려갔다. 강렬하게 내 코를 자극하는 달콤하고 그윽한 향내를 도저히 거부할 수 없었다.

후각은 결코 거짓말을 하지 않는다. 카드가 상용화되면서 찾아온 절체절명의 위기에도 내 후각은 늘 실수가 없었다. 여자의 왼쪽 어깨에 걸쳐진 핸드백이 바로 그 향기의 진원지임에 분명하다. 적어도 오륙십 장, 많게는 백여 장 이상일지도 모른다. 여전히 번득이는 내 놀라운 직업적 감각이라니! 난 최대한 조심스럽게 여자의 뒤를 밟았다. 그냥 가던 길을 가는 사람처럼 무심한 얼굴로.

행여 작은 실수라도 있어서는 안 된다. 지금은 평생에 다시 오지 않을 행운의 찰나다. 대한민국에서 씨가 말라버린 현찰 숭배자를 출소 당일에, 그것도 사람 통행이 그리 많지 않은 한적한 2차선 도로에서 만나다니……. 계절 감각이 둔한 그 무지한 판사에게 축복 있으라!

여자가 신호등을 건넜다. 나도 따라 건넜다. 여자가 보도블록 위를 천천히 걸었다. 나도 따라 천천히 걸었다. 여자가 좁은 골목길로 꺾어들었다. 나도 따라 골목길로 꺾어 들었다. 여자가 갑자기 멈춰 서더니 흘낏 뒤를 돌아보았다. 난 괜스레 남의 집 대문을 두드리며 딴청을 부렸다. 여자가 돌아서서 다시 발길을 옮겼다. 핸드백을 반대쪽 어깨에 걸치려는 듯 벗겨 내리면서…….

바로 이때다! 목표물이 경계심을 가다듬느라 자세를 교정하는 바로 이 순간, 한달음에 튀어나가 핸드백을 낚아챘다. 내 전성기 때에 버금가는 여전한 솜씨에 자긍심이 피어올랐다. 다음 단계 역시 전광석화, 손가락 사이에 낀 면도날로 핸드백의 줄을 끊었다. 길고 가는 줄과 통통한 몸통이 순간적으로 분리되었다.

여자는 핸드백 줄을 있는 힘껏 잡아당기다 허망스럽게도 뒤로 꽈당 넘어졌다. 난 여자에게서 떨어져 나온 흑갈색의 핸드백 몸통을 껴안고 냅다 뛰었다. 운이 좋다면 내가 껴안은 핸드백 몸통 속에 여자의 전화기가 들어 있겠지. 그만큼 신고는 늦어질 것이다. 기왕에 찾아온 행운이라면 처음부터 끝까지 완벽하기를……!

이젠 오로지 달리기만이 살 길이다. 신호등이 있는 길은 절대적으로 피해야 한다. 보는 사람이 많은 곳도 금물이다. CCTV가 설치된 지점과 그 사각지대도 눈치껏 살펴야 한다. 막다른 골목길로 들어서는 건 자살 행위다. 머릿속에 각인된 지도를 따라 가지 않아야 할 곳을 배제하며 냅다 달렸다.

그런데 뭔가 이상했다. 상식적인 경우라면 내 뒤통수에 찢어지는 목소리가 달라붙어야 한다. '도둑이야!' 아니면 '저놈 좀!' 하는 식의 얼빠진 고함소리 같은 것 말이다. 멀리서 울부짖으며 동동거리는 발소리라도. 한데 너무 조용했다. 극렬한 반발의 언어도, 사방팔방 들쑤시는 고발의 목소리도 없었다.

그렇다고 속도를 늦출 순 없다. 어수룩했던 젊은 시절, 섣불리 안심했다 쇠고랑을 찬 게 한두 번이 아니었다. 다시 잡혀 들어간대도 한겨울 추위와 배고픔을 국가에서 해결해줄 테니 그리 나쁠 건 없지만, 그렇다고 그게 출소 당일일 필요는 없을 것이다. 오랜만에 맞닥뜨린 현찰 숭배자 덕에 자유와 호사를 누릴 수도 있는 모처럼의 기회를 놓치고 싶진 않다.

얼마나 달렸을까? 사건 현장에서 적어도 2킬로미터 이상은 멀어지지 않았나 싶다. 큰길로 이어지는 골목 어귀의 담벼락에 기대 잠시 숨소리를 골랐다. 헉헉, 몰아쉬는 내 숨소리가 무척이나 크게 들렸다. 뒤통수가 왠지 후끈했다. 가려운 것도 같고 따가운 것도 같고……. 슬며시 뒤돌아보았다. 세상에나! 꺾어진 골목 어귀를 막 돌아 나오는 옷자락, 까만 패딩이 아닌가?

다다다, 다리가 먼저 잽싸게 나아갔다. 미처 다 고르지 못한 숨소리는 폐 속으로 구겨 넣으며. 네 개의 발소리가 텅텅, 보도블록 위에서 뒤엉켰다. 속도를 높였다. 한참 앞섰으려니 싶어 다시 한번 돌아보았다. 하지만 거리는 그닥 멀어진 것 같지 않았다. 열 걸음 정도 간격을 두고서 까만 패딩이 쫓아오고 있다. 한마디 말도 없이 날 그저 노려보며.

난 더욱 속도를 높였다. 현역 시절 비호(飛虎)라 불리던 내 명성에 흠집을 낼 순 없다. 나이 칠십에 이르긴 했어도, 아직 쌩쌩한 무릎을 자랑하는 동종 업계 최고의 다리가 아닌가? 동업자 치고 나와 패를 지으려고 줄서지 않은 놈이 없었다. 파출소 관할구역을 순식간에 서너 개쯤 넘나드는 내 달리기 속도야말로 성공의 보증수표였으니 말이다. 수십 년간 갈고닦은 내 실력에 까만 패딩의 여자는 결국 나가떨어질 것이다.

그런데 웬걸? 여자는 지친 기색도 없이 조금 멀어졌다 다시 거리를 좁히면서 줄창 내 뒤를 쫓아왔다. 큰길을 따라 끊임없이 이어진 보도블록 위에서도, 이젠 폐선이 되어버린 기나긴 철길을 따라 달릴 때도, 사람들이 북적거리는 시장통에서도, 간격은 크게 벌어지지 않았다. 따돌렸다 싶으면 다시 따라붙고, 사라졌나 싶으면 어느새 헉헉거리는 숨소리를 내며, 내 달리기 실력을 비웃듯 한 시간 넘게 일정 거리를 유지하면서 말이다.

도대체 뭘 하는 여자인가? 길가는 사람 누구한테도 도움 요청 한 번 없이, 나를 향해 욕설 따위 퍼붓지도 않으면서, 별로 지친 기색도 없이 끈질기게 날 뒤쫓기만 하는 저 괴물은? 하지만 머리에 떠오르는 의문이 사태를 해결해주진 않는다. 숨이 차고 목이 말라 왔지만 달리기 태엽이 감긴 자동인형처럼 난 그저 달릴 수밖에 없다.

"내 가방 내놔."

낮고 갈라진 목소리가 서너 발짝 쯤 뒤에서 날아와 꽂혔다. 은근하고 위협적인 목소리다. 호들갑 한 번 떨지 않더니 잡겠다 싶은 지점에 이르니 자신감이 붙은 모양이다. 난 뒤돌아보지 않았다. 어물거리다간 따라잡힐 수도 있겠다 싶어진 때문이다.

"내 가방 내놓으라고! 이 도둑놈아!"

순간 여자의 정체가 읽혔다. 나와 비슷한 일을 하는 동종업계 종사자임에 틀림없다. 여자는 길길이 뛰고 소리소리 지르며 사방팔방 자신의 피해를 광고하는 보통 사람들처럼 굴지 않았다. 내 등에 바짝 따라붙을 때까지 가방을 내놓으라는 어기찬 명령 따위도 하지 않았다. 외려 자신의 피해가 알려질까 조심하는 사람처럼, 스스로 해결하지 않으면 안 되는 사람처럼 그저 정신없이 내 뒤를 쫓기만 했다. 기나긴 시간 동안 지치지도 않고 쫓아오는 놀라운 지구력을 아무나 갖게 되는 건 아니다. 이런 식으로 세대 교체가 되어가고 있음을 깨닫지 못한 내 어리석음이라니!

그렇다고 여기서 물러설 수는 없다. 절대로 뒷방 늙은이 신세로 밀려날 수 없다. 이 바닥의 진정한 고수가 아직 죽지 않았음을 보여줘야 한다. 달리면서 가방 안을 뒤적였다. 화장품 따위가 든 파우치 하나, 얇실한 휴대전화, 카드 나부랭이로 가득 채워진 작은 손지갑, 손수건이며 휴지 따위 별 쓸모없는 물건들, 난 전화기만 빼고 하나씩 꺼내 뒤로 던졌다. 발에 걸려 넘어지든가, 여자 자신에겐 쓸모 있는 것이어서 줍게 되든가, 여튼 여자의 속도는 늦춰질 것이다.

그리고 두툼한 봉투 하나. 이것이다. 향기로운 냄새의 진원지를 드디어 찾았다. 봉투의 색깔마저 분홍색이다. 누가 여자의 먹잇감이었는진 몰라도 꽤나 낭만적인 성격임에 틀림없다. 봉투의 진짜 주인에게 경의를 표하며, 그걸 추리닝 바지의 주머니에다 찔러 넣었다. 가로수가, 수많은 건물들이, 그리고 오고 가는 사람들이 차창 밖 풍경처럼 뒤로 물러났다. 목이 칼칼하고 눈앞이 희미해져 왔다. 이대로는 계속 나아갈 수 없다. 어떻게든 끝장을 보아야 한다.

난 뒤돌아서서 온 힘을 다해 흑갈색의 핸드백 몸통을 여자에게로 던졌다. 어깨를 겨냥한 내 솜씨는 그대로 맞아떨어졌다. 갑작스런 일격에 여자가 휘청하며 뒤로 넘어졌다. 입이 헤 벌어진 가방 안에서 아직 남아 있던 잡동사니가 쏟아져 보도블록 위로 흩어졌다. 길 가던 착한 사람들이 여자를 도와주려 에워쌌다. 아가씨, 괜찮아요? 저 노인네 뭐야? 등 뒤로 어지러운 소리들이 흩어졌다.

바로 앞 신호등은 내 편임에 분명했다. 건널목에 발을 막 내디딘 순간 빨간불로 바뀌어 아무도 날 추적할 수 없게끔 해주었다. 내가 건너가길 초조하게 기다리는 건널목 양편의 차량들을 빠르게 스쳐 지났다. 다시 신호가 바뀌려면 아무리 짧아도 2분 이상, 그 시간이면 난 이미 이 구역을 벗어나 있을 것이다. 난 여유롭게 도로변 가게들을 훑으며 낡은 건물들이 다닥다닥 붙어 있는 구도심의 중심부로 스며 들어갔다.

조각 2

누군가가 허겁지겁 들어섰다. 얇은 추리닝 바지에 빛바랜 반팔 티 셔츠를 입은 노인이었다. 평년 기온을 웃도는 날이라곤 하지만, 그래 도 겨울이다. 그런 옷차림으로 나다닐 만큼은 아니었다.

"방 있나?"

난 다소 뜨악한 표정으로 그를 훑어보았다.

"빨리빨리!"

노인은 연신 출입구를 살피며 날 재촉했다. 무엇인가에 쫓기는 듯 다급해 보였다. 왠지 그를 놀리고 싶은 못된 생각이 스멀스멀 피어올 랐다.

"낮은 층이 좋으세요, 아니면 높은 층으로 드릴까요?"

"아무 데나 상관없어."

"침대방과 온돌방 중에는요?"

"아무 데든!"

"베란다가 있는 방과 없는 방 중에서는 어느 쪽으로요?"

그가 날 노려보았다. 안내 데스크 겸 계산대로 사용되는 문간방과 낡은 로비 사이에 뚫린 작은 쪽창에다 얼굴을 바짝 대고서.

"아무 데나 상관없다잖아."

낮게 깔리는 목소리가 사뭇 위협적이었다. 그는 너절한 추리닝 바 지 호주머니에서 보란 듯이 봉투를 꺼냈다. 노인과는 영 어울리지 않 는 두툼한 분홍색 봉투였다. 그는 봉투에서 빳빳한 5만 원권 지폐를 빼더니 두 장을 쪽창 안쪽 탁자에다 휙 집어던졌다.

"아무 키나 빨리 내놓으라구!"

한 마디 한 마디 눌러 박는 말투가 심상치 않았다. 자칫 시비가 붙을 수도 있겠다싶은 위기감조차 느껴졌다. 나이로 보나 체구로 보나 그깟 노인한테 밀릴 일이야 없겠지만서도.

"하룻밤 주무실 거면 5만 원입니다."

젤 높은 층의 끝 방 열쇠와 함께 지폐 한 장을 되돌려주었다. 그가 이내 표정을 풀더니 지폐를 다시 쪽창 안으로 들이밀었다.

"이걸로는 짜장면을 시켜줘. 탕수육이랑 빼갈도 한 병! 차분하게 샤워를 좀 해야겠으니 45분 후에나 배달해주면 돼!"

내가 중국집 주인도 아니겠고 배달 시간까지 분 단위로 정해주는 섬세함에 약간 비위가 상했다. 5만 원권 다발이 든 돈 봉투도 날 우울하게 만들었다. 석 달짜리 필리핀 어학연수를 가려면, 현재의 급여 수준으로는 한푼 쓰지 않더라도 일 년 이상 모아야 가능할 것이다. 근무 시간 곱하기 최저시급에서 10원 단위조차 정확히 계산하는 짠돌이 아버지에게 새삼 섭섭함이 솟구쳤다.

"배달 전화는 해드리지요. 대금은 직접 지불하세요. 30분 후면 근무 교대 시간이라······."

근무 교대라고 해봐야 여기가 당신의 침실인 아버지와의 교대인데다, 진짜 교대 시간은 사실 한 시간도 더 남아 있는데 괜한 거짓말이 흘러나왔다.

"고맙네. 거스름돈은 자네 팁!"

열쇠를 잽싸게 낚아채더니 도망치듯 계단을 올라가며 노인이 외쳤다. 아무래도 내 말을 제대로 듣지 않은 모양이었다. 내 거짓말은 아무 의미가 없게 되고 말았다.

"혹시나 말야. 누가 날 찾더라도 자넨 아무도 못 본 거야, 알았나?"

1층과 2층 사이의 계단참에서 노인이 한마디 덧붙였다. 거스름돈 2만원 남짓을 받는 대가로, 쫓기는 사슴을 숨겨준 나무꾼이라도 되란 얘긴가?

"네?"

하지만 노인은 더 이상의 설명도 없이 남은 계단을 바삐 뛰어 올라갔다. 노인치고는 꽤나 가볍고 날렵한 발걸음이었다. 그래도 5층 복도 맨 끝 방까지 뛰어 올라가려면 상당히 숨이 찰 것이다. 쌤통이다!

어쨌든 손님의 요구를 들어주는 게 내 할 일이었으므로 우리 모텔의 단골 중국집으로 전화를 걸었다.

"정확히 45분 후에 배달해달랍니다."

중국집 사장님의 사람 좋은 웃음소리가 전화기 저 너머에서 껄껄 울렸다.

수화기를 막 내려놓는 순간, 누군가가 휙 문을 열어젖혔다. 까만 패딩을 입은 키 큰 여자였다. 여자는 가타부타 말도 없이 눈동자를 굴려가며 좁은 로비 구석구석을 날카롭게 살폈다. 방금 전, 노인이 말한 바로 그 사람인가?

"방 드릴까요?"

드르륵, 쪽창을 열고서 보통 손님들에게 하듯 심드렁한 표정으로 물었다. 여자가 성큼 발을 내디디더니 바짝 다가왔다.

"혹시 너덜거리는 추리닝 바지에 반팔 셔츠를 입은 노인네가 여기 들어오지 않았나요?"

노인과 여자 사이에 어떤 사연이 있는진 모르지만, 역시 손님에 대한 의리는 지켜야 하는 게 옳다. 난 약간 어눌한 표정으로 고개를 저었다. 그래도 뭔가 미심쩍은 듯, 물을 말이 아직 남은 듯 한참을 버티고 서 있던 여자가 뒤돌아서며 뭐라 지껄였다.

"분명 이쪽 골목으로 튀는 걸 확인했는데……. 얼마나 어렵사리 만든 돈인데, 잡히기만 해봐라, 내 이 개자식을 그냥!"

여자의 입에서 튀어나온 험상궂은 말들이 머릿속으로 표창처럼 날아와 박혔다. 벌떡 일어나 쪽창 밖으로 고갤 내밀었다.

"뭐라구요?"

하지만 여자는 이미 문을 나서고 있었다. 잠깐만요, 다급하게 소리치며 신발을 끌고 문간방을 뛰쳐나와 다시 모텔 현관문 밖까지 쫓아나갔다. 바깥 거리는 휑했다. 여자의 그림자도 여자의 발소리도 감쪽같이 사라져버렸다. **얼마나 어렵사리 만든 돈인데**, 여자의 투덜거리는 소리만이 이명처럼 뱅뱅 귓전을 맴돌았다. 만약 그 노인이 여자의 돈을 훔쳐 도망을 치는 중이었다면?

문득 508호엘 올라가보고 싶어졌다. 특별한 계획은 없었다. 그냥 가서 방을 살피는 것만으로도 노인의 범죄 유무를 알게 될 것 같은, 얼토당토않은 묘한 충동이 날 부추겼다. 분명 샤워를 한다고 했으니 잠깐 들어가본들 노인이 눈치채진 못할 것이다. 마스터키를 손에 쥐고서 발소리를 죽이며 올라갔다.

쏴아쏴아! 샤워기에서 쏟아지는 시원시원한 물소리가 복도까지 울려 퍼졌다. 우리 모텔의 형편없는 방음 시설에 문득 고마움을 느끼며 살그머니 문을 열고 들어갔다. 옷걸이에 얌전히 걸려 있는 추리닝 바지에 젤 먼저 눈길이 갔다. 난 떨리는 손으로 낡아 해진 추리닝 바지의 주머니에 손을 넣어보았다.

분홍색 봉투 속에 든 지폐가 적어도 백 장은 되지 싶었다. 노인의 하는 짓이나 행색으로 보아 절대로 깨끗한 돈일 리가 없다. 경찰서에 신고를 해야 할까? 입을 다물어주는 조건으로 반을 나눠달라 할까? 불온한 생각들이 머릿속을 헤집고 다녔다. 뚝, 샤워기 잠그는 소리가 났다. 나도 모르게 봉투를 손에 쥔 채 방을 빠져나오고 말았다. 그럴 생각으로 들어간 건 아니었는데……

'그 호주머니에다 다시 쑤셔 넣어두는 게 옳지 않을까? 그 돈의 출처가 어디든 내가 손을 대서는 안 되는 거잖아? 이미 들고 나와버린 걸 어떻게 다시 돌려주지? 행여 다시 들어갔다 노인과 마주치면 어떡해?'

나이 서른이 넘도록 변변한 직장 하나 못 잡은 주제에 이제 와서 무슨? 친구네 애들이나 동창 자식들은 해외 어학연수 다녀온 적 없이도 척척 대기업에 잘만 붙더라.

아버지의 비아냥거림 소리가 그 복잡한 순간 왜 떠올랐는지 모른다. 중학교 때부터 이미 뒤처진 영어 실력은 취업 지원 서류 작성에서 최대의 걸림돌이었는데, 그걸 만회해보려는 내 의지에 찬물을 끼얹는 아버지가 매번 원망스럽기만 했는데. 그래서, 그러니까 이 돈으로……? 기묘한 흥분이 날 싸안고 돌았다. 어차피 노인의 돈도 아닐 텐데, 설마 없어졌다고 신고를 하겠어? 난 더욱 대담해지고 있었다.

정신없이 계단을 타고 내려왔다. 그러고는 문간방으로 들어가지 않고 그대로 현관문을 향해 직진했다. 부르부르, 문밖에서 스쿠터 멈추는 소리가 났다. 중국집 배달원 아이가 덜커덩, 문을 밀고 들어왔다.

"몇 호예요?"

"508호!"

"에이, 5층까지 올라가야 해요?"

녀석이 투덜거리며 철가방을 들고서 계단 쪽으로 향했다. 난 녀석을 불러 세웠다.

"돈은 내가 줄 거야. 나한테 맡겨났거든."

마음은 하염없이 바빴지만 그 녀석을 기다리는 잠깐의 시간은 내게도 필요하리라 싶었다. 돈 봉투가 사라진 걸 노인이 눈치챘는지 어쨌는지는 배달원 녀석이 그 동정을 전해 올 것이다.

"계산해주세요."

언제 내려왔는지 녀석이 상글거리는 낯빛으로 손을 내밀었다.

"손님은 뭘 하시던?"

"문 앞에다 두고 가래서 그냥 두고 왔어요."

아직까지 내부 전화가 울리지 않은 걸 보면, 노인은 바지 호주머니가 털린 걸 눈치채지 못한 게 분명했다. 그리고 배달원을 들이지 않았다는 건 나름 경계를 하고 있다는 뜻이고. 현찰을 조금이라도 챙기기 위해 난 녀석에게 카드를 내밀었다. 우리 모텔의 공용 카드 사용액은 어머니 통장에서 결제될 것이므로.

"현금 결제라지 않았어요? 카드 리더기 안 가져왔는데……. 손님 한테 남겨드릴 거스름돈만 우리 사장님이 챙겨주던걸요!"

그러고 보니 그랬다. 주문 전화를 할 때만 해도 이런 이상한 상황이 벌어질 거라곤 전혀 예상치 않았으니. 그런데 처음에 노인이 꺼내준 지폐를 어디다 뒀더라? 어딘가 내가 넣어놨을 텐데 얼른 찾아지지가 않았다. 노인이 오늘의 첫 손님이었던 만큼 그가 준 돈을 금고에 집어넣은 기억이 없으니 금고가 텅 비어 있는 건 당연하다 쳐도, 책상 위나 서랍에서조차 돈의 흔적이 보이지 않았다.

여기저기 그걸 넣었을 만한 곳을 다 찾아 뒤졌다. 내 지갑엔 기껏해야 천 원짜리 몇 장이 전부였다. 바지 호주머니엔 동전 서너 개와 휴지 조각이, 티셔츠 가슴에 붙은 작은 주머니엔 편의점 계산서 두어 장이 들어 있다. 뒷주머니에선 안경닦이 하나가 먼지와 함께 딸려 나오고……. 배달원 녀석이 짜증스런 빛을 숨기지도 않은 채 날 쳐다보았다.

툭! 어느 순간 노인의 두툼한 분홍 봉투와 함께 두 장의 지폐가 바닥으로 떨어졌다. 점퍼 속주머니만큼은 녀석의 눈앞에서 털어 보이지 않을 참이었는데……. 가슴이 철렁 내려앉았다. 입이 벌어진 봉투 밖으로 지폐 다발의 형체가 드러났다. 녀석이 그걸 빤히 쳐다보았다. 난 얼른 봉투를 챙겨 넣고 바닥에 구르는 지폐 한 장을 주워 녀석에게 건넸다.

조각 3

모텔 형의 눈빛이 영 불안스럽게 흔들렸다. 날 깔보는 듯한 평소의 무심한 눈빛과는 아주 달랐다. 뭔가를 숨기려는 것 같기도, 날 경계하는 것 같기도 한데 도무지 질서가 없었다.

미리 받아놓았다는 배달료를 어디다 둔지 몰라 헤매는가 하면, 전에 없이 손님의 동정에 대해 유난스럽게 캐묻고는, 내가 거슬러준 돈에서 만 원짜리 하나를 팁이라며 덥석 내민 것도 수상쩍었다. 알바생인 내게서 담배꽁초를 얻어 피울 정도로 꼼쟁이인 그가 무슨 까닭에 그리 대범하게 굴었을까? 그리고 무엇보다 아기자기한 분홍색의 봉투, 그건 대체 뭐지? 문득 형이 수상쩍게 느껴졌다. 모텔 사장인 자기 아버지한테 시급 이외의 돈은 받아본 적이 없다고 늘 푸념을 하곤 했는데 어디서 그런 목돈을……?

그 정도 돈이면 야마하 큐빅스나 혼다 네이키드 중에서 제법 괜찮은 걸 하나 골라 살 수 있는데……. 조금만 제 비위에 맞지 않으면 시동이 꺼지고, 한길 가에서 가다 서다를 멋대로 반복하는 늙어빠진 이

스쿠터와도 작별할 수 있는데…….

모든 물건이란 건 말야. 사는 순간 중고가 되는 거지. 굳이 그렇게 새 것만을 고집할 필요는 없단다.

국내외 유명 브랜드 총판이라는 거창한 상호를 달고는 있으나, 새 제품보다는 중고품 거래가 주로 이루어지는 오토바이 가게의 사장은 입버릇처럼 말하곤 했다. 중국집 배달원 시급으로 어느 세월에 돈을 모아 새 것을 살 수 있겠느냐는 조바심에다, 싸게 줄 테니 중고를 사라는 위로 섞인 권유였을 테지만, 그럴수록 새 것을 향한 내 욕망은 커져만 갔다.

부르, 치이이! 고물 스쿠터는 단번에 시동이 걸리지 않았다. 두 번, 세 번, 핵심이 딱 찔러질 때까지 키를 요리조리 돌려주어야 했다.

"배달 왔다 가는구나. 이 시간에 손님이 들었더냐?"

저녁 영업만큼은 무슨 일이 있어도 손수 챙기는 모텔 사장님이었다. 여튼 평소와 다름없는 사장님의 표정을 보니 형의 수상쩍음과는 아무 상관이 없는 듯 싶었다. 더욱 궁금증이 몰려왔다.

이놈의 나라 지긋지긋해. 돈만 생기면 난 떠날 거야. 인도든 필리핀이든 말레이시아든. 핑계는 어학연수지만 가면 다신 안 돌아올 거야.

암만 생각해봐도 그 형이 사고를 친 게 분명한데……. 형의 뒤를 밟아보고 싶은 그리 권장할 만하지 않은 생각이 스멀스멀 피어올랐다. 난 중국집 사장님께 전화를 걸었다. 마음속에 인 궁금증을 해결하지 않고선 도무지 일이 손에 잡힐 것 같지 않았다.

"동생이 넘어져서 코를 깼다네요. 애 데리고 잠깐 병원에 다녀올게요."

중국집 사장님은 흔쾌히 내 거짓말에 넘어가주었다. 병원 문 닫기 전에 빨리 가보라면서, 아직 저녁 배달이 밀릴 시간은 아니니 걱정 말라는 호의마저 얹어주었다.

난 모텔 건물을 돌아 옆 건물과의 사이에 약간 벌어져 있는 으슥한 좁은 길로 숨어들었다. 칠이 벗겨진 낡은 모텔 벽에다 내 스쿠터를 기대놓으니 마치 범죄영화 세트장처럼 후미지고 으슥한 뒷골목 풍경이 연출되었다. 머리 꼭대기까지 피어오른 흥분이 날 한 발 더 나아가게 만들었다.

"내 스쿠터 갖고 싶댔지? 낡긴 했어도 엔진만 좀 손보면 그래도 탈 만 해."

전화를 받은 땡중이는 내 엄청난 제안에 시큰둥한 반응을 보였다.

"엔진 수리비는 어디 하늘에서 뚝 떨어지냐?"

"하여튼 비관론자 새끼! 일이 제대로 되면 그깟 수리비, 내가 대준다. 됐냐?"

모텔 입구의 문이 열렸다. 형이 눈알을 굴리며 주변을 살폈다. 유난스레 가슴을 감싸 안은 두 팔이, 활처럼 휘어진 옹송그린 어깨가, 도둑고양이처럼 발끝으로 내딛는 어색스런 발걸음이 평소의 형과는 달라도 너무 많이 달랐다. 내 지력과 눈치를 모두 모아 그를 쭈욱 스캔해 보았다. 바지나 티셔츠는 그저 밋밋해 보였다. 조금 전 내게 들킨 봉투는 그 점퍼 속 호주머니에 다시 들어간 게 틀림없다.

'점퍼'

목표물을 알리는 내 문자에 땡중이로부터 금방 답이 왔다.

'ㅇㅋ'

난 살금살금 그의 뒤를 밟기 시작했다. 본격적으로 퇴근이 시작되지 않은 오후 6시, 낡아빠진 옛 도심의 이면도로는 한적하기 그지없었다.

땡중이의 비틀거리는 자전거가 맞은편에서 튀어나왔다. 모텔 형이 어, 놀라기도 전에 가속이 붙은 자전거가 그를 들이받았다. 벌러덩 넘어진 그를 덮쳐 뒤통수를 사정없이 가격했다. 그러고는 눈이 푹 덮이도록 털모자를 눌러 씌웠다.

"어떤 놈이야? 이거 못 놔?"

고래고래 소릴 지르는 걸 보니 내 주먹이 좀 약했던가 보다. 평소 알고 지내던 의리 때문인 게지. 난 맘을 다잡아먹고 그가 더는 소릴 지르지 못하도록 야무지게 한 방을 더 먹였다. 그사이 땡중이 그의 점퍼를 벗겨냈다.

으악, 사람 살려!

지나가던 누군가가 비명을 질렀다. 돌아보면 안 된다. 절대로 눈이 마주치면 안 된다. 목표물이 손에 들어온 만큼 더 이상 무리할 필요가 없다. 땡중이 녀석에게서 점퍼를 넘겨받으며 자전거 뒷자리에 올라탔다.

"달려!"

"어디로?"

"네 스쿠터 가지러 가야지."

점퍼 안쪽 호주머니를 뒤졌다. 두툼한 봉투가 잡혔다. 난 그것을 꺼내 내 겉옷 속주머니에다 깊이 밀어 넣었다. 목표 달성을 했으니 단서가 될 만한 물건은 버려야 한다.

"그 점퍼, 내가 가지면 안 돼? 제법 비싸 보이던데."

물정 모르는 땡중이 녀석의 머리통을 한 대 쥐어박았다.

"영중아, 땡중아! 정신 줄 좀 잡고 살자, 응?"

점퍼를 내던지려는데 반대쪽 안주머니에서도 뭔가 두툼하고 딱딱한 게 잡혔다.

"뭐야, 이거? 대한민국 여권?"

모텔 형이 평소 뇌까린 말들이 거짓은 아니었나 보다. 어디서 생겨난 목돈인지는 모르지만 기껏 이 정도를 가지고 외국으로까지? 조금쯤 미안해야 하나 싶어졌다. 하지만 눈앞에 아른거리는 품위 당당한 오토바이들이 그런 감상을 싹 지워버렸다. 돈 봉투도 여권도 털린 점퍼는 길바닥 위로 내던져졌다. 초저녁의 쌀쌀한 겨울바람이 그걸 축구공 삼아 통통 굴리며 어딘가로 몰아갔다.

빛의 속도로 달려 내 스쿠터를 세워둔 모텔 옆 으슥한 골목으로 다시 돌아왔다. 지나는 사람도 별로 없고 사위는 고요했다. 내 예상이 맞았다. 그게 정직한 돈이었으면 모텔 주변이 이리 평화로울 수가 없다. 알려도 괜찮은 돈이었다면 전화기는 자기 손에 쥐고 있었으니 정신이 드는 즉시, 아버지에게든 경찰에게든 알렸을 것이다. 분명 뭔가 켕기는 게 있으니 신고를 못 한 게지.

난 스쿠터에 얼른 올라앉았다.

"10시에 거기 오토바이 가게에서 봐. 그때부턴 이 스쿠터가 니 거야."

털털거리는 낡은 스쿠터를 땡중이 녀석이 애정 가득한 눈길로 쳐다보았다. 그러고는 내게 손을 흔들어 보이기까지 했다. 중국집 철가방과도 이젠 이별이다. 낼부터는 좀 더 폼 나는 일을 해야겠다. 이를테면 퀵서비스나 심부름센터 같은…….

나름 알려진 업체의 사원이 되어야겠지. 어느 정도 일을 배우고 나면 내 전화번호가 찍힌 스티커를 제작하여 고객들에게 뿌리게 될 날이 올 것이다. 직원을 한둘 고용하고, 마침내 내가 사장님이 될 수도 있다.

늙어빠진 엔진으로 다달거리면서도 두 해 가까이 내게 충성해온 스쿠터와의 마지막 근무를 위해 가는 길, 차갑고 축축한 바람이 살갗을 파고들었다. 첫눈이 내리려나?

조각 4

나이 탓인가? 새벽같이 깨서는 도통 잠이 오질 않는다. 모텔 문간방이 내 침실이 된 지 어언 7년째다. 과거의 영광은 기억 속에서 사라진 지 오래고, 사장 겸 벨 보이 겸 야간 당직 전담 직원 겸, 내 직책도 참으로 쓸쓸해졌다.

이리저리 뒤척이다 텔레비전을 켰다. 잘생기고 목소리가 기막히게 좋은 아나운서는 밤사이 벌어진 온갖 사건사고와 범죄 목록을 주워섬겨댄다. 뭐 그리 좋은 이야깃거리라고 새벽부터 저리도 소상하게……?

'다량의 오만 원권 위조지폐가 발견되어 경찰이 수사에 착수했습니다. 경찰은 ○○○오토바이 총판의 신고를 받고 열여덟 살 신 모군을 입건하여, 신 군이 오토바이 구매 대금으로 내놓은 위조지폐를 어떤 경로로 입수했는지 조사 중입니다.'

"아직 마빡에 피도 안 마른 것들이……? 세상 참 말세다, 말세!"

혼잣말로 중얼거리며 혀를 찼다. 내가 그런저런 걱정을 한다고 세상이 달라질 것도 아닌데 말이다.

우당탕탕!

계단을 달려 내려오는 발소리가 어찌나 조급하고 시끄럽던지 창을 열어보지 않을 수 없었다. 새벽 일찍 떠나는 손님들은 대개 창 앞에 둔 키박스에다 조용히 열쇠를 넣어놓고 가는데, 누군지 무례하기 짝 없다.

"내 돈이, 돈이 없어졌소. 이 추리닝 바지 호주머니에 넣어뒀단 말이오. 근데 봉투째 사라졌어. 밤새 누굴 들인 적이 없는데, 엊저녁에 배달시킨 중국음식도 문 앞에 두라 했었는데……."

한여름 옷을 입은 노인네 하나가 낭패한 빛이 역력한 얼굴로 횡설수설하였다. 아들놈이 카운터를 보고 있을 때 들어와 중국음식을 배달시킨 508호 손님임에 분명했다.

"밤새 내가 여길 지키고 있었지만 수상한 사람이 든 적은 없었는데 말입니다."

"그럼 쥐가 물어갔단 말이오? 그 많은 돈을?"

"얼마나 되는데요?"

"그건 댁이 알 것 없고, 어제 그 총각 어디 갔소? 여기 앉아서 나한테 키를 내준 그 총각 말이오. 내 봉투를 본 사람은 그 친구뿐이니."

말이 좋아 가업 승계지 모텔 알바로 전락한 제 처지를 아무리 한탄하고 있다한들, 내 아들이 그런 짓을 할 만큼 한심하진 않다.

"아니 이 양반이 어디서 남의 자식을 가지고 함부로? 그 애가 뭘 어쨌다고 새벽 댓바람에 이 난리란 말요? 모텔 영업을 한다고 사람 깔보는 모양인데, 우리 애는 어엿한 대학을 졸업한 양식 있는 아이란 말이외다."

"누가 뭐랬소? 여기 들올 때 그 봉투에서 돈 빼는 걸 본 사람이 오직 한 사람, 바로 그 총각이니 한 번 물어나 보자는 거지."

난 TV의 볼륨을 낮췄다. 불쾌하기 짝 없는 손님과 본격적으로 입씨름을 벌려야 할지도 모르는 판국에, 텔레비전 소리가 방해꾼 노릇을 하도록 둘 순 없었다.

'중국 음식점 배달원인 신 군은 길거리에서 우연히 주운 봉투에 돈이 들어 있는 걸 발견하고, 평소 갖고 싶었던 오토바이를 사고 싶은 마음에 순간적으로 잘못을 저질렀다며 선처를 호소했습니다. 한편 경찰은 피해 사례가 더 있는지 확인 중이며……,'

한참 신나서 떠들어대던 아나운서의 목소리가 확연하게 줄었다. 자기 봉투의 행방을 따지던 손님의 눈길이 텔레비전 화면에 꽂혔다.

"테레비 소리 좀 키워보시오."

"지금 뉴스가 문제요? 긴 말 필요 없고 일단은 경찰서에 신고부터 합시다. 괜한 오햇거리를 없애려면 경찰 입회하에 씨씨티브이 확인도 해야 되니 말이오."

노인의 얼굴색이 어두워졌다. 하지만 눈빛만은 더욱 초롱해지며 텔레비전을 뚫어져라 쳐다보았다. 소년을 한순간 범죄자로 만들 뻔했던 봉투가 화면에 크게 확대되어 보이는 중이었다. 절대로 위조지폐 따위는 들어 있을 것 같지 않은, 연애편지 같은 게 담겼어야 제격일 화사한 분홍색 봉투였다.

"아니, 뭐 그 정도 일로 경찰까지 불러댈 필요는 없고, 내 다시 한 번 찾아보리다. 혹시 어디다 두고선 내가 못 찾는 걸지도 모르니. 나이가 들어 그런지 요샌 워낙 정신머리가 없어놔서. 잠깐만 다시 올라갔다 오겠소."

노인의 서슬 푸르던 낯빛이, 큰소리치던 기세가 한 풀 꺾이는 듯했다. 도대체 무슨 조홧속인지 꼬리 내린 강아지가 따로 없었다. 그가 고개를 갸웃거리며 다시 계단을 올라갔다.

"확인해보시고 찾든 못 찾든 간에 인터폰 하시오."

하지만 손님은 못 들은 척 아무 대꾸도 하지 않았다.

그가 건네준 의심 한 자락이 뇌리에 남아 날 충동질했다. 전화기를 들었다.

"신새벽에 뭔 일이라요?"

아무리 나이 들어도 늦잠 자는 버릇은 절대로 고쳐지지 않는 마누라의 잠에 겨운 목소리가 신경질적으로 울려 퍼졌다.

"성진이는 자나?"

"그게 뭐 그리 급한 안부라고 잠도 못 자게 야단이오그려? 밤새 공부하고 새벽녘에사 잠든 애를 왜요?"

"별 일 없제?"

"독서실에서 화장실 갔다 온 사이 어떤 놈이 잠바를 다 훔쳐갔더라요. 비싼 건 어찌 알아갖고 그 못된 놈이 글쎄……."

"병신 같은 놈. 오죽 칠칠해 보였으면 옷을 다 훔쳐갈까?"

"차암! 말뽄새 한 번 곱소. 덜덜 떰서 집에 들온 걸 보니 짠해 죽겠드만! 성진 아부지, 그러지 말고 필리핀 어학연수 보내줍시다. 젊은 놈이 대낮에는 어두컴컴한 모텔 문간방에, 저녁에는 퀴퀴한 독서실에, 그리 하냥 갇혀 있어서야 어디……!"

잠자는 사자의 코털을 건드린 거나 진배없다. 잠결에도 아들 이야기만 나오면 저리 구구절절해지는 마누라한테 하필 그 손님이 전염시킨 의심의 실체를 확인해보려 했다니.

"시간 맞춰서 나와. 끊어."

마누라는 얼굴에다 피곤을 덕지덕지 달고서 11시나 되어야 나타날 것이다. 손님이 들었던 방을 청소하고, 흐트러진 침상의 시트를 갈아 끼우고, 이부자리며 수건 따위를 빨아야 하니까. 한때는 청소부, 세탁부, 심부름꾼을 거느린 제법 잘나가는 중상위급 모텔이었건만 도심의 쇠락과 함께 우리 모텔의 등급도 추락했다. 덩달아 들고 나는 손님의 수준도 떨어지고 아까와 같은 어이없는 작자들도 심심찮게 나타나곤 했다.

508호에선 아무런 연락이 없다. 인터폰으로 호출해보았으나 받지도 않았다. 잃어버린 걸 찾았든지, 아님 애초에 잃어버린 것도 없으면서 괜한 트집을 잡았든지, 여튼 예의라곤 눈곱만큼도 없는 인사다.

출근 시간이 가까워 오면서 하나씩 둘씩 키박스에다 열쇠를 넣어놓고 무슨 죄라도 지은 사람처럼 주변을 살피며 손님들이 모텔을 빠져 나가기 시작했다. 어떻거나 경찰을 부를 일이 없을 것 같아 한시름 놓았다. 영업장에 경찰이 들락거려 좋을 일은 없다.

누군가가 문간방 쪽창 앞을 휙 지나갔다. 얼른 열어보았다. 학교용 실내화처럼 생긴, 한때는 하얬을 것 같은 더러운 회색 운동화가 너덜거리는 추리닝 바지와 함께 막 현관문을 빠져나가는 중이었다. 키박스 안에는 508호 열쇠가 담겨 있다.

"이봐요! 잃어버렸다는 돈은 찾았어요?"

손님의 축 처진 어깨가 문 앞에서 멈칫했다. 그는 고개를 돌리지도 않고서 뭐라 중얼거렸다.

"늙으면 죽어야 써. 어떻게 냄새를 잘못 맡을 수가 있지? 빌어먹을!"

참으로 뚱딴지같은 소리였다. 돈을 잃었다며 흥분할 땐 언제고, 다시 확인해보겠다며 올라가서는 이렇다 저렇다 연락도 없더니만, 슬그머니 모텔을 빠져나가면서 무슨 밑도 끝도 없는 소리람? 참 어이없는 노인네였다.

목이 칼칼했다. 로비로 나가 자판기에서 믹스커피 한 잔을 뽑았다. 문간방 책상 의자에 깊숙이 눌러 앉아 종이컵에 담긴 커피를 한 모금 천천히 들이마셨다. 걸쭉하고 달고 쓰고 뜨겁다. 세상에서 이렇게나 맛있는 커피가 또 있을까? 캬아아! 소주를 마실 때와 같은 감탄사가 흘러나왔다.

조각 5

까만 패딩을 입고, 흑갈색 핸드백을 든 아가씨? 아니면 당신?

평강의 숲

평강의 숲

1

산그늘 사이론 도무지 길이랄 게 보이지 않았다. 띄엄띄엄 눈에 밟히던 초가지붕들도 어느샌가 자취를 감추어, 물어볼 만한 사람도 더는 찾을 수 없었다. 평강은 우줄우줄 자란 풀더미 위로 주저앉고 말았다. 풀 줄기들이 분질러지며 호도독, 비명을 질러댔다.

차라리 그냥 돌아갈까? 두 손을 싹싹 빌며 용서를 청해볼까? 궁궐문을 벗어나면서부터 슬그머니 따라붙은 망설임 하나가 더욱 은근하고 들척지근하게 평강을 구슬렸다. 이제 와서 무슨……? 백기 투항은 고 도령과의 혼사를 받아들이겠다는 신호가 될 거였다. 한숨이 절로 터져 나왔다.

툭! 바로 그때 뭔가가 평강의 발치께로 떨어졌다. 한쪽 날개 끝이 화살에 꿴 멧비둘기였다. 형편없는 활잡이 같으니! 평강은 어떻게든 날아보려고 파닥거리며 애쓰는 멧비둘기를 집어 올렸다. 조잡하기 짝없는 화살이었다. 제대로 깎지 않아 삐뚤빼뚤한 데다, 다듬지 않은 표면은 거칠기 그지없었다. 날갯죽지가 설핏 찢기긴 했으나 화살을 빼내주기만 하면 언제 그랬냐는 듯 비둘기는 하늘 가운데로 휙 날아갈 것이다.

"내놔!"

시커먼 맨발의 사내아이가 서너 발짝 앞에서 평강을 내려다보고 있었다.

"얠 쏜 게 너야? 이런 솜씨로 무슨 새 사냥을 한다니?"

"도둑질하다 들켰음사 뭔 헛소리?"

사내아이가 멧비둘기를 담싹 잡아채더니 풀숲으로 사라졌다.

"야! 감히 누굴 보고 도둑이래? 거기 서!"

평강은 고래고래 소릴 지르며 사내아일 뒤쫓았다. 풀과 잡목으로 우거져 빽빽하기만 하던 숲이 녀석의 시커먼 맨발 앞에선 쓱쓱 길을 열었다. 신기한 일이었다. 평강은 문득 녀석을 놓쳐버리면 물어볼 사람을 더는 만날 수 없을지 모른다 싶어졌다. 그런데도 말은 영 엇나갔다.

"니 죄는 묻지 않을게!"

까마득히 앞서가던 사내아이가 딱 멈춰 섰다. 평강을 쏘아보는 눈빛이 예사롭지 않았다. 둥글넓적한 얼굴에 주먹코, 댈롱거리는 누런 콧물과는 어울리지 않는 형형한 눈빛이었다. 녀석은 주먹으로 제 콧물을 쓱 훔쳐내며 평강에게로 다가들었다.

"죄?"

평강은 자기도 모르게 뒷걸음질 쳤다. 녀석의 골격이 제법 장대했다. 다부진 어깨, 탄탄한 팔뚝, 무쇠 같은 손, 줄줄 흐르는 땟국에 가려 그렇지 평강이 여태껏 보아온 어떤 귀족 집안의 도령보다 더 강인하고 당당해 보였다. 그렇다고 주눅들 평강은 아니었다.

"감히 이 나라 공주를 도둑으로 몬 죄!"

"이런 미친!"

"하긴 너 따위가 뭘 알겠니? 그건 그렇다 치고 하나 묻자. 혹시 온달이라고 알아?"

흥! 사내아이가 콧방귀를 뀌며 돌아섰다. 길인 듯 길 아닌 길을 따라 녀석은 순식간에 산속으로 자취를 감추어버렸다. 바람도 아니건만 나뭇잎 사이로 그림자 하나 어룽대지 않았다. 살풋 열리는가 싶던 숲도 이내 길을 닫아 어디가 어딘지 가늠할 수 없었다.

2

복사꽃이 바람에 흩날리던 어린 시절의 어느 봄날,

평강은 저물녘의 서산을 휘감으며 노래처럼 울려 퍼지던 자신의 울음소릴 듣곤 했다. 그럴 때면 후원을 가로질러 아마득한 어딘가로부터 다가들던 아버지의 그림자 하나, 윙윙 신비롭게 속삭였다.

네가 맨날 울어 내 귓전을 어지럽히니 커서 좋은 데로 시집보내기는 글렀구나. 그리도 울어대니 바보 온달에게나 시집보내야겠다.

평강은 너무도 의아하여 울음을 뚝 그쳤다. 시집이 어디인가? 커서 간다는 그곳이 어디인가? 어머니도 다 커서 시집을 간 것인가? 온달에게로 시집을 가면 어머닐 만날 수 있게 되는가?

"마마께선 저를 온달에게 시집보내리라, 어렸을 적부터 늘 말씀하셨지요. 고구려 온 백성의 아버지인 마마께서 그동안 거짓 약속을 해왔다는 말씀이십니까?"

평강은 아버지 평원왕에게 따지고 들었다. 온달이라는 사내가 누군지, 무엇을 하는 자인지 알 순 없으나 어려서부터 그 이름을 하도 많이 들어 마치 친동기간이라도 되는 듯한 정감이 있어왔던 터다. 다만 그 이름자 앞에 붙은 '바보'라는 수식어가 조금 맘에 걸리긴 했다. 그렇더라도 꼴 보기 싫은 고 도령과의 혼사를 물릴 수만 있다면 바보든 멍청이든 별 상관이 없을 것만 같았다.

"한번 울음보가 터지면 도무지 그칠 줄 모르는 널 어르느라 농담 삼아 했던 말을 금과옥조로 새겼더란 말이냐?"

"어찌 아니 그렇겠습니까? 어린 시절, 귀에 못이 박이도록 새겨주셨지요. 한 나라의 지존께서 한두 번도 아니고 수없이 내리신 말씀을 손바닥 뒤집듯 그리 쉽게 뒤집을 순 없는 일입니다."

평강은 순전히 고 도령과의 혼사를 무마시키겠다는 일념으로 괜한 온달을 끌어들여 아버지에게 대들었는지도 모른다. 상부 고씨의 아들은 왕비의 친조카였다. 평원왕의 후비로서 평강 남매의 계모가 되는 왕비는 왕이 가장 아끼는 딸과 자기 조카를 혼인시킴으로써, 그러잖아도 고구려 최고 가문 중의 하나인 친정 고씨 집안의 권력과 위세를 더욱 공고히 하고자 했다. 선왕비의 자식들이 후비인 자신과 자기 소생의 왕자들을 업수이 여기지 못하도록 쐐기를 박아놓고자 하는 심사도 작용했을 것이다.

빤히 들여다보이는 수작임을 알고 있었지만 그렇다고 이해 못 할 바도 아니었다. 세도가들끼리 이중 삼중의 겹혼사는 오랜 관행이었다. 왕실인들 그 은밀한 거래에서 비켜날 수 있을 것인가?

문제는 고 도령 자신이 도무지 평강의 눈에 차지 않는다는 거였다. 사냥터에서 맹수와 맞닥뜨리자 누구보다 앞서 죽을 둥 살 둥 도망치던 자, 제 부하가 화살을 쏘아 맞히자 펄쩍 튀어나와 자신의 공훈인 양 자랑스레 떠벌리던 자, 혼담이 오가면서부터 부쩍 느물거리는 눈빛으로 평강을 훑어보며 다정을 과시하던 자.

"마마께선 제가 어린아이였을 적에 이미 저의 짝을 정해놓으셨습니다. 오랜 약조를 지키소서."

"누굴 닮아 이리 고집인고? 그렇다면 한 나라의 공주가 여항의 비렁뱅이 바보에게 시집을 가는 건 합당한 일이냐? 임금이 열 번 백 번을 말했다 하더라도 농은 단지 농일 뿐이거늘."

임금은 솟구치는 분노를 다스리려 애써 목소리를 낮추었다. 그는 딸이 원하는 것이라면 무엇이든 오냐오냐 허락해온 자애심 넘치는 아버지였다. 마굿간이 제집이라도 되는 양 말들과 엉켜 뒹굴어도, 화살이 장난감도 아니건만 전통을 둘러메고 궁사들을 쫓아다녀도, 제 오라비를 따라 사냥터를 휘몰고 다녀도, 크게 나무람하지 않았다. 다만 안쓰러워서였다. 어린 나이에 어미를 잃고, 날이면 날마다 어미 품을 찾아 울어대던 공주가 애달파서였다. 지나친 너그러움이 공주를 망친 것인가? 때늦은 자책이 그의 자제력을 무너뜨리기 시작했다.

"썩 꺼지거라. 두 번 다시 내 눈에 띄었다간 살아남지 못할 터."

"내내 강녕하소서."

평강은 엎드려 깊이 절하고 난 다음 어전에서 물러났다. 더 이상의 아무런 여지도 주지 않고 물러가는 딸의 뒷모습이 평원왕으로선 참으로 야속하고 얄미웠다. 왕은 궁인들 모두에게 들릴 만큼 큰 소리로 외쳤다.

"궁에선 아무것도 가지고 나갈 수 없다. 패물 하나, 엽전 한 푼, 물한 모금도 챙겨 가지 못한다. 다들 새겨들었느냐? 평강은 이제 더 이상 고구려의 공주가 아니다. 내 딸도 아니다. 밥 한 주먹이라도 적선하는 자가 있거든 곤장으로 다스릴 것이다."

3

숲은 금세 어둠에 잠겼다. 우우, 어딘가에서 산짐승들이 울어댔다. 평강은 오싹 한기를 느꼈다. 자신을 따돌리고 숲속으로 내뺀 사내 녀석이 새삼 괘씸스러웠다. 온달의 집을 분명 알고 있는 눈치였건만, 손가락 한 번 까딱으로 방향만 가르쳐줘도 되었으련만, 막막한 산중에다 홀로 버려둔 채 꺼져버리다니!

그런 와중에도 배 속에선 꼬르륵 소리가 요란하였다. 태자궁의 하녀가 몰래 싸다 준 주먹밥을 아껴 먹는다고 했건마는 바랑 속에는 먹을 게 하나도 남아 있지 않았다. 당장 어디 쓸 데도 없는 금붙이 은붙이들만 달그락거렸다.

오라버니 태자의 은밀한 부탁을 받고 수비병들을 매수해 가까스로 평강의 뒤를 쫓아온 궁녀가 건네준 조그만 바랑에는 주먹밥 몇 덩이와 갈아입을 옷가지 몇 벌, 그리고 값진 패물들이 담겨 있었다. 그제서야 평강은 뭔가 단단히 잘못되어가고 있음을 실감했다. 고 도령과는 혼인하고 싶지 않다고, 쓸 만한 사내가 나타나면 그때 시집을 가겠다고, 그렇게 말할 수는 없었을까? 울보였던 어린 시절에 아버지가 던진 장난말이 무에 그리 중요한 약속이었다고 그렇게까지 박박 우기고 나섰던 것일까?

멀잖은 곳에서 불빛 하나가 깜빡거리는 게 보였다. 불빛을 따라 구수한 냄새마저 흘러왔다. 평강은 배가 고파 헛것을 보았나 싶어 몇 번이고 눈을 깜짝거려보았다. 분명 반딧불이는 아니었다. 풀숲에 내려앉은 별빛은 더더욱 아니었다. 평강은 정신없이 내달렸다. 가시에 찔리는지 나뭇가지에 긁히는지도 모르고서 오로지 불빛을 향해.

집이었다. 좁다란 분지 한쪽에 거적때기로 대충 얽어놓은 움막이긴 했으나 분명 사람 사는 집이었다. 그 아래 비탈에선 초로의 여인네가 불을 지피고 있었다. 화덕 위 찌그러진 솥단지에선 김이 무럭무럭 피어올랐다. 평강은 숨을 할딱이며 인사를 건넸다. 안녕하세요?

"뉘시라? 해 떨어진 지가 언젠디 이 깊은 산중엘?"

여인은 돌아보지도 않고 혼잣말처럼 중얼거렸다. 반가움과 안도

감으로 평강은 여인의 구부정한 등 뒤에다 대고 연신 고개를 조아렸다.

"길을 잃었어요. 하룻밤만 재워주시면 은혜는 잊지 않겠습니다."

구수한 냄새가 허연 김이 되어 숲속으로 흩어지는 걸 바라보며 평강은 침을 꼴깍 삼켰다. 그런 속사정을 아는지 모르는지 여인네는 태평이었다.

"향내가 기이한 걸 보니 귀한 집 처자인가비. 이런 게딱지 같은 더러운 움막에다 함부로 몸을 부릴 수 있간?"

"재워만 주신다면 감지덕지지요. 값은 후하게 쳐드릴게요."

평강은 조그만 은가락지 하날 꺼내 여인에게 건넸다. 은가락지를 한참 더듬어보던 여인은 펄쩍 뛰며 그걸 땅바닥에다 팽개치고 말았다.

"이보라! 암만 비루하게 살아도 분에 넘치는 걸 바라거나 남의 귀물을 탐한 적이 없구마는. 사람 같잖게 보지 말라! 잠은 재와줄 거이니, 아모 말썽 부리들 말고 새복같이 떠나라."

불퉁거리면서도 여인은 솥단지에서 국물을 퍼내 한 그릇 내밀었다. 부르르 화를 내던 좀 전과는 사뭇 다른 친절이었다. 평강은 뭐라 따져들 힘도 없어 여인이 내민 죽사발을 후후 불어 가며 둘러 마셨다.

"너무 맛있어요. 이런 맛난 죽은 평생 처음이에요."

"세상 산해진미가 다 죽었간? 칭찬도 과하믄 욕이라니! 야튼 우리 아들한텐 암 말 말라! 지 속으론 에미 눈병 나쇠준다고 잡아다 준 거이니. 멫 년 전부터섬 눈까리가 흐미해지드만 요샌 어룽어룽 그림자

같은 거배끼 안 보인다니. 그놈의 멧비둘기로 뭔 효험을 보리마는!"

평강의 고맙다는 인사에 맘이 누그러진 듯 여인의 사설이 길어졌다. 불현듯 저물녘에 만난 사내아이가 떠올랐다. 여인네의 아들임에 분명했다. 니 죄는 묻지 않을게. 평강은 함부로 지껄였던 자신이 부끄러워졌다.

"아드님은 어디 갔나 봐요?"

"어따 써묵을 디도 없음서나 무술이라니. 밤마다 산꼭대기서 이리 차고 저리 찌르고 야단법석이라믄! 하기사 바보, 천치, 거지라 놀려 쌓는 주딩이들 땜에 상한 속도 다슬려야니."

평강은 일이 묘하게 돌아가는 거 같아 심란해졌다. 넙데데한 주먹코에서 누런 콧물이 대롱거리던 그 사내아이가, 촌스러운 낯갖과는 어울리지 않던 형형한 눈빛의 괘씸한 사내 녀석이 설마 온달이었을까? 평강은 정답이 아니길 바라며 물었다.

"사실은 제가 찾는 사람이 있어요. 혹시 온달이라고, 아실라나?"

"으이? 귀한 집 처자가 우리 아들을 왜? 뭔 죄라도 지었간?"

아니라고, 그럴 리가 있겠냐고 손사래를 치면서도 뭔지 모를 설움이 북받쳐 올라 평강은 눈물을 쏟고 말았다. 아버지 평원왕에게 내쳐진 그 순간부터 발이 부르트도록 걷고 또 걸어 마침내 도달했음에 분명한데…… 오랜 세월 이름으로만 들어온 상상 속의 사내를 이미 일별한 게 틀림없는데…….

4

안학궁성(평양성) 주변은 이른 아침부터 북적거렸다. 고구려의 내로라하는 무사들이 사냥대회에 참가하러 속속 도착하고 있는 데다, 그 특수를 노려 돈벌이에 나선 장사꾼들이 전국에서 몰려든 때문이다.

해마다 삼월삼짇날, 낙랑산에서 벌어지는 사냥대회는 고구려의 오랜 풍속이었다. 아무리 사냥을 즐기지 않는 왕이라 해도 이날만큼은 반드시 왕자들을 대동하여 참가자들 앞에서 손수 활쏘기 시범을 보여야 했다. 드디어 시작을 알리는 북소리가 울려 퍼졌다. 닫혀 있던 성문이 활짝 열렸다.

궁궐 악대가 나팔을 불고 쇠와 북을 두드리며 사냥대회 분위기를 한껏 띄웠다. 지난해의 우승자를 필두로 귀족 가문의 청년들과 중앙군 5부의 군관들이 구경꾼의 환호성에 화답하며 행진을 시작했다. 구슬 장식 고들개를 두른 말들이 은방울을 딸랑거리며 거만스럽게 지나갔다. 뒤이어 왕실 경호대의 삼엄한 호위를 받으며 왕의 어가와 왕자들의 기마대가 나타났다. 구경꾼들이 일제히 땅바닥에 엎드려 머리를 조아렸다.

상민 참가자들로 구성된 후미는 별 보잘 것이 없었다. 빼입은 무복도 손에 든 무기도, 타고 있는 말들도 허름하였다. 이들은 귀족이나 무관 청년들과 감히 어깨를 나란히 할 수 없는 처지라, 오후에 따로 열리는 하품 사냥대회에서 그 기량을 펼쳐야 했다. 아무리 뛰어난 솜씨를 가진 자라 해도 상품 사냥대회를 치르고 난 뒤끝의 사냥터에서 이삭줍기하듯 벌이는 사냥으로 두각을 나타내기는 처음부터 무망한 일이었다.

그래도 최상위 한 명에게는 이듬해 상품 사냥대회에 참가할 자격이 주어졌으므로, 야망 있는 젊은이들에겐 꿈의 도전장이었다. 순위에 들어 높은 분의 눈에 띄기라도 할라치면 세도가의 가병으로든, 중앙군이나 왕실 경호대로든 출셋길은 열려 있었다. 그래선지 사냥대회가 임박하면 말의 임대료가 턱없이 오르고, 병기창에서 제조한 고급 화살을 구하려는 자가 줄을 서 무기상들의 배를 불려주었다.

왕이 시위를 당겨 푸른 하늘로 활을 쏘아 올렸다. 피융! 사냥대회의 시작을 알리는 신호탄이었다. 우우, 함성을 지르며 청년들이 내닫기 시작했다. 지난 1년간 갈고 닦은 실력을 유감없이 발휘하려고 모두들 혈안이었다.

한가롭게 풀을 뜯고 있던 사슴들이 겁에 질려 뛰기 시작했다. 게으르게 하품하던 멧돼지들도 덩달아 내달렸다. 와다다다 말발굽 소리에 여우도 늑대도 숨을 곳을 찾아 정신없이 날뛰었다. 사방팔방에서 화살이 어지럽게 날고 창들이 내리꽂혔다. 상처 입은 짐승들이 으르렁거리고, 어미 잃은 새끼들이 울부짖었다.

종(終)!

한바탕의 난리법석을 무마시키는 외침 소리가 온 산에 울려 퍼졌다. 모두들 무기를 거두고 철수했다. 자기 상전의 포획물을 거둬들이는 하인들의 발걸음이 분주했다. 만약의 경우 시비를 가리기 위해 무사가 사용하는 활이나 창에는 자기 고유의 표식을 새겨두게 하였으므로 순위를 조작하거나 남의 공을 가로챌 가능성은 거의 없었다.

얼마나 시간이 흘렀을까, 사냥대회의 결과 발표를 들으려고 참가무사들이 왕의 장막 주변으로 몰려들었다. 10등부터 발표가 이어질 때마다 환호성과 탄식이 엇갈려 터져 나왔다. 3등과 2등까지 발표가 끝나자 무사들 태반이 짙은 실망으로 고갤 떨구었다. 마침내 1등인 자가 불리었다.

"1등, 반달 표식을 사용한 자! 누구인고?"

멧돼지 두 마리, 늑대 한 마리, 사슴과 여우, 고라니와 오소리 외에도 검독수리와 새매 같은 날짐승에 이르기까지, 포획물의 질과 양에 있어 압도적인 우승이었다. 혀를 내두르던 무사들이 나름의 추측으로 두런거렸다. 고씨 집안 자제들이 한 사람한테 몰아주길 한 건가? 아녀, 전통에 고급 화살이 백 발은 넘게 들었던 송 도령일걸?

하지만 단상으로 나선 자는 듣도 보도 못한 상민 청년이었다. 무사들 사이에서 장탄식이 터져 나왔다. 아마도 작년 하품 사냥대회의 1등자였던 모양이다. 사실상 대회 내내 그를 눈여겨본 사람은 아무도 없었다. 이리 뛰고 저리 뛰며 포획물들을 거둬들이는 동안도 자기 상전의 것을 수습하는 하인쯤이거니 했다.

"호오! 참으로 놀랍도다. 네 이름이 무엇이냐?"

평원왕이 최종 승자의 면면을 훑으며 물었다. 그리 잘생긴 얼굴은 아니었다. 키가 훤칠하지도, 귀티가 흐르는 몸가짐도 아니었다. 그러나 눈매가 예사롭지 않았다. 겸손하나 비굴하진 않고, 순박하나 어리석진 않으며, 패기가 넘치나 탐욕에 찌들진 않은, 드물게 보는 형안이었다.

"온달이라 하옵니다."

평원왕은 입을 떡 벌린 채로 할 말을 잊었다.

"온달? 정녕 네 이름이 온달이렷다?"

"사람들이 바보 온달이라 놀리던 바로 그자올습니다."

온달이라고? 왕은 머릿속에서 서로 튀어나오려고 다툼질하는 질문들을 일목요연하게 줄 세울 수 없어 더듬거렸다.

"그러니까 우리 평강이……, 아니 네가 작년 하품 대회 우승자였다면 어찌……."

곁에 서 있던 태자가 조심스레 간했다.

"궁으로 따로 불러 선후를 물으시지요."

솟구치는 질문거리들을 내리누르며 왕은 단상으로 나섰다. 사냥대회의 관례대로 1등 상은 왕이 직접 시상해야 했다.

5

평강은 하루종일 안절부절이었다. 아직 소식이 올 때가 아니었건만 마음은 자꾸만 낙랑산으로 치달았다. 어린 시절엔 아버지 평원왕을 졸라 사냥대회 구경을 가곤 했었다. 기다란 꼬리를 끌며 하늘 높이 날아오르던 아버지의 화살, 위풍당당한 청년들이 내지르는 함성과 지축을 뒤흔들던 말발굽 소리, 그리고 하늘에 올리는 장엄한 제사 의식!

그대가 사냥한 돼지와 사슴이 나라 제사의 희생물로 올려졌단 소식이 당도하는 즉시, 혼례식을 준비할 것입니다.

벌써 몇 해째 되풀이된 주문이었다. 사냥대회가 끝나고 천지신명께 올리는 나라 제사에서 상품 대회 우승자가 사냥한 멧돼지와 사슴을 희생물로 올리는 건 고구려의 오랜 전통이었다. 평강은 아무나 할 수 없는 일을 온달에게 요구하고 있는 것이었다.

온달로서는 감히 생각해볼 수 없는 일이었고, 아무리 노력한들 가능할 리 없다 싶었고, 무엇보다 하고 싶지 않았다. 그러나 달이 가고 해가 가면서 평강의 그 허황된 요구는 언젠가부터 해내고 싶고 또 해내야 하는, 온달 평생의 소원이 되고 말았다.

하품 사냥대회에서 마침내 1등을 거머쥐던 날, 온달은 하늘을 향해 눈물을 뿌렸다. 마침내 찾아온 일생일대의 기회를 헛되이 날려버리진 않겠다고. 어느 날 문득 나타나 자신의 전(全) 생을 뒤집어놓은, 이해불가의 괴벽스런 계집에게 그동안의 모든 분노를 그러모아 사자처럼 달려들고야 말 거라고. 보일 듯 보이지 않고 열릴 듯 열리지 않는 그녀의 탐스런 몸 저 깊은 곳에다 지울 수 없는 상처를 내주고야 말 거라고. 그날부터 그의 1년은 온전히 이슬과 바위와의 싸움, 별과 바람과의 싸움이었다.

온달이 무술이니 사냥이니에 심취하기 시작한 건 주먹이 제법 굵어진 열두엇 무렵부터였다. 동냥 바가지를 내밀며 더 이상 바보처럼 헤헤거리고 싶지 않았다. 밥 대신 소금을 뿌려도, 바가질 깨부수며 온갖 욕설을 퍼부어도, 굽신거리며 참아 넘겨야 하는 건 더더욱 싫었다.

처음 평강을 마주친 그날도 온달은 손수 만든 활의 성능을 시험 중이었다. 그 멧비둘기는 애써 깎은 화살을 대여섯 개 이상 잃어버리고서야 겨우 떨어뜨린 그날의 첫 수확이었다. 갈수록 눈이 더 어두워져 간다는 어머니에게 보약 삼아 달여 드시라 하고서 온달은 언제나처럼 뒷산 여우 계곡으로 갔다. 평소처럼 울퉁불퉁한 바윗돌 사이를 넘나들며 찌르고 차고 내질렀다.

그런데 그날따라 무술 연습이 제대로 되지 않았다. 바윗돌 위로 내리뻗은 나뭇가지에 팔이 쓸리고, 발이 헛나가 계곡 돌 틈으로 고꾸라지곤 했다. 가외의 수확물이던 쏘가리나 꺽지 같은 물고기 한 마리 잡지 못했고, 눈앞에서 알짱거리는 토끼를 놓치기조차 했다. 조금 전에 만난, 마치 하늘나라에서 내려온 선녀 같던 여인이 자꾸만 눈앞에서 어른거리는 탓이었다.

아리따운 자태와 어지러운 향기, 범접할 수 없는 기품과 뻐기는 말투, 온달은 아무래도 귀신이나 구미호에게 홀린 게 아닌가 싶어졌다. 그렇지 않고서야 스스로를 공주라 칭하던 특별한 여인이 바보 온달을 찾을 리가 있겠는가? 온달은 문득 어머니가 걱정되어 집을 향해 뛰었다.

"저는 온달 님과 혼인을 하고자 찾아왔습니다."

"뭐라, 시방 우리 온달과 혼인을? 처자가 진짜 공주라믄 미친 거이 틀림없고, 공주가 아님서나 지어냈다믄 그 또한 미친 거이 분명하지 비!"

온달이 몽둥일 마구 휘두르며 울안으로 뛰쳐 들었다.

"당장 나가라! 구미호한테 빼줄 간은 없으이!!"

평강은 온달의 몽둥이를 이리저리 잘도 피했다. 고개를 살짝 젖히거나 한두 발짝 가볍게 움직이는 게 전부인데도 온달은 단 한 번도 명중시키지 못했다.

"그리 막 휘둘러서야 상대 머리카락 하나 건드릴 수 있겠니?"

온달은 평강의 힘들이지 않는 가벼운 몸놀림에 기가 질리고 말았다. 그렇다고 한 번 빼든 몽둥이를 거둬들일 수도 없어 헛손질을 계속하였다.

"괜한 힘 빼지 말고 내 잠자리나 안내해. 니네 어머니가 이미 허락하셨으니."

온달이 슬그머니 몽둥이를 늘어뜨리고선 제 어밀 돌아보았다.

"아니, 뭐 허락이사 하긴 한 거이니!"

워낙에 좁아터진 움막에는 따로 방이라 할 것이 없었다. 창도 가림막도 없이 움막 한쪽에 놓인 나무 평상 하나가 침실의 전부였다. 그나마도 몇 개의 울퉁불퉁한 나무판을 대충 이어붙여 조잡하기 이를 데 없었다. 온달은 사방팔방 꿰맨 자국투성이인 낡은 삼베 이불 하나를 던져주고 나갔다.

평강은 자신의 무모함이 빚어낸 그 하루가 절대로 현실이 아니기를, 잠에서 깨나면 시녀들이 편히 주무셨느냐 아침 인사를 해 오기를, 그러면 재미난 꿈을 꾸었노라 신나게 조잘거리게 되길 간절히 바랐다. 하지만 평강이 바란 현실과 꿈은 외려 그 자리를 뒤바꿔, 아무리 간절히 바라고 또 바라도 궁궐에서의 마지막 그 밤을 다시 돌려주지 않았다.

"아씨, 아씨! 해냈답니다! 우리 온달 님이 1등 상을 받았답니다."
평강은 겨울잠에서 깨난 개구리마냥 와짝 튀어 올랐다.

6

태자궁이 챙겨준 금붙이들 덕에 평강이 산자락 아래다 행랑채가 딸린 아홉 칸 기와집을 지어 올리고, 자갈밭을 사들여 소출 높은 옥토로 변모시키기까지도 온달 모자의 뿌리 깊은 의구심은 쉽게 거두어지지 않았다. 서당을 열어 동네 아이들의 눈을 틔워주는 동안도, 무예반을 모집하여 마을 청년들의 의기를 북돋는 동안도, 의원을 청해 인근 여러 고을의 병든 자들을 보살피는 일에도, 삶에 걸맞을 만큼만 평강의 부탁에 응해 왔을 뿐 그 이상의 관심을 보이지 않았다.

여전히 그들은 산비탈 움막에서 내려올 생각을 하지 않았고, 함께 살자는 평강의 제안을 무시했다. 평강이 쓸 만한 말 한 마리와 최신식의 활과 화살, 창 따위를 선물했을 때도 온달은 별 반가운 내색을 하지 않았다. 참 이상한 일이었다. 그럴수록 평강은 온달의 묵묵부답을 더 허물고 싶었다. 그 고집을 산산조각 내고 싶었다.

어느 겨울날, 온달이 평강의 집엘 찾아들어 여우 털가죽으로 만든 목도리 하나를 불쑥 내밀었다. 눈처럼 희고 봄 햇살마냥 보드라웠다.

"그짝 덕에 백여시를 다 잡아봤구마는. 혼인하자요. 밥벌이는 할 만치의 사냥꾼은 되었으니."

귀밑까지 발그레해진 온달의 얼굴을 평강은 빤히 쳐다보았다. 마침내 허물어지는가? 마침내 깨뜨려지는가? 막상 그럴 기미가 보이자 평강은 선불리 응하고 싶지가 않았다. 이 무슨 변덕인지?

"싫음 말라우. 내 손해 볼 건 하나 없으니."

"그러네. 우리 혼인, 백이면 백이 다 내 손해지. 그렇담 좋아. 혼인이란 자고로 기울기가 맞아야 하는 법, 네가 고구려 최고의 무사가 되는 날, 너와 혼인을 해주지. 내년 삼월삼짇날 열리는 사냥대회에 출전해."

평강은 스스로도 놀랐다. 언제부터 맘속에 이런 요구가 자릴 잡은 것일까?

"그러면 그렇지. 귀하신 분께서 바보 온달의 아낙이 되고 싶진 않겠지."

말은 그리하면서도 온달은 기가 막혔다. 맨 처음 만난 날, 제 입으로 분명하게 '온달 님과 혼인을 하고자 찾아왔습니다.' 하지 않았던가? 어디서 넝쿨째 굴러온 호박이냐, 홀쩍 삼킬 수도 있었지만 분수에 합당치 않은 상대임을 알기에 정중히 거절해왔다. 그런데 정작 그

제안을 받아들이마 했더니 얼토당토 않은 조건을 갖다 붙인다.

온달은 두말하지 않고 돌아섰다. 어쩌다 백여우 한 마리를 운 좋게 잡았기로 나라 사냥대회에 참가할 자격이 대뜸 주어진단 말인가? 혼자서 주먹구구로 익힌 활쏘기며 창던지기 실력으로 얼마나 많은 이들의 비웃음감이 되려고? 처음부터 날 놀리려는 개수작이었어. 온달은 치밀어 오르는 분노를 다스리려 미친 듯이 말을 몰았다. 그는 밤이고 낮이고 산야를 휘달렸다. 깜찍한 계집 하나에게 홀렸던 마음 자락을 추스르려 그는 쉼 없이 쏘고 또 쏘았다. 찌르고 또 찔렀다.

그런데 참 이상한 일이었다. 이듬해 삼월삼짇날이 다가오자 묘하게 맘이 들썩이고 온몸의 근육이 터질 듯 부풀었다. 평강이 보내온 고급 활과 화살들이 그를 더욱 몰아붙였다. 고심 끝에 출전한 첫해의 성적은 초라했다. 등위에 들지도 못했고 높은 분의 눈길을 끌지도 못했다.

"죽어도 싫다더니 그래도 참가를 했네? 그 패기, 아주 맘에 들어. 좋아! 실력 있는 선생님 하날 붙여줄 테니 등위에 들거든 갚아."

평강은 언제나처럼 또 그렇게 일방적이었다. 온달은 거절하지 않았다. 평강이 운영하는 무예실에서 다음 날 새벽, 동트기 전에 특별한 무술 사범을 만나기로 했다. 눈만 내놓고 얼굴을 두건으로 감싼 호리호리한 체격의 사범은 온달로서는 평생 처음 보는 놀라운 실력자였다. 검술과 창술은 물론 특히 궁술에서 뛰어난 선생에게 온달은 혹독한 훈련을 받아야 했다. 끝내 이름도 얼굴도 확인하지 못했으나 온달은 느끼고 있었다. 그 스승이 바로 평강 자신임을. 하지만 그녀가 공개하지 않는 한 온달은 아는 척하지 않기로 했다. 그러는 사이 온달의 실력은 어느새 스승을 뛰어넘고 있었다.

고샅이 온통 시끄러웠다. 두 개의 깃털이 꽂힌 절풍(고구려 무사의 모자)을 쓰고서 임금에게 하사받은 말 위에 올라탄 우승자의 거리 행진은 화려하기 그지없었다. 풍물패가 길잡이로 나서고 현령을 비롯한 그 휘하의 관속들이 그를 옹위라도 하듯 둘러싼 가운데, 온달을 바보 거지라며 무시하고 놀려댔던 이들이 너도나도 깃발을 흔들며 행진에 합류했다.

보잘것없는 상민 출신이라 하더라도 임금이 주관하는 나라 사냥대회의 우승자인 만큼 중앙군 군관으로 발탁되거나 왕실 경호대의 주요 보직을 맡게 될 것은 자명한 일이었다. 그들은 온달의 갑작스런 성공에 빌붙음으로써 얻게 될지 모를 이익보다는, 복수의 칼날에 대한 두려움 때문에 더욱 흥겨움을 가장하는지도 몰랐다.

그날 밤 평강은 매파가 가져온 온달의 사주단자를 받았다. 드디어 때가 되었는가? 비로소 내게 어울리는 사내가 나타났는가? 평강은 지난 몇 년을 돌아보며 스스로에게 물었다.

7

평강과 온달의 혼례식은 평양성 안팎은 물론 고구려 변방의 여러 고을들에도 떠들썩한 소문을 뿌렸다. 고구려 역사상 그런 예가 없었고 어쩌면 앞으로도 없을, 공주와 거지의 특별한 혼인은 이야기꾼들의 단골 소재가 되어 시간과 장소를 가리지 않고 떠벌여졌다.

하지만 평양성 밖 공주궁은 평온하기만 했다. 한바탕 어지러운 꿈을 꾸고 난 평강은 타고난 지위와 재물과 하녀들을 돌려받았을 뿐 아니라 듬직한 남편과 사랑스런 아이들까지 얻어 나날이 조화롭기만 했다. 아버지 평원왕의 붕어와 뒤이은 오라버니 영양왕의 즉위로 슬픔과 기쁨이 교차했던 지난 1년을 제외한다면. 신라에게 빼앗긴 고구려의 고토를 회복하겠다며 남편 온달 장군이 남쪽 한강 유역으로 출전한 이후, 최근 며칠간 머릿속을 어지럽히는 안개만 아니라면.

아버지 평원왕과 공주 평강의 공식적인 화해는 북주 무제와의 전쟁에서 고구려가 승리하여 요하 방어선을 지켜낸 다음이었다. 국경을 범한 북주군을 맞아 직접 대군을 휘몰고서 배산 전투를 진두지휘했던 왕이 장수들의 공적을 평가하는 자리에서였다.

"이번 전투에서 공적이 가장 큰 자가 누구인가?"

"감히 아뢰옵니다. 파죽지세로 몰려오는 적의 선봉을 일당백의 기개로 교란하여 아군의 사기를 최고조로 끌어올린 당주(병졸 100명 이상의 통솔 지휘관) 온달이 아닐까 합니다."

"그렇사옵니다. 온달이 선봉장으로 나서 전장을 자기 집 안마당인 듯 휩쓸고 다닌 덕에 수적으로 열세인 아군이 적을 완전히 무너뜨릴 수 있었습니다."

"좋다. 그리하면 온달에게 대형(7관등, 무관직으로 중간급 성주에 해당)

의 위를 내림은 어떠한가?"

　신료들 사이에서 설왕설래가 이어졌다. 온달의 전공이야 누구나 인정하는 바이지만 출신 성분이 너무 미천하다는 게 문제였다.

　"들으라! 그의 전공으로만 보면 대모달(5관등 이상, 상위장군에 해당)의 위를 받아도 부족할 것이나 상민 출신임을 고려하여 내린 결정이니 과히 폄하지 말라. 또한 이 자리에서 선포하노니 온달은 짐의 사위이자 공주 평강의 지아비이다. 그대들은 온달을 부마의 예로 대하도록 하라."

　여기저기서 적잖은 술렁임이 일었다. 자자하게 퍼졌던 그동안의 소문이 사실로 확인된 데 대한 놀라움이었을 것이다. 그 사이를 비집고 태자의 주청이 이어졌다.

　"제가 알아본 바로는 온달의 아비가 신라와의 적성산 전투에서 최후까지 저항한 결사대의 일원이었다 합니다. 목숨을 바치고도 끝내 패배함으로써 서훈은커녕 죄인으로 낙인찍혀, 남은 식구들의 삶이 참으로 비참하였은즉, 이번 일을 계기로 패배한 전투에서의 전사자 역시 고구려의 충신들인 만큼 이들에 대한 예우 또한 법령으로 정해야 할 것입니다."

　왕은 신중하고도 적절한 태자의 발언에 감탄하였다. 그동안 평강의 뒤를 돌보아준 태자에게 내심 고맙던 터이기도 했다. 호족들의 위세가 갈수록 드높아지는 가운데, 그들의 입김으로부터 자유로운 든든한 무장 하나를 얻게 된 것도 어쩌면 태자의 균형 잡힌 시각 덕일 것이다.

왕은 그날 직접 말을 몰아 안학궁성 밖, 외떨어진 산자락 아래 낮게 엎드린 평강의 집을 찾았다. 평강과 온달이 혼례식을 치른 지 얼마 되지 않은, 단풍 고운 가을날이었다.

"공주마마, 다급한 전갈이옵니다."

평강은 아버지 평원왕의 이윽하던 눈길을 화르륵 털어냈다. 지난 며칠 동안 머릿속을 가득 채운 안개가 마침내 거두어지려는가?

"장군께서 적이 쏜 화살에……,"

"냉큼 이르거라. 설마 돌아가신 건 아니겠지?"

"제가 아단성에서 출발할 때까진 아직!"

"가자. 별일 없을 것이다. 하찮은 적군의 화살 따위에 무릎 꿇을 그런 어른이 아니시다."

평강은 가마를 물리고 말에 올랐다. 초록이 짙어지는 여름날의 산야를 그녀는 성급히 밟고 지나갔다. 즉위한 지 얼마 되지 않은 영양왕에게 온달이 출전을 허락받은 건 지난봄이었다. 평강은 끝까지 그를 말리고 나섰으나 그의 고집을 꺾을 수는 없었다.

"반드시 이겨 거기 버려진 고구려 백성들의 원한을 갚고, 우리 영토를 회복할 것이오. 만약 그렇지 못한다면 아예 돌아오지 않을 작정이오."

온달의 결심은 어쩌면 정처 없이 떠돌던 어린 시절의 비원이었을지 모른다. 아비가 끝내 지키지 못한 땅, 하여 거기 남아 신라의 압제에 신음하고 있을 고구려의 유민들, 그 좌절과 고통을 아는 자만이 세울 수 있는 그런 목표, 그런 결단이었다. 온달은 신라에 빼앗긴 적성산성, 그 건너편 남한강변의 을아단현에 산성을 쌓고 조령과 죽령 이북의 땅을 회복하겠다는 의지로 적극적인 공략에 나섰다.

전황은 일진일퇴를 거듭하며 수개월째 답답한 전세를 이어가고 있었다. 한바탕 휘젓지 않고선 출구를 찾을 수 없으리라 판단한 온달은 그의 장기인 전후방 동시 교란 작전으로 승부를 내고자 했다. 안개 짙은 그믐밤, 온달의 군사가 적성산성의 북문을 집중적으로 타격하는 사이 그의 부장은 정예병을 이끌고 강 건너 적성산성의 후방으로 침투하였다. 앞뒤로 적을 맞은 신라군은 성에서 한 발짝도 나서지 않은 채 오로지 수성에만 온 전력을 기울였다.

적성산성의 북문이 막 괴멸되려는 찰나, 적진 어딘가에서 날아온 화살이 온달의 가슴을 꿰뚫었다. 계속 밀어붙이라. 온달의 마지막 명령은 하달되지 않았다. 고구려군은 유리하게 기울던 전투를 접고 아단산성으로 후퇴하였다.

온달의 시신이 수습된 관을 평양성으로 모셔가기 위해 군사들이 관곽을 묶은 삼베 줄을 막 들어 올리려는 순간, 평강이 도착했다. 평강은 멀거니 그 자리에 멈춰 서고 말았다. 무슨 이런 어이없는 끝이 있는가? 그동안의 억울과 신산, 분노와 패기를 어디다 두고 어찌 이리 몸을 함부로 부려놓는단 말인가?

어영차! 어깨가 떡 벌어진 무사 예닐곱이 관을 들어올렸다. 그런데 관은 무거운 추라도 달고 있는 것처럼 꿈쩍하지 않았다. 힘센 장정 서넛이 더 달라붙었다. 관은 땅에다 뿌리를 내리기라도 한 양 더욱 완강히 버렸다.

"공주마마! 장군을 끝내 지켜드리지 못했습니다. 죽여주십시오."

평강이 도착했음을 알아차린 온달의 부장이 그녀 앞에 무릎을 꿇었다. 평강은 허청허청 관곽 앞으로 나아갔다. 거기 남겨진 백성들의 원한을 갚아주지 못한다면 아예 돌아오지 않으리라던 온달이었다. 죽어서조차 끝내 자신의 고집을 세우는 온달이 평강으로선 참으로 안타깝고 서러웠다. 평강은 마치 산 사람을 쓰다듬듯 관곽을 어루만지며 입고 있던 겉저고리를 벗어 관 위에다 덮었다.

"삶과 죽음이 이미 갈렸거늘 어이 이곳에 머물려 하십니까? 놓으소서. 약속도 의리도 이제 놓으소서. 가십시다, 나와 함께 우리의 숲으로!"

평강이 군사들에게 다시 관을 메라 일렀다. 이번엔 아무런 저항 없이 들리었다. 평강은 열여섯 어린 시절의 치기가 불러들였던 한바탕의 꿈처럼 이 또한 한 번의 푸릇한 꿈이기를, 언젠간 깨어날 길지 않을 악몽이길 바랐다. 강물은 소리 없이 아단산성을 휘돌아 적성산 아래로 흘러내려 갔다.

---

* (사)한국작가회의 소설분과위원회 편, 『소설로 읽는 한국 여성사 1』, 2022에 수록.

백제의 악(樂), 바다
건너 꽃피다

백제의 악(樂), 바다 건너 꽃피다

1

푸른 바다가 주홍빛으로 물들기 시작했다. 오늘도 그는 오지 않으려나 보다. 아라연은 수평선 아래로 꼴딱 넘어가는 붉은 햇덩어리를 하염없이 바라보았다. 수많은 배들이 들고 나건만 오색 깃발 휘날리며 오리라던 미마지의 배는 약속된 날짜에서 100일이 훌쩍 넘어가도록 소식이 없다. 저물어가는 하늘가로 갈매기들이 떼를 지어 날아올랐다.

아라연은 품속에서 조그만 가루라(인도 신화 속 상상의 새)를 꺼내 보았다. 원래 독수리 얼굴에 봉황의 날개를 한 황금빛 새라지만, 미마지가 손수 빚어 도공의 가마에서 구워 온 토용(土俑, 흙으로 빚어 만든 인형) 가루라에게선 도무지 그런 위용을 찾아볼 수 없었다.

"늙지도 죽지도 않는다는 전설 속의 새, 가루라야. 사랑하는 이들이 헤어질 때 하나씩 나눠 갖고 있으면 반드시 다시 만나게 된대. 딱 1년이야. 기다려줄래?"

사실인지 지어낸 말인지 알 수 없으나 속삭이는 미마지의 눈빛이 너무도 촉촉하여 아라연은 고개를 끄덕여주고 말았다. 한시도 떨어지지 말고 함께 하자던 미마지가 느닷없이 머나먼 중국으로의 유학길에 나선 건 지난해 봄이었다. 유달리 연희를 즐기는 성주(城主) 소마씨의 눈에 띈 탓이었다.

"도저히 뿌리칠 수 없었어. 내 재능을 인정해준 것만도 감사한데, 더 배우고 싶다면 후원해주겠대. 학비는 물론 1년 동안의 체재비까지 몽땅! 엄청난 기회 아니야? 내 처지에 이런 제안을 받다니, 꿈만 같아!"

그날 미마지는 피리를 불었고 거문고를 뜯었고 요고(작은 장구처럼 생긴 북)를 두드렸다. 혼자서 악인 서너 사람 몫을 해낸 것이다. 아라연은 그의 악기가 바뀔 때마다 박자와 가락에 어울리는 춤사위를 펼쳐내려고 높낮이와 빠르기를 조절하느라 진땀을 뺐다. 연희가 끝나자 소마씨는 미마지와 아라연을 각각 따로 불렀다. 미마지에겐 중국 남쪽 오나라로의 유학 기회를, 그리고 아라연에겐 소마성의 전속 무희가 될 것을 제안했다. 각자에겐 꿈같은 최고의 제안이었다. 하지만 아라연은 그리 기쁘지 않았다. 소마씨의 눈길이 자신의 옷자락 안쪽을 헤집고 더듬어대는 것만 같아 불쾌하기까지 했다. 마냥 흥분하여 떠들어대는 미마지가 야속하기만 했다.

"같이 보내달라고 청해볼까? 넌 백제 최고의 춤꾼이잖아. 너랑 같이 가면 훨씬 더 많은 것을 배워 올 수 있을 거야. 생각만 해도 가슴이 벅차."

소마 성주에게 간절히 부탁해보겠다며 혼자 들떠 있는 미마지를 아라연은 말리지 않았다. 거절당할 게 분명했지만 혹시나 하는 기대 또한 없진 않았다. 성에 다시 들어갔던 미마지는 코를 쑥 빠뜨리고 돌아왔다. 아라연은 미마지와 떨어져 지내야 할 시간들이 몹시도 두려웠다.

무역선을 타고 가면 보름 남짓 거리라지만 풍랑도 해일도 적지 않을 바닷길이었다. 오고 가는 도중에 무슨 일이 벌어질지 아무도 예측할 수 없는 게 또한 바다였다. 아라연의 아버지도, 미마지의 아버지도 머리카락 한 올 남기지 않고서 삼켜버린 바다였다. 그런 바다로 미마지가 배를 타고 떠난 지 1년, 그리고 다시 또 100일 하고도 7일째, 아라연은 저물녘 바다를 하염없이 바라보았다. 성주는 더 이상 기다려주지 않을 것이다. 자신의 너그러움을 자랑처럼 떠벌리며 거들먹거린 게 며칠 전이었다.

"너한테만 특권이 주어진다고 생각하면 오산이야. 지난 1년은 상전다운 의리로, 최근 석 달은 남자로서의 호의로 넘어가주었을 뿐이다. 내 인내심을 더는 시험하지 마라."

누군가가 자박자박 아라연의 등 뒤로 다가와 어깨를 감싸 안았다. 빨리 마음을 정하라고 날마다 독촉이던 어머니였다.

"성주님께서 사흘 뒤로 날짜를 잡아 통보하셨다. 그러게 내가 뭐라던? 어차피 이리 될 거, 네가 먼저 고개 숙이고 들어가는 게 낫다고, 남자의 고집을 꺾으려단 복수심만 부추기게 된다고 말하지 않았더냐?"

"어머니, 저는 진정으로 싫습니다. 성주의 속셈을 알아버린 마당에 어찌 그와 한 몸이 될 수 있습니까? 미마지를 중국에 보낸 것도, 아직까지 돌아오지 못하는 것도 어쩌면 다 성주의 계략입니다. 죽으면 죽었지 그렇게는 못 합니다."

"기나긴 세월 동안 소식 한 자 없는 놈이다. 거기서 중국 여자와 딴살림이라도 차렸는지 또 어찌 아느냐? 제발 정신 차려. 너 하나 처신하기에 따라 이 에미도 니 동생들도 처지가 달라진단 말이다. 둘째 부인이면 어떻고 셋째면 또 어떠냐? 다시는 여기 나와 있지 않겠다고, 미마지를 아주 잊어버리겠다고 약속해다우."

아라연은 한숨을 푹 내쉬었다. 언제나 어머니는 맏딸인 아라연이 아버지 없는 집안의 기둥이 되길 바랐다. 남동생들이 누나 덕에 출셋길에 오르기를 바라마지 않았다. 아라연은 문득 자포자기하는 심정이 되었다. 미마지를 잊어버리기만 한다면 온갖 부귀영화가 그녀의 것이었다. 한순간에 지위 높은 마님이 되고, 집안을 일으킨 효녀가 되고, 동생들의 장래를 열어준 우애 깊은 누나가 될 것이다. 아라연은 하늘을 향해 외쳐 물었다.

미마지는 결국 돌아오지 않는 겁니까? 나의 기다림은 그저 한순간의 모래바람이었을 뿐입니까? 진정 이 길이 저의 길입니까?

2

마침내 미마지는 궁리포구에 도착하였다. 그립고 또 그리웠던 고향의 냄새에 미마지는 왈칵 눈물을 쏟고 말았다. 힘겹고도 지난한 귀향길이었다.

몇 달 전, 오나라의 무역선에서 내릴 때만 해도 미마지는 건물개(제물포의 옛이름)에 도착한 줄만 알았다. 거기서 고향 궁리까지는 육로를 택하더라도 열흘을 넘지 않을 거리였다. 하지만 고구려의 비사성보다 훨씬 더 북서쪽으로 올라간, 수나라의 산하이관 근처 항구인 길 알았을 땐 그가 탔던 배가 떠나버린 지 한참 후였다. 몇 군데를 더 들러서 가는 무역선이라 하루이틀 늦어지긴 하겠지만 가장 저렴한 배표라며 생색내던 선원을 다시 찾을 길은 없었다. 미마지의 짐들을 앞장서서 내려주고 또 선창의 짐꾼을 불러 실어주는 등, 유난히 친절하게 굴던 자였다.

하지만 기막힐 일은 거기서 끝나지 않았다. 분명 미마지가 꾸린 것과 똑같은 짐보따리들이었으나 놀랍게도 흙과 지푸라기로 가득 차 있었다. 비싼 돈을 주고 사들인 특이한 중국 악기들과, 후원자인 소마 성주와 홀로 계신 어머니, 그리고 아라연에게 선물할 생각으로 사모은 진귀한 물건들도 무엇 하나 남아 있지 않았다. 여비에 쓰려고 아껴놓았던 엽전 꾸러미조차도 거짓말처럼 사라져버렸다. 타고 왔던 배가 떠나버린 마당에 범인을 잡을 길은 막막하였다. 미마지는 선창

가에 주저앉고 말았다. 앞날이 막막하였다. 입고 있는 옷 한 벌 이외
엔 아무것도 없는 빈털터리 신세가 되고 말았다. 미마지는 고개를 떨
구고 한숨을 푹푹 내쉬며 정처 없이 길을 걸었다. 환청처럼 무슨 소리
가 머릿속을 울렸다.

굳이 백제로 돌아갈 필요가 있겠소? 그대 실력이면 중국 땅 어디
서든 대환영일 텐데. 나와 함께 넓디넓은 중국 땅을 돌아다니며 한평
생 주유천하해보지 않으려오? 그대는 춤꾼 몇 명을 구해 재주를 부리
고 난 구경꾼을 모으고!! 큰 부자 되는 건 순식간 아니겠소?

그 무역선을 타기 전, 항구 근처의 숙소에서 우연찮게 만난 백제
상인 호루무가 한 말이었다. 그는 중국 전역을 훑고 다니며 백제의 도
기들을 팔아 부자가 된 이였다. 어려서부터 악에 심취하여 백제, 신
라, 고구려 3국은 물론 중국의 여러 나라들을 쏘다니며 다양한 예인
들의 연희를 보아왔다면서, 그중 미마지의 기악무가 최고였다고 상
인 호루무가 추켜세웠다.

미마지가 중국 남방의 오나라로 유학을 와서 얻은 가장 큰 소득이
라면 바로 그 가면이었다. 악기와 춤으로 이루어진 그의 음악 세계
에, 사람살이의 이야기와 인간의 섬세한 감정을 표현해주는 다양한
가면이 더해지게 된 것이다.

사실 백제에도 가면 비슷한 게 없었던 건 아니다. 사자나 땡중, 못
된 부자나 착하고 불쌍한 거지 등을 표현하는 탈바가지를 만들어 쓰
고서 한바탕 신명난 굿판을 벌이는 탈패가 어느 고장마다 하나 정도

는 있게 마련이었다. 하지만 그들의 악은 대부분 타악기 일색인 데다 남의 잘못을 꼬집고 비판하는 정도에 그치는 것이어서, 잠시 동안의 흥분과 속 시원한 일탈 이외엔 오래도록 남는 울림이랄까 감동이랄까가 부족했다. 미마지는 그 까닭이 지나치게 웃기려고만 하는 가벼운 이야기와 웅숭깊은 음악의 부재에 있다고 보아왔다.

미마지의 그런 아쉬움은 오나라의 스승을 만남으로써 어느 정도 해소되었다. 그의 스승은 관악과 타악, 현악을 아우르는 대규모 악패를 한자리에 배치하여 수많은 악기가 내는 조화롭고도 우렁찬 소리로 구경꾼들에게 감동을 안겼다. 또한 뛰어난 춤꾼들을 기용하여 단순한 풍자를 넘어서는 불교의 지혜로운 이야기들을 가면과 춤사위로 풀어내게 하였다. 각자 독특한 표정으로 그 개성을 드러내는 가면들은 구경꾼들에게 폭발적인 인기를 끌었다. 하지만 악패든 탈패든 춤패든 간에 동원되는 인원이 너무 많고, 연희가 베풀어지는 장소가 웬만큼 넓지 않으면 안 되어서 일반 백성들에겐 평생 한 번도 만나기 어려운 그림의 떡이었다.

미마지는 스승의 기악무를 보다 최소화할 방법이 없을까 고민하였다. 그는 과감하게 노래꾼들의 역할을 없애고 음률과 춤사위에만 집중하도록 묵극(默劇, 무언극)의 형태로 개편하였다. 가면의 표정이 노래를 대신하고 있으므로 구경꾼들은 악기의 가락과 율조에 따라 천변만화하는 춤사위에 집중할 수 있었다. 여러 가지 악기의 성질과 쓰임새에 정통한 미마지로선 가면의 움직임과 표정에 딱 어울리는 악기를 고르는 게 어렵지 않았다. 그러다 보니 악기 하나에 가면 하나를 연결하는 방식의 아주 조촐한 공연도 가능하게 되었다. 언제 어디서든 연행이 가능한 그의 기악무는 중국 남방의 여러 고을들에서 폭발적인 인기를 끌었다.

그래, 하늘이 무너져도 솟아날 구멍은 있다고 했지. 미마지는 마음을 고쳐먹고 장터거리로 나섰다. 늘 품속에 지니고 있었기에 그나마 남은 세피리 하나로 1인 기악무를 선보일 작정이었다. 가면까지 있다면 좋겠지만 없으면 없는 대로, 자신의 표정과 몸짓으로 가면을 대신할 생각이었다.

시끌벅적한 장터 한가운데서 미마지는 피리를 불기 시작했다. 백제 사람이라면 누구나 알고 있는 서동요 가락이었다. 이젠 백제의 임금이 되고 왕비가 된 서동과 선화공주의 젊은 시절 사랑 이야기가 수나라의 한 장터거리에서 아름답고 신비롭게 울려 퍼졌다. 장꾼들이 몰려들기 시작했다. 미마지는 흥에 겨워 피리를 불며 춤을 추었다. 펄럭이는 옷자락이 바람인 양 강물인 양 흩날리고 내달았다.

"하늘에서 내려온 신선인가?"

푹 빠져들어 헤어나지 못하는 건 사람만이 아니었다. 달구지를 끌던 마소도, 나뭇가지 사이로 정처 없이 날던 새들도, 하늘 가운데를 떠돌던 구름마저도 숨을 죽였다. 미마지가 깊이 고개 숙여 절하는 것으로 연주와 춤이 끝났음을 알리자 한 곡조 더 해달라는 청이 빗발쳤다. 그의 발치께로 엽전들이 날아와 쌓였다.

"어디서 굴러온 개뼉다귀가 우리 동냥 바가칠 박살 냈단 말이네?"

걸량(집집을 돌아다니며 축원해주고 돈과 곡식을 얻는 일) 패거리에게 끌려가 흠씬 두들겨 맞고 장터에서 벌어들인 돈을 몽땅 빼앗긴 건 그날 밤이었다. 걸량패의 두목은 이미 초주검이 된 미마지를 한 번 더 걸어찼다.

미마지는 필사적으로 그의 바짓가랑이를 붙잡고 늘어졌다. 고향에 돌아갈 뱃삯만 벌게 해달라고, 그 이상도 이하도 바라는 게 없다고. 친절하기 짝 없던 선원에게 사기를 당해 빈털터리가 된 사연을 구구절절 풀어놓자 패거리들의 낯빛이 한결 누그러졌다. 미마지는 그들에게 구걸 대신 연행으로 돈을 벌 수 있게끔 악무를 가르쳐주겠다는 제안도 해보았다. 여러 종류의 북이나 크고 작은 쇠, 하다못해 목탁이라도 두들기며 구걸에 나서는 자들인지라 타악기엔 다들 나름의 재능을 가지고 있었다.

미마지에게 악과 춤을 배운 걸량패의 수입은 평소보다 몇 곱절로 늘어났다. 덩달아 미마지의 이름도 널리 알려져 그를 스승으로 모시겠다는 치들이 몰려들기까지 했다. 돈도 인기도 싫은 것은 아니었지만 미마지는 아라연이 기다리는 백제 땅 궁리 마을로 돌아가고만 싶었다. 집으로 돌아갈 뱃삯은 물론 잃어버린 악기들과 선물들을 새로 장만할 여유까지 생겨났으므로, 미마지로선 더 이상 귀향을 미룰 까닭이 없었다.

고향 궁리의 하늘은 쏟아지는 별빛들로 찬연하였다. 미마지는 주체할 수 없는 그리움을 안고서 동네 끝자락 골목 안쪽에 낮게 엎드려 있을 아라연의 집으로 향했다.

3

　골목은 미마지가 생각하는 예전의 그 골목이 아니었다. 초입의 오두막들은 다 헐려 간 곳이 없고, 마차가 지나다녀도 될 만큼으로 널찍하고 반반하게 닦인 길은 한밤중인데도 훤하기만 하였다. 아라연의 집이 있었던 길 저 안쪽에는 휘황한 기와집 한 채가 홀로 우뚝하였다. 솟을대문이 위용을 뽐내는 가운데 문간에는 파수꾼들이 번을 서고 있었다.

　"어떤 놈이냐?"

　미마지의 발소리가 들렸는지 파수꾼 하나가 눈을 부라리며 주변을 살폈다. 흩어져 있던 그의 동료들이 허리에 찬 칼을 빼 들고서 순식간에 몰려들었다. 미마지는 담장 그늘 아래로 납작 엎드렸다. 한동안 주위를 돌며 인기척의 흔적을 찾던 자들이 금세 하품을 하며 털썩 주저앉았다.

　"거 참, 쥐새끼 한 마리 지나갈 때마다 소리 좀 지르지 말라! 그런다고 아라연이 니 품에 쏙 안겨 들기라도 할까?"

　"에그, 입조심! 이게 죽을라고 환장을 했나? 내일 밤이면 성주님의 부인이 되실 분 이름을 어디서 함부로?"

　"여자 마음은 그래서 믿을 수 없는 기여. 그 미마진가 이바진가를 기다린다고 날이믄 날마다 바다로 나가 두 눈이 물캐지두룩 쪼그려

앉았었든들 뭘 혀? 고작 1년 반도 되기 전에 돈이며 패물이며 권세에
고개가 돌아가부렀자녀."

미마지는 자신의 귀를 의심했다. 1년 후면 반드시 돌아오마 약속
을 했고, 아라연에겐 끝까지 기다리마는 약조를 받았다. 백제로 들어
가는 인편을 만날 때마다 꼬박꼬박 소식도 전하였다. 조금 늦기는 했
으나 온갖 풍상 속에서도 끝내 살아 돌아왔다. 그런데 죽는 한이 있
더라도 기다리겠다던 그날의 굳은 맹세를 아라연이 저버렸다는 말인
가?

설마 아닐 것이다. 설마 그럴 리가 있는가? 미마지는 터져 나오려
는 울음을 삼키며 땅바닥에다 이마를 짓찧었다. 파수꾼들은 자기네
끼리 시시덕거리다 그도 지쳤는지 담장에다 머릴 기대고선 졸기 시
작했다.

흙투성이가 되어 돌아온 미마지를 부둥켜안고 그의 어머니가 숨죽
여 통곡했다.

"귀하디귀한 내 아들! 널 보았으니 이 어민 죽어도 여한이 없다. 가
거라. 두 번 다시 돌아올 생각 말고. 여기선 살아도 산목숨이 아닐러
니! 동트기 전에, 누구 눈에 띄기 전에, 어여 가거라."

주먹밥 몇 덩이를 보퉁이에 싸서 넣어주며 어머니는 미마지의 등
을 밀어냈다. 어찌 그러는지 연유를 말해주지도, 귀향길의 기막힌 신
산을 들어보려 하지도 않았다. 무엇엔가 쫓기듯 그저 막무가내였다.
어머니의 뜨거운 가슴을 한 번 안아보는 걸 끝으로, 미마지는 선걸음

으로 쫓겨났다.

미마지는 터벅터벅 해안가로 내려갔다. 돌아갈 길은 어쩌면 바다 뿐이었다. 어머니의 걱정대로라면 고향의 땅바닥에다 발을 딛고 서 있는 자체가 위험천만이었다. 하나 어찌 그냥 돌아선단 말인가? 죽음을 뚫고 왔거늘, 죽음을 피해 도망쳐야 하는가? 아라연을 만나보지도 않고, 진심을 들어보지도 않고, 그렇게 비겁하게 뒷길음질 쳐야 하는가?

미마지는 먼바다를 바라보았다. 뾰족한 방법이 떠오르지 않았다. 어디선가 닭 울음소리가 났다. 짙푸른 새벽을 찢고 동트는 하늘 가 저 멀리서 제법 큰 범선 한 척이 포구 쪽으로 다가드는 게 보였다. 미마지는 행여 그들의 눈에 띄지 않도록 땅바닥에다 배를 깔고 엎드렸다. 배가 가까워질수록 뭔가 미마지의 주의를 끄는 소리들이, 그러니까 악기를 연주하는 것도 같고 여러 사람이 목청을 합하여 노래를 부르는 것도 같은 범상찮은 소리들이 시끌벅적 울려 퍼졌다.

배가 포구에 닿자 화려한 복색으로 차려입은 남녀 예인들이 줄줄이 내렸다. 각종 악기는 물론 장식용 소품들이며 갈아입을 옷가지와 오만 가지 소지품까지, 그들의 짐은 어마어마했다. 그것들을 가득 실은 나귀와 나귀꾼들도 줄지어 내려섰다. 성주가 혼인 잔치의 흥을 돋우기 위해 불러들인 외지의 연희패들인 게 분명했다. 한판 거나하게 어우러질 저녁 행사를 위해 미리 준비하고 또 각각의 순서에 맞게 총연습을 해보려고 서둘러 온 게 틀림없었다. 미마지는 옳다구나 싶어 슬그머니 그들의 뒤로 따라붙었다.

"어머나, 이게 누구야?"

미마지에게 알은체를 한 사람은 호루무였다. 미마지가 유학을 마치고 오나라를 떠날 때 묵었던 숙소에서 만난 적 있는 상인, 미마지에게 춤꾼 몇을 모아 함께 주유천하하자던 바로 그자였다. 자신의 꿈대로 제법 규모 있는 연희패를 거느린 주인이 된 모양이다.

"아, 맞다! 당신이 빠질 순 없지. 소마 성주의 혼례식인 만큼 당신의 기악무가 연행될 거란 예상을 내가 왜 못 했을까? 아무튼 그야 그렇고, 그 여인과는 어찌 되었소? 혼인은 했소? 악인 남편에 춤꾼 아내라, 아주 천생연분인데 말씀이야."

미마지는 턱없이 길게 이어지는 호루무의 이야기를 어디서 끊어야 할지 몰라 초조하기만 했다. 아라연의 이름이 그의 입에서 튀어나오려는 순간 쉬잇, 미마지는 그의 입을 틀어막았다. 호루무의 패거리 중 누군가가 혹 들을세라 미마지는 그의 귀에다 대고 지금 자신이 처한 입장을 간략히 설명해주었다. 오랜 장사 감각으로 단련된 재바른 눈치꾼 호루무의 눈이 휘둥그레졌다. 한참 동안 말을 잇지 못하고서 미마지를 쳐다보던 그가 불쑥 한마디를 던졌다.

"당신을 우리 연희패의 예인으로 지금 당장 채용하겠소. 마침 오공역을 맡을 만한 인물이 없어 고민하던 중이었소."

얼떨떨한 미마지의 귀에다 대고 호루무가 속살거렸다. 한번 부딪혀보시오. 당신이 들은 말들이 반드시 진실이라곤 단정할 수 없으니! 그러고는 자기 패거리들에게 미마지의 이름과 내력을 꾸며 적당히 둘러대주었다. 미마지는 전혀 뜻밖의 장소에서 만난 호루무가 지옥에서 만난 지장보살이라도 된 양 몹시도 반갑고 든든하였다.

미마지는 중국 유학길에 오르면서 아라연과 한 마리씩 나눠 가진 가루라를 오랜만에 꺼내 보았다. 솜 주머니에 담아 늘 품고 다녔음에도 부리 끝은 깨지고 한쪽 날개는 부러져 있다. 지나온 날들의 고단한 역정을 생각하니 가여운 마음이 앞섰다. 사랑하는 이들이 헤어질 때 하나씩 나눠 갖고 있으면 반드시 다시 만나게 된대. 아라연에게 속삭였던 그 말이 그대로 현실이 될 수 있을지, 미마지의 가슴 속에서 기대감과 불안감이 교차했다.

4

아라연은 성주가 지어 보낸 화려한 예복을 차려입고 가마에 올랐다. 오늘 밤이 지나고 나면 미마지를 다시는 보지 못할 것이다. 무슨 사연으로 아직까지도 종무소식인가? 두 사람 사이의 사랑과 약속을 잊을 만큼 음악이 그렇게도 좋은가? 혹여 좋지 못한 일을 당한 건 아닌가? 살아 있기는 한 것인가?

혼인 날짜를 일방적으로 통보받은 그날, 아라연은 어머니의 강권에 못 이겨 성주 소마씨의 처소에 들었다. 무작정 하염없이 미마지를 기다리고만 있기엔 깃들일 오두막 한 채 없이 떠돌아야 하는 식구들의 처지가 서럽고도 기막혔다. 성주가 마을을 정비한다면서 아라연의 집을 향후 자신의 별궁으로 삼으리라며 대대적인 건축 공사를 벌이는 바람에 오갈 데 없이 쫓겨나고 말았다. 겨우 밥벌이를 할 만한 나이에 이른 동생들은 어렵사리 들어간 일터에서마다 이런저런 트집을 잡혀 쫓겨나기 일쑤였다. 젊어 과부가 된 이래 붙일 농토 한 뼘 없이 세 남매를 키우느라 지문이 다 닳아 없어진 어머니의 간절함을 아라연은 차마 모른 척할 수 없었다.

"너와 미마지가 장래를 약속한 사이라기에 성주로서의 체통을 지키려 1년을 기다려주었다. 불경스럽게도 후원자인 내게조차 소식 한 자 없는 그 녀석을 네가 며칠만 더 기다리게 해달라며 넉 달 가까이 질질 끌 때도 여인의 정절이 아름다워 그 또한 기다려주었다. 내게 더 요구할 무엇이 아직 남아 있는가?"

"성주님의 처분에 따르겠습니다. 모쪼록 헤아려 살펴주소서."

소마씨가 그녀의 어깨를 끌어당겼다. 두텁고 끈적거리는 손이 그녀의 볼을 쓸고 목덜미를 스치더니 이내 젖무덤 위로 미끄러져 내려왔다. 뱀이 맨살 위로 꼬리를 끌며 기어가기라도 한 양 온몸에 소름이 쫙 끼쳐 들었다. 아라연은 그러나 두 눈을 꼭 감고서 그 시간을 견디어냈다.

"이리 고분고분하니 얼마나 어여쁘냐? 진작에 그럴 것이지. 사서 고생은 왜 했누?"

아라연은 자기도 모르게 터져 나오는 눈물을 어쩌지 못하여 훌쩍거렸다.

"왜 우는 것이냐? 발칙하게도 두 마음을 가지고 이 소마 성주를 시험하려 들었던 것이냐?"

아라연은 황급히 무릎을 꿇었다. 다 된 밥에 코 빠트리지 마라, 어머니는 신신당부를 했었다. 이미 항복한 마당에 억울하다, 서럽다 울어댄들 무슨 이득이 있으랴, 제법 철든 생각이 그녀를 밀어붙였다.

"그런 오해는 거두소서. 진작에 이랬으면 얼마나 좋았을까, 어리석은 자신을 책하는 후회의 눈물인즉 너무 나무람 마옵소서."

"허허, 내 한 번은 속아주지. 물러가거라. 혼례식 날, 백제의 사내라면 그가 설령 왕이라 할지라도 날 부러워하게끔 공들여 치장하고 오너라."

아라연은 곰처럼 둔해 뵈는 외모와 달리 창날보다 날카롭고 바늘보다 뾰족한 성주 소마씨가 두렵기 그지없었다. 그는 아라연의 속마음을 이미 다 읽어낸 지 오래다. 그동안 아라연에게 공들인 시간과 열정을 그는 어떻게든 돌려받고자 할 것이다. 이제 아라연은 지금껏 자신이 알던 아라연이 아니어야 함을 알고 있다.

행사가 치러질 성의 안마당엔 산해진미가 넘쳐흘렀다. 소마씨가 아라연을 훑듯이 바라보았다. 이글거리는 그의 눈빛이 아라연에겐 지옥의 화염처럼만 보였다. 성주의 다른 쪽 옆에 자릴 잡고 앉은 정실부인이 삐죽거렸다.

"천한 계집 하나한테 홀려 이 무슨 난리법석이람? 네년 속셈이 무엇이냐? 구미호가 환생이라도 한 것이냐?"

아라연은 녹록지 않을 앞날에 더욱 기가 질렸다. 정실부인의 가시 돋친 언행에 잠깐 눈살을 찌푸리는 것으로 그만인 소마씨가 야속하게 여겨질 지경이었다. 왁자지껄 성문 밖에서부터 들려오는 길놀이

패의 북소리, 장고 소리, 타령 소리들이 그나마 아라연의 복잡한 심정을 달래주었다.

해가 설핏 기울어지자 본격적인 연희가 시작되었다. 한 무리의 악패들이 깽깽 깨개갱, 둥둥 두두둥, 쿵쿵 쿵더쿵, 타악을 두드리며 중앙 마당을 한 바퀴 휘돌았다. 이어 물처럼 바람처럼 흐늘거리며 살포시 날아오르다, 소리 없이 내려앉고 다시금 회오리바람으로 빙글거리는 아름다운 무희들이 초청객의 눈길을 사로잡았다. 아라연은 자신이 있어야 할 자리가 바로 거기이건만 왜 어울리지 않는 이 자리에서 구경꾼으로 앉아 있는지, 누구보다 화려하게 성장을 했건만 하염없이 작아지고 초라해지는 자신을 견딜 수가 없었다.

"널 위해 중국에서 특별히 불러온 연희패가 저기 성문을 들어서는구나. 배은망덕한 녀석에 대한 기대감으로 행여 들뜨진 말렷다! 이젠 한낱 무희가 아니라 백제에서 제일가는 소마성의 안주인이 될 터인즉, 우리 백제의 가무와 저들의 것이 어떻게 다른지, 우리가 무얼 취하고 무얼 버려야 하는지, 주의 깊게 보도록 하라."

아라연은 성주의 말을 귓등으로 흘려들었다. 이렇게나 백제의 악을 아낀다는 사람이 그토록 뛰어난 미마지를 중국 유학이라는 미명하에 쫓아버렸단 말인가? 아라연은 혹시나 하는 마음에 중국에서 왔다는 예인들을 하나하나 뚫어지게 살펴보았다. 어디에도 미마지는 보이지 않았다. 아릿한 슬픔이 가슴 가득 차올랐다.

백제 땅에선 본 적 없는 기이한 악기들과, 머리장식에서부터 갓신의 궁글림에 이르기까지 특이하기 이를 데 없는 차림새의 예인들

무리가 성안의 모든 시선을 사로잡았다. 무엇보다 좌중을 압도한 건 그들의 엄청난 숫자와 규모였다. 여러 종류의 다양한 악기가 어우러져 내는 울림 또한 태풍이 휘몰아치는 망망대해의 거대한 파도처럼 웅혼하고 장엄하였다. 그럼에도 아라연은 도무지 흥이 나질 않았다. 그나마 가면을 쓴 춤꾼들이 없었다면 그녀는 아예 눈을 감고 말았을 것이다.

그들의 가면은 백제에서 흔히 보는, 얼굴만 가리는 탈바가지와는 달랐다. 정수리로부터 덧씌워 얼굴 전체를 감싼 가면은 뭔가 다른 새로운 느낌을 주었다. 가면의 표정이 곧 춤사위가 되고 춤사위는 곧 악의 일부인 듯 녹아들었다. 아라연은 어느샌가부터 그들과 한 동작으로 흐늘거렸다. 온몸이 그들의 춤사위에 빨려 들어가 같이 뛰어오르고 내닫고 휘돌았다. 오공 가면을 쓴 춤꾼이 그런 아라연을 슬그머니 춤판으로 끌어당겼다. 구경꾼들의 우렁찬 박수 소리가 성안을 열광의 도가니로 몰아갔다. 그에 화답하듯 악을 치는 이들의 박자가 더욱 빨라지고 격렬해졌다. 마치 십만 대군의 말발굽 소리가 휘몰아오는 것만 같았다.

"천한 태생이 어디 가겠어? 제 혼례식인 것도 모르고 체통 없이 춤판으로 끼어들다니!"

정실부인이 무대 중앙으로 나아가는 아라연을 흘겨보며 혀를 찼다. 약간의 취기로 불콰해진 성주는 장내의 흥분과 열기에 동화된 것인지 아라연의 돌발 행동을 그리 문제 삼지 않았다. 아라연이 오공으로부터 건네받은 오녀 가면을 뒤집어쓰고 두 남녀의 이별 장면을 애절하게 표현해내자 벌떡 일어나 박수를 치기까지 했다.

아라연은 그녀를 이끄는 오공 역할의 남자 춤꾼이 어딘지 익숙하고 편안했다. 다정한 듯 쓸쓸하고, 무심한 듯 따스하고, 우아한 듯 허허로운, 도대체 이 사람은……? 아라연의 가슴이 와스스 무너져 내렸다. 설마 미마지인가? 천상의 아름다운 새 가루라가 두 날개를 활짝 펴 오공과 오녀를 한꺼번에 안아 들이는 순간, 아라연은 오공에게서 미마지의 체취를 맡아내고 말았다.

5

나와 함께 가지 않을래?

오공이 오녀에게, 아니 미마지가 아라연에게 속삭였다. 가루라의 넓고도 풍성한 두 날개 안에 갇힌 두 연인은 험하고도 먼 도망길을 향해 두 손을 꼭 잡았다. 두 눈 가득 차오른 눈물은 가면에 갇혀한 방울도 새 나가지 않았다. 관악기들이 내는 구슬픈 음률에 맞춰가루라의 날개가 서서히 펼쳐지고, 오공과 오녀는 가루라의 양 날개위로 올라탔다. 붉은 저녁놀이 가루라의 날개에 서려 오공도 오녀도하늘조차도 온통 붉게 타올랐다. 우와, 관중들의 입에서 절로 탄성이 흘러나왔다.

지금이야.

오공이 오녀의 손을, 아니 미마지가 아라연의 손을 더욱 꼭 쥐어잡았다. 그들의 사랑을 방해했던 왕과 사자가 비상하는 가루라를 끌어 내리려고 안간힘을 썼다. 금강역사와 바라문들이 두 남녀와 가루라를 보호하려고 몇 겹으로 둘러쌌다. 오현금과 칠현금이 둥기당둥당 길을 열었다. 가루라는 더 높이 더 멀리 날개를 펼쳐 날아올랐다. 사랑하는 두 남녀의 앞날을 축원하는 악사들과 춤꾼들이 한데 어우러져 덩실덩실 성 안마당을 휘돌았다. 숨죽여 바라보던 구경꾼들도 일어나 얼쑤덜쑤 한 패거리로 어우러졌다.

하늘이 어스름에 잠겨가는 사이 음악이 돌고 춤이 돌고 술이 돌았다. 성안은 너나없이 흥에 겨워 오공과 오녀가 슬그머니 사라진 걸 아무도 눈치채지 못했다.

하지만 한 사람, 소마 성주만은 아라연의 행방이 묘연함을 얼마 지나지 않아 알아차렸다. 곧이어 거행될 혼례식의 주인공이 춤판이 끝났음에도 곧장 자리로 돌아오지 않는 걸 수상쩍게 여긴 그는 눈치 빠르고 발 빠른 사병 몇을 불렀다.

미마지는 아라연의 손을 잡고 미친 듯이 내달렸다. 음악 소리가 아직 울려 퍼질 때, 사람들이 흥에 겨워 덩실거릴 때, 그 누구에게도 들키지 않고 선창에 도착해야 했다. 호루무는 거기다 거룻배 한 척을 대기시켜놓았다며, 절대로 실패하지 말라고 신신당부를 했다. 워낙에 흥청망청인 잔칫집 분위기라 그런지 성문 수비병은 두 사람의 행로에 별 관심을 갖지 않았다. 성문을 벗어나자 그들은 겨우 한숨을 돌렸다.

"아라연, 미안해! 내가 너무 늦었지?"

"더 늦지 않아서 얼마나 다행인지 몰라. 이렇게 널 만나다니 꿈만 같아! 그동안 왜 그리도 무심했던 거야?"

"그건 오해야. 누가 내 편지를 중간에서 가로챈 게 틀림없어."

바로 그때 성 저 안쪽으로부터 따각거리는 말발굽 소리가 울려왔다. 잡아라, 저 연놈을 잡아! 기병이 고래고래 소릴 지르자 성곽을 지키던 병졸들이 우루루 두 사람을 쫓아오기 시작했다.

둘은 다시금 손을 잡고 뛰기 시작했다. 여기서 붙잡히면 그대로 죽은 목숨일 것이다. 포구가 그리 멀지 않았다. 둘은 신발이 벗겨지는지, 버선이 찢어지는지, 발바닥이 흙 자갈에 쓸리는지도 모르고 정신없이 내달렸다. 화살이 씽씽 귓전을 스치며 날았다. 한가롭게 파도를 타고 있던 거룻배가 그들을 맞았다. 미마지는 아라연을 배에 태우고는 황급히 벌이줄을 풀었다. 바다 가운데로 있는 힘껏 고물을 밀어붙이면서 동시에 올라탔다.

저기다, 저기! 병졸들이 바다 가운데로 첨벙거리며 금방이라도 배를 잡아챌 듯한 기세로 몰려왔다. 미마지는 죽을힘을 다해 노를 저었다. 화살이 두 사람의 머리 위로 빗발쳤다. 배는 점점 더 깊은 바다로 나아갔다. 물이 허리께까지 차오른 병사들이 더이상 쫓아오지 못해 발을 굴렀다.

하지만 그대로 말 성주가 아니었다. 포구 일대에 여기저기 화톳불이 켜지고 여러 척의 범선이 닻을 올렸다. 미마지는 숨 쉴 틈도 없이 오로지 노를 젓는 데만 집중했다. 아라연도 보조 노를 바닷물에 잠그고 미마지와 호흡을 맞춰 힘껏 젓기 시작했다. 두 번 다시 소마씨의 손아귀에 들고 싶지 않았다. 채무자처럼 구는 도도하고 야멸찬 눈빛을 다시는 마주하고 싶지 않았다. 아니 그 무엇보다 다시는 미마지와 헤어지고 싶지 않았다.

어깨에서 또 팔꿈치에서 뭔가 축축하고 끈적한 것이 흘러내렸지만 아라연은 개의치 않았다. 그들의 조그만 거룻배 한 척으로는 규모로도 속도로도 소마성의 범선들을 결코 이겨낼 수 없을 것이다. 그러니 그들이 출항 준비로 한창인 지금 최대한 멀리 달아나야 했다. 미마지와 아라연은 미친 듯이 노를 저어댔다. 어디로 향해 가는지, 어느 바다 위를 떠가는지, 따지고 살필 여유도 없이.

얼마나 지났을까? 소마 성주의 범선 서너 척이 대낮처럼 불을 밝히고서 어두운 밤바다를 탐색하는 광경이 하나의 풍경처럼 멀어져갔다. 다행스러운 건 어둠이 충분히 바다를 뒤덮었다는 점이다. 돛이 없는 작은 거룻배는 어두운 바다에서 쉽게 눈에 띄지 않을 것이다. 그제서야 그들은 고개를 들어 서로의 얼굴을 제대로 바라보았다. 땀에 젖어 할딱거리는, 몹시도 허기져 보이는 얼굴에 서로는 피식 웃고 말았다. 미마지는 새벽녘에 어머니가 챙겨 넣어준 주먹밥을 꺼내 아라연에게 내밀었다. 아라연이 살풋 웃으며 손을 내밀었다. 바로 그 순간 아라연이 뱃전에 머릴 기대며 풀썩 쓰러져버렸다.

"아라연! 왜 이래? 정신 차려!"

세상에나, 이럴 수가! 미마지는 아라연의 어깨를 관통한 화살을 그제야 발견했다. 오로지 도망치는 데만 급급하여 그런 위중한 상태를 알아채지 못했다. 미마지는 서둘러 화살을 빼내고서 저고리 자락을 찢어 그녀의 어깻죽지를 친친 동여맸다. 옷자락 사이로 핏물이 벌겋게 번져났다. 미마지는 아라연을 보듬어 안고서 끄윽 끅, 소리 죽여 울었다.

저 멀리 소마성의 범선들이 몇 갈래 방향으로 흩어지는 게 보였다. 어둠 속에 숨은 미마지의 거룻배를 여러 방향에서 추적하려고 배들을 산개하는 모양이었다. 하지만 미마지는 모든 의욕을 잃고 말았다. 성주에게 붙잡혀 죽은들, 운이 좋아 붙잡히지 않고 살아남은들, 다 무슨 소용이랴 싶었다. 아라연이 죽는다면, 아라연을 더 이상 볼 수 없다면, 그게 무슨 의미이랴 싶었다.

"노를 저어. 왜 바보같이 울고불고 야단이야? 어서 가자고!"

잠시 정신을 잃었던 아라연이 깨어났다. 미마지는 아라연이 무사한 것에 너무도 감격하여 더욱더 큰 소리로 울어 젖혔다. 아라연이 그의 등을 쓰다듬으며 속삭였다.

"내 기다림이 결코 헛되지 않았음을 오늘에야 알았어. 너 정말 대단하더라! 우리가 살 땅에 도달하면 너의 악과 춤을 제대로 배울 테야. 가면을 쓰고 너랑 춤추는 동안 깨달았어. 내가 평생 하고 싶은 일이 바로 그거라는 걸."

미마지는 아라연을 이윽히 바라보았다. 파리한 입술이 너무도 애처로웠다. 바람이 불고 물결이 일렁였다. 미마지는 아라연의 차갑고 파리한 입술에다 길고도 긴 입맞춤을 했다.

6

떠들썩한 소리가 미마지를 흔들어 깨웠다. 그는 이맛살을 찌푸리며 돌아눕다. 쨍쨍한 햇살이 눈을 찔러오고 입안엔 모래가 한가득이었다. 바닷물이 찰방찰방 그의 등허리를 간질였다. 여러 개의 사나운 눈동자가 미마지를 내려다보았다. 무장한 병사들이었다. 아, 이제야말로 끝장이구나. 미마지는 소마성의 높은 망루에 자신의 목이 내걸려 있는 사위스런 풍경을 떠올렸다. 아라연, 너는 지금 어디에 있느냐?

분명 동터오는 검푸른 바다 위였다. 아라연을 껴안고서 그새 잠깐 졸았던가? 이마를 때리는 사나운 바람에 화들짝 놀라 깨났더랬다. 우르르쾅쾅, 비바람이 몰아치고 풍랑은 걷잡을 수 없이 거세졌다. 조그만 거룻배는 금방이라도 뒤집힐 듯 심하게 출렁였고, 아라연은 식은땀을 흘리며 끙끙거렸다. 몇 방울 남지 않은 물로 아라연의 입술을 적셔주었다.

바로 그 순간 멀지 않은 곳에서 함성이 일고 불화살이 날아들었다. 미마지가 정신없이 노를 젓는 사이 뱃머리가 불길에 휩싸였다. 어느 순간 배가 두 조각으로 갈라지며 가라앉기 시작했다. 그는 아라연을 등에 업고서 필사적으로 헤엄을 쳤다. 날 꼭 붙들고 있어. 아라연에게 외치며 부표처럼 떠내려가는 뱃조각을 휘어잡았다. 그러고선 아라연을 거기다 올려 태우고 미친 듯이 팔을 휘저었다. 거대한 파도가, 수없이 날아든 화살에 꿰뚫린 성난 파도가 그들을 덮쳤다.

미마지이! 아라연의 간절한 외침이 사나운 파도에 휩쓸려 들었다. 흑수정처럼 반짝이는 아라연의 머리칼이 수평선 저 멀리로 가물가물 사라져갔다. 아라여언! 또다시 덮쳐온 집채만 한 파도가 미마지의 울부짖음을 삼켜버렸다.

그리고, 그리고 그 다음에는?

미마지는 알아들을 수도 없는 말로 뭐라 뭐라 지껄이며 자신을 끌고 가는 병사들이 무슨 허깨비들만 같았다. 아직도 기나긴 악몽에서 깨어나지 못한 것인가? 미마지는 대나무로 엮어 올린 이상한 건물로 끌려갔다. 신라인가? 탐라인가? 그렇다면 저들의 말 중 몇 마디는 알아들어야 하지 않는가?

"너는 누구냐? 신라의 첩자더냐?"

꽤나 높아 보이는 자의 곁에서 역관임에 분명한 자가 물었다. 백제 말인 듯 신라 말인 듯 다소 어색스러웠지만 알아듣긴 어렵지 않았다.

"난 백제인이오. 도대체 내가 왜 여기에 있는 거요?"

"그건 내가 묻고 싶은 말이다. 무엇을 염탐질할 계획으로 우리 일본에 잠입한 것이냐? 정체를 대라. 추호라도 거짓이 있을 시 이 칼이 널 가만두지 않을 것이다."

관리는 칼집에서 장검을 꺼내 흔들며 한껏 겁을 주었다. 미마지는 말로만 듣던 왜 나라에까지 자신이 어떻게 흘러들었는지 도무지 이해할 수 없었다. 아라연을 휩쓸어간 파도가 단지 악몽이기만 한 게 아니었더란 말인가?

"나는 백제의 악인 미마지라 하오."

미마지는 끔찍한 악몽이 어쩌면 끝장날지 모른다는 기대를 안고, 지나온 시간들을 거슬러 올라갔다. 아라연을, 소마 성주를, 그 혼인 잔치를……, 관리는 꽤나 흥미롭다는 듯 두 눈을 빛내며 들었다.

"제법 그럴듯한 이야기로구나. 그렇다면 한 번 보여다오. 너의 기악무인가 뭔가 하는 걸."

미마지는 정신을 잃고 바다에 표류하는 동안도 자신의 품속을 떠나지 않은 조그만 피리가 고마울 뿐이었다. 수나라의 산하이관에서 그러했듯 미마지는 또 한 번 자신의 운명을 바꿀 세피리 연주를 시작했다.

달하, 노피곰 도다샤
어긔야 머리곰 비취오시라

백제를 잃고 고향 땅 궁리와 어머니를 잃고 아라연마저도 잃은, 이젠 더 이상 갈 곳도 나아갈 곳도 없는 미마지였다. 그는 아라연을 생각하며 백제의 노래 〈정읍사〉를 피리의 음률에다 실었다. 멀리 떠난 님을 그리며, 둥근 달에게 높이 높이 떠올라 내 님의 오는 길을 비추어달라 기원하는 노래였다. 애절하고도 구슬픈 가락이 관가 마당의 은빛 모래를 촉촉이 적셨다. 나비들이 그 위로 날개를 접고 내려앉았다. 미마지는 설움에 겨워 흐늘흐늘 춤을 추기 시작했다. 파르르, 바람결에 날린 갈잎이 가면인 양 그의 얼굴에 달라붙었다.

어긔야 어강됴리, 아으 다롱디리!

미마지의 피리 가락에 맞춰 누군가가 후렴구를 따라 불렀다. 아라
연인가? 미마지는 간절한 바람을 귓전에다 실었다. 하아, 아니었다.
일본의 관리며 역관이며 관원들이었다. 미마지의 피리는 하늘을 가
르고 그의 옷자락은 땅을 갈랐다. 바다 갈매기들이 후드득 날아들고
갈대숲의 노루들이 발길을 돌려 왔다.

"지금껏 백제의 악인들을 숱해 보아왔다만 네가 최고로다. 너의 나
라 백제도, 그 여인도 이젠 잊도록 하라. 너의 뛰어난 재주를 여기 일
본의 후예들에게 물려주는 게 어떠한가? 너로부터 우리 일본의 기카
쿠(기악무)가 새롭게 시작되리라."

관리는 부하들을 시켜 미마지의 거처를 마련해주고, 재주 있는 아
이들을 모아 가르치게끔 도우라 명했다. 미마지는 털썩 주저앉고 말
았다. 무슨 이런 운명이 다 있는가? 백제인의 섬세한 숨결과 깊은 감
성에다 오나라 악무의 넓이를 더해 자신만의 음악 세계를 만들어온
미마지였다. 평생 춤추며 살고 싶다던 아라연과 함께 백제만의 기악
무를 새롭게 완성하려던 그였다. 그런데 이제 백제가 아닌 일본 땅에
서, 아라연도 없이 홀로 해나가야 하는가? 미마지는 망연스런 눈길로
서쪽 하늘을 올려다보았다. 구름 한 점 없이 높고도 푸른 백제의 가을
하늘이 저 멀리서 아른거렸다.

일본의 역사서인 『일본서기』(日本書紀) 권22에 미마지에 관한 기사

가 다음과 같이 전해오고 있다.

스이코 천황 20년(612, 백제 무왕 13년)에 백제 사람 미마지가 귀화했다. 이 사람은 오(吳)나라의 기악무를 배웠다고 하므로 사쿠라이에 살게 하고, 소년들을 모아서 기악무를 가르치게 하였다. 이때 마노노오바토데시와 이마키노아야히토사이몬 두 사람에게 그 춤을 배워서 전하도록 하였다.'

---

* (사)한국작가회의 소설분과위원회 편, 『소설로 읽는 한국 음악사 1』, 2023에 수록.

돌봄, 지평선 너머의 언어

방승호

1. 나는 싱글

"코로나19 이전부터 지켜온 우리 둘 사이의 거리 두기가 아무 이유 없이 갑자기 해제될 리가 없지."(「코로나 시대의 싱글 라이프」) 이진의 이번 소설집 『소설의 유령』은 우리에게 얽힌 여러 가지 관계를 다룬다. 사람과 사람 사이에 읽히는 마음의 거리, 그 둘의 경계를 오가는 대화를 통해 이진은 갈등에서 갈증으로 이어지는 내면의 기류를 표면으로 꺼낸다. 갈등을 심화하여 쉽게 인물의 관계를 조각내는 방법과는 조금 다르다. 그의 소설은 인물 내면에 남아 있는 과거의 얼룩을 완전히 지우려 하는 대신, 오히려 그 갈등의 여분을 내면에 새겨진 무늬대로 흐르게 놓아두는 방법을 택한다. 과거의 것은 말끔하게 증발하지 않는다. 다만 지나간 일은 한 사람의 내부에 자리하며 그가 안고 가야 할 갈증의 여분이 된다. 이것은 남겨진 사람의 숙명과도 같다. "충분히 물들지 않은 갈잎 하나가 팽그르르 내 발등 위로 떨어져 굴렀다."(「코로나 시대의 싱글 라이프」)

소설집의 문을 여는 「코로나 시대의 싱글 라이프」는 바이러스와 공존하는 현대인의 삶의 모습을 그린다. 소설의 외피는 코로나 시대를 살아가는 직장인의 삶을 이야기하고 있지만 이보다 우리에게 더 잘 읽히는 것은 주인공이 겪어야 했던 과거의 흔적이다. 어머니를 떠나보낸 일, 반복되는 유산, 그리고 이혼. 이 모두가 주인공이 여성으로서 직면했던 일들이다. 여성이라는 이유로 늘 불편한 이물감을 느껴야 하는 현실 속에서, 주인공은 바닥에 남겨진 자신을 위해 모든 것을 다시 처음으로 되돌려놓으려 한다. 당당한 주체가 되고자 하는 주인공의 길이 늘 평화롭지는 않겠지만, 어엿하게 자신이 원하는 싱글의 삶을 걸어가고자 한다. "이혼을 결심한 데는 그들과 같은 길을 가진 않으리란 독한 각오가 생겨난 때문이기도 했다."(20쪽)라는 주인공의 말은 거짓이 아니다.

그런데 소설은 주인공의 삶이 온전하게 과거에서 벗어나기 힘든 것임을 계속해서 이야기한다. 온전히 증발하지 않고 남겨진 갈증의 잔여, 까맣게 잊고 있었지만 "머리를 때리고 지나가는 뜨거운 번개"(22쪽)처럼 다시 살아나는 기억. 그것은 바로 '기일'이라는 이름으로 새겨진 어머니에 관한 슬픔이다. 자신의 결혼식에 휠체어를 타고서라도 화촉을 밝혀준 사람, 그렇게 결혼식을 눈물바다로 만든 사람이 바로 주인공의 어머니였다. 사실 소설에서 '나'의 존재는 어머니에 의해 정의되는 영역이 꽤 크다. 어머니가 낙태와 결혼의 갈림길에서 낙태를 선택하지 않았으므로 세상에 나왔던 존재가 바로 '나'이기 때문이다(불임 시술이 장려되는 그 시절은 사회적 모순이 낳은 또 하나의 아린 상처이기도 하다). '나'를 없애는 데 필요한 3분을 선택하지 않았던 사람. 그 사람이 아직도 '나'를 움직이고 있는 사람이니까.

상실로 인한 슬픔과 이물감을 없애기 위해, 또 하나의 상실이 필요할지도 모른다고 소설은 말한다. 그것은 지난 동료였던 피엘(part leader)에게 아이를 지우는 루트를 전달하는 장면, '나'의 아버지가 돌아가신 어머니와 완전하게 이별하려는 모습으로 제시된다. 이 중 후자의 방식은 역설적이게도 아버지가 새로운 동반자를 만나게 됨으로써 이뤄진다. 이것은 새로운 만남을 통한 아내와의 완전한 이별일 수 있으나, 주인공 '나'의 입장에서는 세상에 홀로 남겨진 유일한 동료와도 같았던 아버지와의 이별이기도 하다. 그렇다면 "내 모든 이별들의 완충지대로 남아 있던 아버지"(32쪽)까지 떠나게 된 주인공에게 남은 것은 무엇일까? 그것은 온전히 삭제할 수 없는 과거의 흔적들일까. 그렇지 않다. 남은 것은 없다. 단지 주어진 것만 있을 뿐. 사람은 늘 미리 주어진 것으로 인해 희생하고 아파하게 되니까. 그러므로 지금 우리에게 필요한 것은 상처로 인한 뒤늦은 애도이기 전에 돌봄이다. 우리에게는 선험적인 폭력에 맞설 돌봄이 필요하다.

2. 돌봄의 윤리

이번 소설집에서 공통적으로 제기되는 것 중 하나는 돌봄의 문제다. 앞서 살펴보았던 「코로나 시대의 싱글 라이프」도 서사의 한켠에는 타인에 대한 돌봄의 문제가 전제해 있다. 돌봄이라는 것은 사회적 약자에 대한 배려와 보호 차원의 일을 말하지만, 이진 소설은 돌봄이 작은 공동체

안에서도 언제든지 직면할 수 있는 연대적 행위임을 보여준다. 이러한 점에서 「도도와 쭈아」, 「은행나무 협주곡」은 우리가 간과한 돌봄의 영역을 재인식하게 한다. 일단 두 소설은 돌봄이 단지 모성적 사유가 전담해야 하는 일이라고 제한하지 않는다. 돌봄이란 모든 주체에게 적용되는 범주의 문제라고, 그리고 돌봄의 주체가 고정불변의 범주에서 벗어날 때 윤리적 기치는 깊어질 수 있다고 이야기한다. 소설이 말하는 돌봄은 몫의 분배에서 나아가 친밀성과 책임의 차원으로 확장된다.

　「도도와 쭈아」는 가족을 거느린 아비 고양이 도도에 대한 이야기다. 여성 구성원 중심으로 실천되는 돌봄의 사회적 통념과는 다르게, 소설은 아비 고양이를 전면에 내세워 돌봄의 범주를 넓혀 보인다. 도도가 보여주는 돌봄의 윤리는 배려와 신뢰로 이뤄지는 보편적 돌봄과는 결을 달리한다. 특정한 이해관계에 얽힌 돌봄보다는 자발적이고도 무조건적으로 이뤄지는 타자 지향적인 행위. 이것이 도도가 보여주는 돌봄의 윤리이다. 도도의 실천은 돌보는 존재와 그것을 받는 존재와의 이해관계를 중요하게 여기지 않는다. 소설이 중요하게 여기는 것은 "움직이는 것만으로 자체 충전이 가능하다"(59쪽)라는 설명처럼, 돌봄 역시 행동하는 것만으로 그 윤리적 행위 가치를 높일 수 있다는 사실일 것이다.

　그런데 여기에 도도의 비밀이 있다. 그것은 도도가 실제 살아 있는 아비 고양이가 아니라는 점이다. 소설은 돌봄의 문제를 SF적 상상력과 결합하여 주체 중심적 돌봄의 윤리가 간과하고 있는 문제의 핵심을 들춰낸다. 이진은 돌봄의 문제를 탈인간중심적 상상력으로 재조명하고, 인간의 한계를 비인간의 서사로 치환하여 문제의 실마리를 던져준다. 그렇다면 돌봄이란 무엇인가. 돌봄은 다양한 정체성과 유연하게 물들 수 있는 상호 공존의 연대이다. 이것은 때로 감정의 소모와 과도한 희생을 필요로 하지만, 그럴수록 이를 정의하는 범주는 좁아져서는 안 된다. 인간과 인간의 연대를 넘어 인간과 자연, 인간과 비인간을 연대하는 정동의 근원에 돌봄의 윤리가 자리 잡아야 한다.

> 물론 종일은 아니었다. 심 여사가 작업을 개시하는 한밤중이면 졸랑거리며 뒤따라와, 심 여사가 사다 준 사료 덕에 더부룩한 장도 비워내고, 잘린 노끈을 물어 가기도 하느라 자릴 비웠으니까. (「은행나무 협주곡」, 156쪽)

> 그런 사정이야 어떻든 심 여사는 하루 세 번 꼬박 녀석의 밥그릇 물그릇을 채워주고, 한밤중이면 녀석과 함께 은밀한 산책에 나서는 걸 계속했다. (「은행나무 협주곡」, 157쪽)

주디스 버틀러는 행위자를 선험적으로 가정하지 않는 방식으로 주체성에 대해 정의한다. 버틀러에 따르면 행위 주체는 행위를 통해서만 그 주체성이 발생한다. 주체를 미리 상정하지 않은 행위의 작동 원인이나 매개성을 통해 '행위주체성(agency)'[1]은 비로소 존재하게 되는 법이다. 소설이 조명하는 지점도 바로 이 부분이다. 돌봄의 주체는 정해져 있지 않다. 다만 돌봄의 행위가 작동하는 순간부터 주체는 존재한다. 심 여사와 누렁이가 서로 돌봄 주체가 되어가는 과정에서 우리가 돌봄의 주체성을

---

1 주디스 버틀러, 『젠더 트러블』, 조현준 역, 문학동네, 2008, 8쪽.

새롭게 읽을 수 있는 것도 같은 맥락이다. 약자를 배려하고 보호하는 것에서 나아가 자신이 돌봄의 수혜자이자 제공자가 될 수 있다는 인식. 이것이 소설이 말하고 있는 돌봄의 윤리다.

소설은 여기서 한 번 더 나아간다. 이진은 돌봄의 문제를 여성성의 문제와 겹쳐놓으며 여성의 자리에 대한 사회적 화두를 던진다. 「초록 알람」에서 주인공이 대리모 일을 자처하며 느껴야 했던 여러 겹의 감정들은 현재 우리가 직시해야 하는 문제의 쟁점을 여실히 드러낸다. 이는 개인의 문제로 시작하지만 서사가 전개될수록 이것은 여성이 감수해왔던 하나의 정동(affect) 차원으로 그 범주가 확장된다. 이 과정에서 플롯은 자본주의적 폭력을 고발하고 이전부터 축적된 제도적 차원의 허점들을 사실적으로 보여준다. 특히 '여자'가 주인공과 대리모 계약을 하기 위해 은밀하게 '직거래'를 요청하는 대화 장면은, 모성적 이데올로기의 본질을 흐리면서 그것을 소모적인 정체성으로 간주하려는 현실을 여실히 드러내는 부분이다. 그런데 더 냉혹한 사실은 거래의 파기 과정에서 들춰진다.

> 그 손가락이 오늘은 계약 파기 선언을, 그러니까 배아 이식 성공을 그토록이나 간절히 빌던 뜨거운 손으로, 어렵사리 이룬 성공을 무로 되돌리자는 문자를 찍어 보낸 것이다. 배아기를 훌쩍 지나 온전한 팔다리로 꼬물거리기 시작한, 한 인간의 골격을 완벽하게 갖춘 태아를 죽이라는, 냉랭하기 그지없는 명령어를! (119~120쪽)

어떠한 일이 소모적인 것으로 치부될 때, 누군가는 희생을 강요받고 다른 누구는 희생이란 이름을 빌려 명령한다. 잔혹한 논리이다. 이 잔혹함은 '자본'이라는 물질적 권력을 등에 업고 행위 주체의 영역을 노동이라는 정의 속으로 포획한다. 물론 이러한 윤리 자체를 여성 고유의 영역으로 간주하는 것 역시 또 하나의 여성 종속 수단으로 변질될 우려가 없지 않다. 그러나 소설이 그보다 더 본질적인 차원을 조명한다. 소설은 "한 인간의 골격을 완벽하게 갖"추게 할 수 있는 모성의 힘을, '낙태'와 '합의'라는 절차로 소략하는 사회의 단면을 드러내는 데에 치중한다. "관련 법규가 허공에 떠 있"(126쪽)는 사회의 무능을 폭로하면서 소설은 여성만이 느낄 수 있고, 여성만이 소유해야 하는 모순적 욕구들을 정면으로 표출한다.

아이러니한 부분은 '여자'의 이혼으로 남겨진 상처를 대리모인 주인공이 홀로 짊어져야 한다는 점에 있다. 대리모가 대신하는 것은 배아를 이식하여 온전하게 키우는 것과 더불어 유사시에 모든 것을 중단하고 자궁을 긁어내는 아픔까지 포함된다. "툭, 투둑"(134쪽) 소리를 내며 주인공의 뱃가죽을 얼얼하게 하는 태아의 움직임을 느끼는 것도, 미친 듯한 식욕으로 배태되는 생리적 현상을 감당하는 것도 모두 대리모의 몫이다. 서사는 선험적으로 주어진 것은 이렇게나 폭력적으로 전이될 수 있다는 사실을 들춰내고, 여성이 짊어진 것은 또다시 여성이 짊어져야 하는 정체성의 역설을 꼬집는다. 이진의 서사가 지닌 힘은 여기에서 발생한다. 이진은 돌봄의 서사를 모성에서 비롯되는 비극과 겹쳐놓으며, 현실 곳곳에 얽혀 있는 타자성의 문제를 촘촘하게 쌓아 올린다.

3. 파레르곤, 지평선 너머

자신을 타자화하는 것이 역설적으로 행위 주체의 자유를 획득할 수 있는 현실. 누군가를 위해 다른 한쪽은 반드시 타자가 되어야만 하는 구속적 사회. 이진 소설은 돌봄의 윤리를 활용하여 사회의 구조적 모순을 꼬집고 이를 플롯에 적용하여 주체와 타자의 중층적 구조를 입체적으로 드러낸다. 이번 소설집의 제목과도 연관된 텍스트인 「소설의 유령을 위한 습작」의 이야기 구조가 그렇다. 이중 액자식 구조로 이뤄진 이 소설은 정산이 여자친구를 기다리던 북카페에서 한 권의 책을 발견하면서 본격적인 이야기가 펼쳐진다. 정산에게 과거의 일을 떠올리게 한 것은 책에 수록된 외젠 들라크루아의 〈긴 소파에 누운 나부의 습작〉이라는 그림이다. 정산은 이 그림을 보며 '의뢰인'과 있었던 이야기를 꺼내놓는다.

디지털 장의사로 일하는 정산이 의뢰받은 일은 범상이라는 한 소설가의 이메일을 일일이 확인하게 해달라는 것이다. 그리고 정산은 의뢰인이 찾던 그 소설을 찾게 된다. "여자는 나를 죽일 것이다."(72쪽)라는 문장으로 시작되는 소설을 찾으며 이진의 서사는 다시 내부 이야기로 들어간다. 범상이 쓴 소설의 내용은 이렇다. 가사도우미로 온 여자가 등단을 준비하는 소설가 지망생이었으며, 그 여자의 최종심 심사평을 저명한 비평가인 범상 자신이 썼다는 사실, 그리고 최종심에서 떨어진 그 여자가 자신을 돌보는 일을 자처하면서 범상을 조금씩 죽여가고 있다는 내용이다. 눈치챘을 수 있겠지만 그 소설 속의 여자는 바로 외부 이야기에서 정산에게 이메일 검색을 부탁한 의뢰인이다. 그리고 그 여자는 이메일에 저장된 범상의 소설을 찾아 자신의 이름으로 책을 출간한 것이다.

이 중층의 서사에 긴장을 일으키는 것은 이야기가 교차하며 포개지는 방식이다. 범상 소설 속에서 범상은 악마와 같은 이 여자에게 문학 강의를 설파하고, 이야기가 전개됨에 따라 자신 역시 죽음에 다가가고 있음을 스스로 인지한다. 그런데 범상은 그 여자가 밉지만은 않다. 자신의 전부와 다름없는 문학 강의를 여자가 꼬박꼬박 듣고 있으니까 말이다. 그러므로 범상이 여자에 의해 죽음에 가까워질수록 자신이 가닿고자 했던 문학의 본질에 더 가까워진다고 느끼는 것은 당연하다. 자신의 소설이 마무리되기 위해서 어쩌면 본인이 죽어야 한다는 것도 범상은 알고 있다. 이 소설을 세상에 내놓을 수 있는 자는 범상 자신이 아니다. 이 일을 할 수 있는 자는 범상을 죽여가며 목표를 이루고 있는 그 여자뿐이다. 결국 범상은 자신을 타자화하는 것만이 스스로 주체가 될 수 있는 아이러니 속에 묶여 있다. 여자의 돌봄은 이렇게 주체와 타자와의 관계를 흔드는 방식으로 이야기에 긴장을 부여한다.

따라서 범상의 죽음을, 아니 범상의 영원한 부활을 위해서는 여자의 돌봄이 필요하지만, 이 역설이 존재론적 의미를 획득하기 위해서는 소설을 포개고 있는 외부 이야기가 반드시 필요하다. 이러한 점에서 이진이 포장해놓은 외부의 서사는 소설 속 소설을 위해 필수적인 틀이 되고야만다. 자신의 본질을 쟁취하기 위해 주체는 반드시 타자가 되어야만 한다는 모순적 현실과, 타자가 되어야만 주체 속에서 자신의 목소리를 낼 수 있는 불편한 진실을 이진은 소설의 중층 구조를 통해 입체적으로 형상화한다. 이 소설의 묘미는 여기에 있다. 이진은 삶의 본질을 내러티브에 한정하지 않고 플롯으로 재구성하여 주체와 타자의 모순적 관계를 입체적으로 전달한다. 그런데 한 번 더 생각하면 범상의 소설에 담긴 본질적인 요소와 외부 이야기의 비본질적 요소는 명확하게 구분되지 않는다. 왜냐하면 외부 이야기가 존재하지 않는다면 그 내부에 존재하는 범상의 소설 역시 우리에게 읽히지 않을 수 있기 때문이다. 그러므로 이진의 서사는 주체와 타자의 모순적 관계를 명확하게 지으려는 것보다 그 경계를 명확하게 가르는 것이 무의미하다는 것을 말하는 셈이다.

데리다는 파레르곤(parergon)이 전통적 시각에서 텍스트 바깥에 위치하지만, 서사의 의미를 구성하는 유의미한 요소가 될 수 있다고 강조한다. 즉 액자의 틀은 텍스트 안팎의 경계를 가로지르는 틀이면서 동시에 안과 밖의 경계를 모호하게 하는 방식으로 본질을 추구하는 예술 작품 그 자체와 다름없다고 말한다. 범상의 소설 제목이 「소설의 유령을 위한 습작」이면서, 전체 서사의 제목 역시 「소설의 유령을 위한 습작」인 점은 이러한 파레르곤으로서 예술의 특징을 증명하는 부분이 아닐 수 없다.

이번 소설집에서 돌봄의 역설과 예술의 본질을 이야기하는 또 하나의 서사로는 「우주적 사건 지평선 너머」가 있다. 인물들의 과거 이야기를 겹쳐놓는다는 점에서 앞선 소설과 유사한 점이 없지 않으나, 이 소설에서 주목해야 하는 부분은 무엇보다도 우주적 상상력에 있다.

인류가 최초로 촬영한 블랙홀의 모습을 다채롭게 변주해본 거야. 여기 움푹 패어 들어간 부분 보이지? 빨강과 검정의 경계선 말야. 여기가 흔히들 얘기하는 사건의 지평선이란 거야. 보다 정확히는 블랙홀 사건 지평선. 그 너머로부터의 빛이나 정보는 외부 관측자에게 절대로 도달할 수 없어.(91쪽)

천일의 '우주적 사건 지평선' 연작을 바라보고 있자니 고교 시절의 수학 시간으로 돌아간 듯했다. 2차 혹은 3차 함수의 그래프 같은 붉은 U자형 곡선들이 위아래로 혹은 양옆으로 입을 벌리고선 x축과 y축이 만나는 어느 좌표에선가 반짝거렸다. (104~105쪽)

천일의 유작전에서 친구들은 '우주적 사건 지평선' 연작을 바라보며 자신들이 함께했던 과거를 떠올려본다. 고교 수학 시간에 배운 좌표 평면에 놓인 곡선들. 그리고 그 내부에 존재하는 다양한 함수의 향연. 천일의 남겨놓은 연작은 그동안 지나온 시간의 좌표를 의미하면서, 슬픔과 슬픔이 만나 함께 반짝였던 특정한 기억을 비유하기도 한다. 물론 천일은 지금 존재하지 않는다. 그러나 천일은 자신이 남긴 작품을 매개로 친구들의 기억을 통해 다시 회생한다. 그리고 작품에 새겨진 15,235라는 숫자로 자신이 존재했던 시간의 총체를 친구들이 기억하게 만든다. 이렇듯 예술과 수학은 늘 다른 표정을 취하면서도 결국에는 같은 지점을 향하고 있다. 단지 회화는 색으로 수학은 숫자로 표현할 뿐, 둘 다 우주 안에 무엇인가 존재하고 있었고 그것이 지금도 존재할 수 있음을 증명하는 방식이다.

소설을 읽으면서 독자들은 가수 윤하의 〈사건의 지평선〉이 떠오를 것이다. 시간의 틈으로 "문을 열면 들리던 너의 목소리"가 들리는 듯하고, 희미해진 기억을 더듬어 만난 그들의 지금은 "서로의 끝이 아닌 새로운 길모퉁이"(〈사건의 지평선〉 가사 일부)를 향한 새로운 시작과도 같게 느껴진다. 이러한 서사는 시간을 어렴풋이 가늠하는 주체에 의해 이뤄진 것이기보다 시간이 각각의 존재를 대면하고 기억하여 만들어진 장면에 가깝다. 이러한 점에서 주인공 '나'와 영인, 성경은 천일의 유작전을 통해 다시 모이게 된 우주나 마찬가지다. "빛의 속도로 초대장을 보내버렸지."(106쪽)라는 성경의 말에 내재한 법칙처럼, 각각의 우주를 모으기 위해서는 빛이 필요하기도 할 테니 말이다. 그리고 이렇게 천일의 중력에 이끌려 모인 세 명의 존재는 서사의 마지막 부분에서 천일의 에필로그 '우주적 사건 지평선 니머—Fine or Fin'을 바라본다.

소설은 애초부터 존재 자체를 알 수 없는 것을 말하고자 한다. 그것은 서사 내에서 선험적으로 주어진 타자의 아픔으로 드러난다. "천일이 태어나기 천 일 전에 죽은 아들 김승호와 천일의 친구 정영인을 가끔 구분하지 못"(109쪽)하는 어머니의 슬픔. 이것은 어쩌면 이전부터 주어졌던 숙명 같은 아픔이기도 하다. 어떠한 이유가 되었든 그 아픔이 특정인에게 다가온다는 것은 납득할 수 없는 일이며 그만큼 받아들이기 힘든 일이 분명하다. 그럴수록 이진의 소설은 인정하기 힘든 그 맹점을 파고든다. 그리고 그 맹점에는 누군가의 아픔으로 생산된 돌봄이 또 하나의 돌봄(천일의 어머니에 대한 돌봄)을 파생한다는 역설이 새겨져 있다. 그런데 소설은 여기서 포기하지 않는다. 이진 소설은 주어진 시간의 틈을 열고 '우주적 사건 지평선'의 비유를 향해 한 걸음 더 나아가고자 한다. 빛의 시작점으로.

4. 다시 과거에서

스티븐 호킹은 우주가 시작이나 최후는 있을지라도 특이점은 존재하지 않는다고 말한다. 사건의 지평선 너머, 그 특이점을 향해 가더라도 결국 우주의 최후를 지나고 다시 우주의 시작점으로 돌아오게 된다는 게 호킹의 설명이다. 이렇듯 소설과 우주는 시작과 끝이 있지만, 시공간의 경계가 없다는 점에서 비슷하다. 우리에게 필요한 것은 '처음-끝', '주체-타자'처럼 이분법적으로 사유하려는 질서의 경계가 아니다. 어쩌면 우리가 소설을 통해 가 닿고자 하는 것도 사건의 종결이 아니라, 사건이 발생하기 이전의 그 시작점일지도 모른다. 우리에게 필요한 것은 주어진 질서에 맞설 힘이니까. 끝을 내는 일보다 시작이 중요하다. 다시 책장을 열고 이번 소설집의 끝을, 아니 그 근원을 찾아보면 그곳에는 다시 돌봄의 문제가 자리하고 있다. 평강공주와 온달의 사랑(「평강의 숲」), 백제 미마지의 애절한 이야기(「백제의 악(樂)」, 「바다 건너 꽃 피다」)가 다시 읽힌다.

> 평강이 군사들에게 다시 관을 메라 일렀다. 이번엔 아무런 저항 없이 들리었다. 평강은 열여섯 어린 시절의 치기가 불러들였던 한바탕의 꿈처럼 이 또한 한 번의 푸릇한 꿈이기를, 언젠간 깨어날 길지 않을 악몽이길 바랐다. 강물은 소리 없이 아단산성을 휘돌아 적성산 아래로 흘러내려 갔다. (215쪽)

> 우리가 살 땅에 도달하면 너의 악과 춤을 제대로 배울 테야. 가면을 쓰고 너랑 춤추는 동안 깨달았어. 내가 평생 하고 싶은 일이 바로 그거라는 걸. (241쪽)

서사의 끝에서 마주하는 것은 삶과 죽음이다. 그 삶과 죽음 사이에는 평강공주와 온달, 아라연과 미마지가 있으며, 그 이야기의 중심에는 돌봄의 문제가 놓여 있다. 먼저 평강공주의 주체성은 아버지의 가스라이팅으로 시작된 선험적 질서의 폭력을 딛고 일어섰다는 점에서 유의미하다. "네가 맨날 울어 내 귓전을 어지럽히니 커서 좋은 데로 시집보내기는 글렀구나. 그리도 울어대니 바보 온달에게나 시집보내야겠다."(193쪽)라는 아버지의 언어 권력에도 불구하고, 평강은 자신을 몰아세우는 질서를 역으로 이용하여 기존의 관습을 타파하고 온달을 자신의 남편으로 삼는다. 이 과정에서 평강은 온달에게 동기를 부여하고 훈련과 연습을 시키며 자신의 '행위주체성'을 확고히 한다. 이러한 평강의 행동은 질서에 의한 돌봄이 아닌 새로운 질서를 위한 돌봄으로 다시 읽힌다.

백제 미마지의 설화를 모티프로 한 「백제의 악(樂), 바다 건너 꽃피다」의 중심에는 아라연이라는 인물이 존재한다. 미마지가 중국에서 다시 돌아올 수 있었던 것은 오로지 미마지의 의지에 의한 것은 아니다. 미마지를 움직이게 할 수 있었던 것은 그를 향한 아라연의 마음이 함께 있었기 때문이다. 이러한 점에서 아라연의 기다림은 주체를 향한 수동적 기다림이 아니라 운명을 거스르고 사랑을 쟁취하기 위한 적극적인 돌봄의 형태로 다시 의미화된다. 돌봄은 희생이기 전에 사랑이고, 사랑이기 전에 누군가를 살피는 마음을 뜻한다. 아라연의 죽음은 그래서 더욱 비극적이다. 아라연의 비극은 타자로서의 죽음이기도 하지만, 선험적 질서를 타파하고 우주적 사건의 지평선 너머를 향하려 했던 주체의 죽음이기도 하기 때문이다.

여기에 이진 소설이 말하는 핵심이 있다. 이진 소설은 타자를 제한된 위치에 두지 않고 선험적 질서에 균열을 내며 사건의 지평선 너머를 향한 주체로서 서사를 이끌어간다. 그 끝은 누군가의 죽음으로 나타나기도 하지만 그것이 서사의 종착점을 가리키지는 않는다. 이진의 서사는 사건의 종착점을 지나 다시 시작점으로 회귀하여 우리가 간과하고 지나쳤던 빛의 흔적을 다시 돌(아)보게 하므로. 그래, 이진의 서사에서 돌봄이란 돌(아)봄의 다른 말이다. 여기에 이진 소설의 힘이 있고, 그의 사랑이 새롭게 움트고 있다. 잊지 말자. 소설과 우주는 다르지 않다는 사실을. 아니, 당신 역시 하나의 우주라는 진실을.

方勝號 | 문학평론가

소설의
유령

이 진 소 설 집

푸른사상 소설선